Juri Rytchëu

Gold der Tundra

Juri Rytchëu

Gold der Tundra

Aus dem Russischen von
Kristiane Lichtenfeld

Unionsverlag

Der russische Originaltitel lautet *Čukotskij Anekdot*
Diese deutsche Erstausgabe wurde in Absprache
mit dem Autor leicht bearbeitet.

Die Übersetzung wurde gefördert vom Literarischen Colloquium Berlin
mit Mitteln der Stiftung PRO HELVETIA.

Die Übersetzerin dankt dem Deutschen Übersetzerfonds e.V.
für die freundliche Unterstützung.

Im Internet
Aktuelle Informationen,
Dokumente, Materialien
www.unionsverlag.com

Rieterstrasse 18, CH-8027 Zürich
Telefon 0041-44-283 20 00, Fax 0041-44-283 20 01
mail@unionsverlag.ch

Umschlaggestaltung: Theres Rütschi
Umschlagfoto: Natalie Fobes/Getty Images
Druck und Bindung: Freiburger Graphische Betriebe
ISBN-10 3-293-00367-2
ISBN-13 978-3-293-00367-5

I

Aus den Panoramafenstern von Anchorages feinstem Fischrestaurant ›Garfunkel and Seaports‹ eröffnete sich ein prachtvoller Blick auf die Bucht, den Hafen, die Schiffe, die ihre Ladung löschten oder auf Reede lagen. Besondere Aufmerksamkeit erregte der weiß funkelnde Touristenkreuzer *McKinley*, der Fahrten zu den Fjorden von Alaska und in die hohen Breiten unternahm. Mit ihm beabsichtigte der Meeresbiologe Robert Carpenter, Abteilungsleiter für Fisch und Wild im Landwirtschaftsministerium der USA, auf seine erste Reise nach Tschukotka zu gehen.

Angeregt unterhielt er sich mit seiner eigens zur Verabschiedung angereisten Schwester. Susan war ungefähr im gleichen Alter wie der Bruder, und man sah ihnen deutlich an, dass sie Geschwister waren.

Susan machte eine kleine Pause, um einen Schluck kalifornischen Weißwein zu trinken und einen Bissen vom gekochten Steinbutt zu zerkauen, dann sprach sie weiter: »Du weißt, dass der Großvater uns kein großes Erbe hinterlassen hat ... Er war schließlich nur ein Handelsvertreter von Olaf Svensson, diesem nun weiß Gott wohlhabenden Mann, der noch bis in die Mitte der Dreißigerjahre den gesamten Einzelhandel entlang der Küste der Tschuktschen-Halbinsel unter seiner Kontrolle hatte. Ich habe alles eingehend studiert, was Großvaters Boss Svensson und der große Roald Amundsen, dem Großvater auf seiner Expedition sogar Geld geborgt hat, über unseren Vorfahren geschrieben haben. Großvater war kein schlechter Mensch, und er genoss nicht nur die Achtung der Tschuktschen, sondern sogar die einiger hoher sowjetischer Beamter.

Hör genau zu, was er mir vor seinem Tod gesagt hat. Damals lebte in Ulak der Tschuktsche Mletkyn, mit Spitznamen Frank genannt. Er galt als großer Schamane und nach damaligen Maßstäben als gebildet. Er konnte Russisch und Englisch lesen und schreiben, besaß medizinische Kenntnisse, nahm mitunter sogar einfache chirurgische Eingriffe vor.«

Susan zog aus ihrer Handtasche eine sorgsam zusammengelegte Zeichnung, entfaltete sie, strich glättend darüber und legte sie dem Bruder hin.

»Was ist das?«, fragte Robert.

»Ein Tschuktschenzelt, eine Jaranga«, erläuterte Susan. »Dies ist Mletkyns Jaranga, und die Zeichnung hat unser Großvater angefertigt. Schau, das Dach ist mit Walrosshäuten bedeckt, und hier das Geflecht – das sind dicke Lederriemen, die sozusagen die gesamte Dachkuppel der Jaranga umschließen. Die Riemenenden hängen rundum über die Wände herunter und sind mit großen Steinen beschwert. Diese Steine und das Riemengeflecht über der Zeltkuppel halten das Dach selbst beim stärksten Orkan.«

Robert betrachtete aufmerksam die Zeichnung, ohne zu begreifen, was die Schwester veranlasste, ihn mit der Bauweise der alten Jaranga eines Ulaker Schamanen vertraut zu machen.

»Hier, diese beiden Steine sind markiert.« Susan setzte ihren Zeigefinger erst auf einen, dann auf einen zweiten der Steine.

Die Jaranga war sehr präzise dargestellt, mit kleinsten Details: Die Tür stammte eindeutig von einem gestrandeten Walfangschoner. Und die beiden Steine, auf welche die Schwester zeigte, trugen klar erkennbare kleine Kreuze.

»Diese Steine sind der Schatz unseres Großvaters«, sagte Susan leise. »Und kein geringer.«

Robert sah die Schwester verblüfft an.

»Zu Zeiten des berühmten Goldfiebers in Alaska kam vielen Leuten die Vermutung, das kostbare Metall könne auch am anderen Ufer der Beringstraße vorhanden sein. Und obwohl die damalige Zarenregierung den amerikanischen Goldsuchern mit größtem Misstrauen begegnete, glückte es doch dem einen oder anderen, nach Tschukotka vorzudringen. Diese Leute wuschen das Gold in den Flusstälern, auf den Geröllbänken der zahlreichen Bäche. Und obgleich sie keine Riesenfunde machten, konnten sie manchmal ganz hübsche Mengen herauswaschen. Unser Großvater kaufte das Gold auf, wenngleich dies einen groben Verstoß gegen die russischen Gesetze bedeutete. Nach der Revolution, als die Bolschewiken die amerikanischen Händler nach und nach vertrieben, gelang es unserem Großvater, den Goldsand und die Goldklumpen in solchen Steinen zu verstecken.« Susans Finger piekte auf die Zeichnung. »Außen beklebte er sie mit Flusskies. Wie Großvater sagte, verwendete er dabei einen besonders festen Klebstoff, den er von Mletkyn kannte. Der bestand aus Sekreten der Geschlechtsdrüsen des Grönlandwals und einer besonders zubereiteten Walrosslymphe. Äußerlich, so versicherte Großvater, unterschieden sich die Steine in nichts von den anderen, mit denen die Jaranga des Ulaker Schamanen behängt war.«

Der Bruder schüttelte belustigt den Kopf. »Seither ist ein Dreivierteljahrhundert vergangen. Sicher ist in der Zwischenzeit jemand auf die Idee gekommen, an diesen ungewöhnlich schweren Steinen ein bisschen zu kratzen.«

»Ich habe in der Kongressbibliothek eine Unmenge tschuktschischer Zeitschriften durchstöbert und bin nirgends auf einen derartigen Hinweis gestoßen. Anfang der Fünfzigerjahre hat man Tschuktschen und Eskimos aus den Jarangas in Holzhäuser umgesiedelt. Die alten Jarangas wurden zerlegt oder einfach niedergebrannt. Die großen Steine holten sich die Leute vor die Holzhäuser, sie waren eine beliebte Sitzgelegenheit.«

»Nein, ich glaube nicht daran, dass das Gold unentdeckt geblieben ist«, sagte Robert. »Bestimmt hat man es längst gefunden. Ich vermute sogar, dass es nicht Ortsansässige waren, die die Steine ausgeweidet haben, sondern Zugereiste, Russen.«

Susan faltete das morsche Blatt Papier mit der Darstellung der Jaranga des Schamanen Mletkyn sorgsam wieder zusammen, rief den Kellner und bat um die Rechnung.

Seit jungen Jahren fühlte sich Susan fast unerklärlich zu jenem Landstrich hinter der Beringstraße hingezogen. Obgleich sie in Nome geboren war, betrachtete sie insgeheim die kleine, an der Beringstraße gelegene Siedlung Nuwukan als ihre Heimat, wo sich ihr Großvater und die Großmutter Elisabeth zum ersten Mal begegnet waren. Die Großmutter hatte ihren eigenen, yupikischen Namen besessen – Kagat. Der aber geriet nach der Heirat nahezu in Vergessenheit, als ihr Mann ihr den Namen Elisabeth gab. Sie überlebte ihn um eineinhalb Jahrzehnte und sprach am Ende ihres Lebens oft von der Heimat. Diese Erzählungen vom heimatlichen Nuwukan hatten Susans Neugier geweckt. Sie hatte eifrig Russisch gelernt, las begierig sowjetische Bücher und Zeitschriften und hatte mit ihrem Interesse zuletzt auch den Bruder angesteckt.

Während der kurzen Liegezeit der *McKinley* in Nome kamen neue Passagiere an Bord: Michael Kronhouse, Professor an der Universität in Fairbanks und Fachmann für die Sprachen und die Ethnografie der Ureinwohner Alaskas, und eine Gruppe amerikanischer Eskimos, hauptsächlich Bewohner der Sankt-Lorenz-Insel.

Diese blieben eher für sich. Sie scheuten sich sogar, in der Bar zu erscheinen, obgleich sie, so schien es, den Spirituosen nicht abgeneigt waren.

Aus der Gruppe der Eskimos ragte der hoch gewachsene, hagere Dwight Mylygrok heraus, ein bekannter Walrossbeinschnitzer von der Kleinen Diomedes-Insel. Später erfuhr Robert Carpenter, dass Mylygrok ein Stiefbruder Atyks, des berühmten Ulaker Sängers und Darstellers alter Tänze vom Beringmeer, war. Der Überlieferung nach hatten Mylygroks und Atyks Väter in jungen Jahren, einem überkommenen

Brauch gemäß, für einige Zeit die Frauen getauscht, und das Ergebnis solcher Einhaltung eines alten Gesetzes war das Erscheinen zweier begabter Menschen gewesen. Bis zum Zweiten Weltkrieg waren Atyk und Mylygrok einander regelmäßig bei den großartigen Festivals begegnet, die man zur Sommerzeit an beiden Ufern der Beringstraße veranstaltete. Gewöhnlich wurde dafür der Zeitpunkt gewählt, da man den ersten Grönlandwal fing, daher nannten die Ethnografen, von denen es bei diesen Gelegenheiten in den Nomadenlagern und den meernahen Siedlungen wimmelte, diese Feste Walfeste.

Mitte der Vierzigerjahre wurden diese Kontakte einseitig unterbunden, als Churchill in Fulton mit seiner berühmten Rede gegen die Sowjetunion auftrat. Bei eben diesem Datum setzen die Historiker den Beginn des Kalten Krieges an. Die gegenseitigen Besuchsreisen der Nachbarn an der Beringstraße hörten auf, und wenn es vorkam, dass sich die Jäger beim Frühlings-Walrossfang begegneten, war man bemüht, nicht viel Worte darüber zu verlieren. Sobald nämlich die sowjetischen Grenzer von derlei Begebenheiten erfuhren, gingen Berichte darüber an den KGB. Man schleppte die Menschen zu Verhören, ängstigte sie und drohte, sie im Wiederholungsfall ins Gefängnis zu sperren.

Dennoch kam es zu Begegnungen.

Mitte der Sechzigerjahre landeten in Inalik, einer winzigen Eskimosiedlung auf der Kleinen Diomedes-Insel, drei sowjetische Eskimos, die sich angeblich im Schneesturm verirrt hatten. Einer von ihnen wünschte, nicht in die Heimat zurückzukehren, und blieb in Alaska. Carpenter hatte ihn des Öfteren in Nome getroffen, er war ein gewöhnlicher Eskimo-Bursche. Er begann zu studieren und wurde Mitarbeiter des von Michael Kronhouse geleiteten Sprachinstituts. In der Gruppe der Eskimos, die sich jetzt in die Sowjetunion aufmachten, befand er sich aber nicht.

Ende der Siebzigerjahre besuchte ferner ein tschuktschischer Journalist aus Ulak für einige Zeit Nome, die Kleine Diomedes-Insel und die Sankt-Lorenz-Insel. Man empfing ihn betont freundschaftlich, und sogar die Lokalzeitungen nannten ihn »die erste Schwalbe eines neuen Frühlings zwischen Alaska und der Tschuktschen-Halbinsel«, dennoch hielt sich ihm gegenüber ein gewisser Verdacht: Die offiziellen sowjetischen Behörden gestatteten kaum einem Mitbürger eine solche Freiheit des Reisens und des Umgangs mit Ausländern. Nach seiner Abreise und dem Abdruck seines Beitrags über das Leben kleiner Nordvölker in der angesehenen amerikanischen Zeitschrift *National Geography* kam es zwischen den beiden Großmächten zu keiner spürbaren Erwärmung.

»Mein Großvater war Händler in Keniskun, an der Pazifikküste der Tschuktschen-Halbinsel, und meine Großmutter stammte aus der Eskimosiedlung Nuwukan am Kap Deschnjow, ihr Mädchenname war Kagat«, sagte Robert Carpenter und stellte sich dem Professor vor.

»Ich weiß davon.« Michael Kronhouse nickte. »So mancher berühmte Reisende vom Ende des vorigen und vom Beginn diesen Jahrhunderts, darunter Amundsen und Stefansson, hinterließ in seinen Reisetagebüchern zahlreiche wohlmeinende Äußerungen über ihn, was man von sowjetischen Schriftstellern nicht sagen kann. Wissen Sie etwas über das Leben Ihres Großvaters auf Tschukotka?«

Robert Carpenter zögerte mit der Antwort. »Ich selbst bin in Nome geboren«, sagte er dann, ein wenig weiter ausholend. »Seit der Kindheit aber habe ich von meiner Großmutter Kagat-Elisabeth viel von dem kleinen, nur aus vier Jarangas bestehenden Keniskun gehört, wo sich der Laden unseres Großvaters befand. Das hat sich mir so tief in die Seele gesenkt, dass mir vorkommt, meine wahre Heimat wären Keniskun und Nuwukan.«

»Keniskun und Nuwukan gibt es schon lange nicht mehr«,

versetzte Michael Kronhouse. »Ende der Fünfzigerjahre wurden alle Eskimos ausgesiedelt, zuerst in die tschuktschische Siedlung Nunakmun in einem Fjord der Lawrentija-Bucht, danach in das Kreiszentrum Kytryn. Die offizielle Begründung dafür lautete, dass man auf dem Steilhang, auf dem die Behausungen – Nynlju genannt – standen, unmöglich Holzhäuser errichten konnte. Obgleich dort zuvor schon eine Schule, ein Leuchtturm und eine Polarstation gebaut worden waren. Aber das war ein Vorwand. Der Hauptgrund bestand in der engen Verwandtschaft der Nuwukaner mit den Bewohnern der Kleinen Diomedes-Insel. In Inalik lebten ihre Brüder, Schwestern, Großväter und Großmütter. Die russischen Grenzer vermuteten nicht ohne Grund, dass sich die Nuwukaner während der Walrossjagd in der Beringstraße heimlich mit ihren Verwandten trafen. Die Nuwukaner Eskimos, die es gewohnt waren, in enger Sippengemeinschaft zu leben, wurden bei den Tschuktschen nicht heimisch. Sie konnten gute Nachbarn sein, nicht aber mit ihnen den Friedhof teilen, Heiligtümer, die Meeresküste ... Das hatten die sowjetischen Bürokraten nicht berücksichtigt. Sie konnten nicht verstehen, wieso Menschen unglücklich sind, denen man kostenlos nagelneue Holzhäuser überließ, Mobiliar und Darlehen für die Ausstattung ... Die Bolschewiken begriffen auch nicht, dass sie eine einzigartige ethnische Gruppe vernichteten, die letzte lebende Brücke, die die Urbewohner der östlichen und der westlichen Halbkugel miteinander verband. Ein Teil der Nuwukaner siedelte später nach Ulak um, immerhin mehr in die Nähe der verlassenen Heimat, ein anderer Teil ging in das Kreiszentrum Kytryn, wo die stolzen Meeresjäger, Walfänger, öffentliche Toiletten säuberten, allerlei Hilfsarbeiten verrichteten und allmählich dem Trunk verfielen. Das Einzige, worin die Gemeinschaft der Nuwukaner noch bestand, war die sorgsame Pflege von Liedern und Tänzen. Haben Sie außer den nostalgischen noch andere Interessen, was Tschukotka angeht?«

»Meine Idee ist es, ein Monitoring einzurichten, um die Wanderungen der großen Meeressäuger in der Beringstraße zu beobachten, und für diese Arbeit ortsansässige Jäger der Tschuktschen-Halbinsel heranzuziehen. Der Vorschlag hat erstaunlich viel Unterstützung in mehreren Ministerien gefunden.« Robert Carpenter spürte, dass seine Antwort allzu offiziell geklungen hatte, und verlegen fügte er hinzu: »Ich würde auch gern jemanden von meinen entfernten Verwandten finden.«

Die Gruppe der Eskimos hatte sich am Bug versammelt und sprach lebhaft über die sich vor ihnen auftuende Beringstraße. Etliche unter ihnen kannten diese Gegend gut, die Älteren waren hier früher sogar an Land gegangen, an dieser Küste, die sich jetzt aus einem unebenen blauen Streifen am Horizont allmählich in ein Festland mit graubraunen Felsen, grünen Tälern und steilen, steinigen Kaps verwandelte. Zahllose Schwärme von Seevögeln breiteten sich flach über das Wasser. Dann und wann stiegen Walfontänen in die Luft empor, und durch den Lärm des Schiffsmotors hindurch drang das Grunzen von Walrossen.

In diesen Breiten herrscht Ende Juni der Polartag. Zwar versinkt die Sonne in den Abgründen des Ozeans, aber sie steigt sogleich wieder herauf und beleuchtet die endlosen Wasserweiten. Leicht steuerbords, gleichsam in die Meeresfläche eingefasst, erhoben sich die Diomedes-Inseln. Getrennt nur durch eine zwei Meilen schmale Meerenge, verschmolzen sie selbst aus geringer Entfernung in eins.

Diese Landschaft hat mein Großvater gesehen, und nicht nur einmal, dachte Robert Carpenter. Warum war er aus dem fernen Australien hierher gekommen? War es nur der Wunsch gewesen, schnell reich zu werden, oder hatte es noch andere Gründe gegeben? Schließlich war Australien lange Jahre nach seiner Entdeckung und dem Anschluss an die Besitzungen der britischen Krone hauptsächlich von Verbrechern besiedelt gewesen, von Mördern, die man zu lebenslanger Zwangsarbeit verurteilt hatte, von allem möglichen menschlichen Auswurf. Ob der Großvater vielleicht ein direkter Nachkomme solch eines Ausgestoßenen gewesen war, von denen sich die wohlanständige englische Gesellschaft losgesagt hatte?

Gewöhnlich gingen weiße Männer, nachdem sie eine Zeit lang in Dörfern der Tschuktschen oder Eskimos gelebt, sich dort eine Frau genommen und Kinder gemacht hatten, wieder auf und davon, ließen die hiesigen Frauen mit dem Nachwuchs sitzen und vergaßen sie vollends. Robert Carpenter senior jedoch hatte Frau und Kinder mit sich genommen. Anfangs hatte er sich in Nome niedergelassen, zum Ende seines Lebens aber war er in die Nähe von San Francisco gezogen. Ob er vorgehabt hatte, nach Tschukotka zurückzukehren und seine Schätze zu holen? Vermutlich, denn in den ersten Jahren der Revolution glaubte niemand im Westen, dass sich diese in der Staatsführung eines so riesigen Landes wenig erfahrenen Revolutionäre mit dem halbgebildeten Advokaten Wladimir Lenin an der Spitze lange würden halten können.

Er begab sich auf die Kapitänsbrücke und bat um ein Fernglas. Die *McKinley* passierte backbords die Ruinen des alten Nuwukan, aus der Entfernung kaum auszumachende, in die Erde eingewachsene Behausungen. Etwas weiter rechts sah man das halb zerstörte Gebäude der Polarstation sowie den Leuchtturm mit der Bronzebüste des russischen Kosaken Semjon Deschnjow, der als erster Europäer diese Meerenge, die die Alte von der Neuen Welt trennt, durchfahren hatte.

Dabei hätte man hier von Rechts wegen nicht ihm, sondern dem Großen Inuk ein Denkmal setzen müssen, diesem »wahren Menschen«, der bewiesen hat, dass es möglich ist, unter extremen Bedingungen, am äußersten Rand des menschlichen Lebenskreises, in Würde zu leben.

2

In Ulak rüstete man sich zum Empfang der amerikanischen Touristen. Der Dorfsowjet belegte im Parterre eines gewöhnlichen Wohnhauses eine Dreizimmerwohnung, und über dem Aufgang wehte eine verblichene Fahne von unbestimmter Farbe.

In dem engen Raum hatte sich zusammengefunden, was in Ulak Rang und Namen hatte: das Haupt der Lokalbehörde Michail Amos, der Direktor des Ateliers für Walrossbeinschnitzarbeit Anatoli Jetuwgi, die Schuldirektorin Awgusta Tantro, der Chef des Bezirks-KGB Dmitri Dudykin, der Kommandeur der Grenzwache Tschikin, der Stellvertretende Vorsitzende des Kreissowjets Dschafar Taligur sowie Margarita Borotojewa, Vertreterin der Moskauer Touristikfirma »Polarlicht«.

Dmitri Dudykin hielt eine Rede. Ungeachtet seines Oberstenranges war er in Zivil und unterschied sich äußerlich durch nichts von seiner Umgebung. Nur in seinem Gesicht ließ sich eine gewisse Raubgier beobachten, wie bei einem hungrigen Hecht. Die Ähnlichkeit mit einem Fisch verstärkten sein lang gestrecktes Gesicht und die weißlichen, ausdruckslosen Augen.

»Ich habe Mitteilungen darüber, dass unter den amerikanischen Touristen auch solche sein werden, die sich für unsere Militärgeheimnisse interessieren. Seid auf der Hut. Vor allem, was die militärischen Objekte betrifft ...«

»Und was sollen wir als militärisches Objekt ansehen?«, erkundigte sich Michail Amos. »Die Ruinen der Radarstation, den erloschenen Leuchtturm?«

Natürlich hatte auch Dudykin selbst keinen Schimmer, was in diesem Nest als Geheimobjekt gelten konnte. Den Standort der Siedlung hatten Militärsatelliten längst registriert, und sogar die frei erhältlichen Touristenkarten waren viel präziser und detaillierter als die Landkarten, die, hinter Vorhängen verborgen, in seinem Arbeitszimmer in Anadyr und bei der Grenzwache hingen. Die Vorschriften für das Fotografieren waren veraltet. Bereits vor der Perestroika hatte ein japanisches Fernsehteam Tschukotka besucht. Die hatten Landkarten bei sich gehabt, wie sie die sowjetischen Militärs im ganzen Leben noch nicht besessen hatten! Die Warnung vor Kontakten mit dem Ausland war ja auch nicht mehr gültig. Im Gegenteil, es gab die Empfehlung, gemäß der Politik des neuen Denkens, solche Kontakte auf jegliche Weise zu fördern. Bald war es so weit, dass die offiziellen Organe bei einem so hochwichtigen, ja historischen Ereignis wie der Ankunft der ersten amerikanischen Touristen in Ulak nichts zu tun hatten!

»Dennoch, Wachsamkeit ist geboten!«, sprach Dudykin mit Strenge. »Unter den Touristen befinden sich möglicherweise Agenten des CIA! Ich habe eine Liste ...« Der KGB-Mann entnahm seinem schwarzen Diplomatenköfferchen ein Blatt Papier. »Hier, Michael Kronhouse, Leiter des Sprachenzentrums der Urvölker an der Alaska-Universität in Fairbanks. Der wird ganz bestimmt Verbindungen zur örtlichen Intelligenz knüpfen wollen, vor allem zu Lehrern der heimischen Sprachen und zu Nuwukaner Eskimos. Gibt es solche bei uns?«

»An Nuwukanern wären da Jascha Tagjok, Leiter des örtlichen Folkloreensembles, die Tschuktschisch-Lehrerin Tanja Putschetegina ... Die übrigen Nuwukaner haben ihre Muttersprache vergessen«, erklärte Michail Amos. »Und auch Sie selbst leben ja schon fast ein Vierteljahrhundert auf Tschukotka, ohne die hiesigen Sprachen zu kennen.«

Natürlich, noch vor sehr kurzem hätte sich Michail Amos

um keinen Preis eine solche Bemerkung erlaubt, inzwischen aber verfügte Oberst Dudykin nicht mehr über seine einstige Macht. Amos ärgerte diese sich hinziehende Konferenz. Sein Kopf schmerzte nach dem gestrigen Abend zum Zerspringen, im Safe aber wusste er eine Flasche mit frischem Selbstgebrannten, den der Revierpolizist Katejew, ständiger Zechgenosse des Hauptes der Dorfadministration, vom Dorfarzt Miljugin besorgt hatte. Einigen Spaß bereitete es Amos lediglich, sowohl Dudykin als auch Taligur und alle anderen Vertreter der Macht verunsichert, ja sogar erschreckt zu sehen.

Einzig Margarita Borotojewa, die Repräsentantin der Touristikfirma »Polarlicht«, hielt beherzt die Fahne hoch. »Alles, was Sie sagen« – sie nickte zu Dudykin hin – »ist wichtig. Aber das ist nicht die Hauptsache. Die Hauptsache ist: den Touristen auf höchstem Niveau aufzuwarten, ihnen das Allerbeste zu zeigen, alles, worauf Ulak und ganz Tschukotka heute stolz sein können.«

»Ich wüsste zu gern, worauf wir stolz sein können«, murmelte Amos vor sich hin.

»Genau!« Dudykin, eben noch verdüstert, belebte sich. »Wir müssen es so einrichten, dass wir alles Negative vor der Aufmerksamkeit der amerikanischen Touristen abschotten.«

»Der Verkauf von Spirituosen im Laden wird untersagt! Überhaupt sollte man den Laden für diese Zeit schließen. Die Regale sind sowieso leer, wir blamieren uns nur. Es wird Inventur gemacht!«, steuerte Taligur seine Ideen bei.

»Bei uns kauft kaum jemand Schnaps im Laden, der ist zu teuer«, bemerkte Amos, dessen Gedanken abermals um jene im Safe verborgene Flasche kreisten.

»Sondern wo?«, fragte Taligur.

»Bei den Russen … Etliche von denen brennen selber. Lehrer, Bauleute, Heizer in den kommunalen Wohnungen …« Den wichtigsten Schnapsbrenner in Ulak, den Doktor, verschwieg Amos jedoch.

»Die Miliz muss Weisung erhalten – keine Betrunkenen auf die Straße lassen!«, erklärte Dudykin entschieden.

»Sollen wir sie anketten? Wie Hunde?«

»Da ist noch so ein verdächtiges Element auf der Liste der Touristen«, fuhr Dudykin fort. »Ein Mister Robert Carpenter, angeblich Wissenschaftler, Spezialist für Walrosse und Wale.«

»Ein bekannter Name«, bemerkte Amos nachdenklich. »Vor der Revolution hat es da, glaube ich, so einen Händler in Keniskun gegeben. Sollte der noch am Leben sein?«

»Der Heizer Andrej Sipkaljuk hat sich gelegentlich damit gebrüstet, dass dieser Carpenter sein Großvater sei. Sipkaljuks Großmutter soll bei Carpenter in Keniskun Dienstmädchen gewesen sein und Kinder von ihm gehabt haben«, ließ sich der Kommandeur der Grenzwache Tschikin vernehmen.

»Wie alt wäre er dann, doch mindestens hundert Jahre!«, rechnete Amos verwundert.

»Bei den Amerikanern gibt es viele Langlebige«, gab die Borotojewa zu bedenken. »Im Westen bilden die Älteren das Hauptaufkommen an Touristen. Ein Leben lang sparen sie, gönnen sich nichts, um dann ein glückliches Alter zu genießen.«

»Darin liegt der grundlegende Unterschied zwischen Sozialismus und Kapitalismus«, bemerkte Amos.

»Worin?«, fragte Dudykin aufhorchend.

»Bei uns haben wir eine glückliche Kindheit, und bei denen gibt es ein glückliches Alter.«

Dudykin vertiefte sich erneut in die Liste und präzisierte: »Nein, nein, dieser Carpenter muss jünger sein, Jahrgang zweiundfünfzig. Entweder ein Namensvetter oder ein entfernter Verwandter.«

Man rief Tagjok herbei, den Leiter des Dorfensembles und ehemaligen Solisten der berühmten Truppe »Ergyron«. Äußerlich machte er einen angenehmen Eindruck, er war korrekt gekleidet und sauber rasiert. Mit »Ergyron« hatte er ganz Europa bereist, er war mehrmals in Alaska gewesen und sogar bis Grönland gekommen.

»Bei mir ist alles bereit«, meldete Tagjok. »Die Vorführung wird zwei Stunden dauern.«

»Ist das nicht ein bisschen viel?«, fragte Amos.

»Bestens so, in Ordnung!« Dudykin nickte billigend. »Es ist die beste Art und Weise, um die Gäste zu unterhalten und sie von ungenehmigter Kontaktaufnahme abzuhalten. Und wie steht es mit dem Repertoire? Ich meine hinsichtlich Ideologie und Tendenz …«

»Unsere Lieder und Tänze sind in der Tendenz stets richtig«, erwiderte Tagjok würdevoll und sah dem Oberst gerade in die Augen.

Awgusta Tantro gab Bescheid, dass in der Schule sauber gemacht worden sei, dass die Kinder im Internat frische Bettwäsche erhalten hätten und dass es für sie eine gute Mahlzeit geben werde, ein Festessen, präzisierte sie.

Am Eingang zum Dorfsowjet tummelte sich allerlei angereistes Volk: Fernsehleute aus Anadyr, Magadan und Moskau, Journalisten, Fotoreporter.

Nur Iwan Kutegin saß allein hoch oben auf dem Felsen Eppyn, von wo sich ein weiter Blick auf den nördlichen Ausgang der Beringstraße eröffnete, und beobachtete mit einem gewaltigen Fernglas den Meereshorizont. Er hatte es sich auf einem von zwei gänzlich gleichartigen großen Steinen bequem gemacht. Die Steine waren von einer bemoosten rauen Kruste bedeckt, die die Spuren von Tierkrallen trug, so als habe jemand versucht, die Oberfläche zu zerkratzen. Aus Erzählungen der alten Leute wusste Kutegin, dass an eben dieser Stelle der berühmte Ulaker Schamane Mletkyn bestattet worden war, aber fast schon am Tag nach dem Begräbnis war er spurlos verschwunden, so erzählte man.

Kutegin gehörte zu denen, die sich am meisten vom Besuch

der amerikanischen Touristen versprachen. Er hielt vorsorglich eine größere Kollektion von Souvenirs für den Verkauf bereit und hoffte auf einen Erlös von mehreren hundert Dollar. Natürlich würde es schwierig sein, das Geschäft heimlich vor der Obrigkeit zu tun. Was das Haupt der Dorfadministration und den Direktor des Ateliers für Walrossbeinschnitzerei anging, in dem der Meister formal eingeschrieben war, so bereitete ihm das keine Sorgen. Vor allem fürchtete er Dudykin und Taligur.

Kutegin stieg zur Straße hinunter, ging auf die Menschenansammlung vor dem Dorfsowjet zu und verkündete lauthals: »Der Dampfer kommt!«

Früher hatte eine solche Ankündigung den Ulakern viel bedeutet. Alles Neue kam von See hierher, zuerst auf Segelschiffen, später auf Dampfern. Wer als Erster die Kunde vom Herannahen eines Schiffes herbeibrachte, den erfüllte das mit Stolz. Auf der hohen Plattform des Beobachtungsturms der Grenzwache trat der Posten, mit einer Wattejacke in Tarnfarben bekleidet, unruhig auf der Stelle. Beim besten Willen hätte er das sich nähernde Schiff nicht sehen können, denn der Turm stand so, dass sein Hauptbeobachtungsfeld die Siedlung war, nicht aber die hinter dem schroffen Felsen verborgene Staatsgrenze. In der Tat beaufsichtigten die Ulaker Grenzer im Wesentlichen die örtliche Bevölkerung, für die im Schoße der sowjetischen Bürokratie alle Arten von Verboten gediehen, nur um die vor lauter Nichtstun verschmachtenden Wachen zu beschäftigen. In einem Dreivierteljahrhundert hatte es einen einzigen Überläufer gegeben, aber auch das war kein Amerikaner gewesen, sondern ein Abenteuer suchender Mexikaner, ein, wie sich bald zeigte, geistig verwirrter Mensch. Und Anfang der Siebzigerjahre waren zwei Heizer aus dem Kesselhaus des Kreiszentrums Kytryn in betrunkenem Zustand mit einem Gummiboot in einen Sturm geraten und zum Kap Prince of Wales getrieben worden. Dafür hielten sich die Ulaker öfter mal nicht an die im Grenzgebiet geltenden Vorschriften. Bald waren die Passierscheine fehlerhaft ausgestellt, bald hatten sie dieselben nicht rechtzeitig erhalten und fuhren ohne die nötigen Papiere zur Jagd auf die Meerestiere hinaus.

Besonderen Eifer legten die Bewacher der Staatsgrenze bei der Kontrolle der Pässe an den Tag. Sie mochten einen Menschen vom Sehen kennen, mit ihm schon getrunken haben, aber unbedingt kontrollierten sie seinen Pass. Ein Ulaker Jäger konnte sich ohne Patronen aufs Meer oder in die Tundra begeben, keinesfalls aber ohne Pass. Eine Abfahrt oder Ankunft ohne Dokument galt als Grenzverletzung und wurde bestraft.

Die Soldaten trugen heute Paradeuniform, die Stiefel blitzten. Auf Befehl des Grenzwachenleiters hatten die Menschen, die zur Begrüßung gekommen waren, auf einer Kiesbank Aufstellung genommen, die günstigsten Plätze waren von den Fernsehleuten und ihrem Gerät besetzt.

Die Borotojewa hielt eine amerikanische Flagge in der Hand, neben ihr stand Michail Amos, der inzwischen den ersehnten Schluck aus der Flasche genommen hatte und somit selbstgewiss war und heiter gelaunt.

Der Liner näherte sich langsam der Küste, gleichsam tastend, um nicht auf eine Untiefe zu stoßen. Iwan Kutegin sah durch das Fernglas längsseits die zusammengedrängten Passagiere in ihren grellfarbenen Jacken, behängt mit Fotoapparaten und Videokameras.

Neben Kutegin hatte Arkadi Pesterow Stellung bezogen. Pesterow, ausgebildeter Lehrer und Absolvent der Parteischule in Chabarowsk, war einst Direktor des Ateliers für Walrossbeinschnitzarbeit gewesen, dann aber wegen »mangelnder ideologischer Wachsamkeit« aus der Partei ausgeschlossen worden. Man hatte ihn beschuldigt, allzu enthusiastisch den Musiker Rostropowitsch empfangen zu haben, der, wie sich herausstellte, damals, Anfang der Siebzigerjahre, vom KGB »beschattet« wurde. Rostropowitsch sei ja nach Ulak gekommen, um, wie die »zuständigen Organe« zu verstehen gaben, über die Beringstraße nach Amerika zu flüchten. Pesterow wurde daraufhin seiner Ämter enthoben und zum Ingenieur für Meeresjagd und Fischfang im Sowchos degradiert, widmete sich aber vor allem der Trinkerei. Inzwischen hatte er viele Jahre im Dauerrausch verbracht. Kutegin verachtete ihn deshalb ein wenig. Iwan Kutegin hatte aus eigener Kraft mit dem Trinken aufgehört, ohne sich einer Behandlung nach der Doktor-Schitschko-Methode zu unterziehen. Wie verderblich diese üble Trinkerei war, zeigte ein Blick auf Pesterows blasses, ausgemergeltes, unrasiertes Gesicht, ja auf die Mehrheit der großzügig mit der Produktion des Dorfarztes getränkten Ulaker. Bei alledem wurde Pesterow in Ulak mehr respektiert als Michail Amos, das Haupt der Dorfadministration. Der ehemalige Direktor des Ateliers für Walrossbeinschnitzerei kannte sich in den Gesetzen aus, vor allem aber befand er sich wegen seiner verderblichen Angewohnheit in ständiger Opposition zu den Behörden und ging demonstrativ zu keinerlei Wahlen – dies sei alles Schwindel und Volksbetrug. Die Obrigkeit verachtete Pesterow demonstrativ, fürchtete ihn aber auch ein wenig. Dudykin sah von weitem zu ihm hin und dachte argwöhnisch, der solle ja nichts anstellen, dieser reinblütige Tschuktsche. Pesterow hatte seinerzeit an Stelle seines angestammten Namens Tynawukwutagin den russischen Namen seiner ersten Frau angenommen.

Jetzt, beinahe nüchtern, riet er seinem Landsmann, mit der Valuta vorsichtig zu sein: »Das Valutagesetz gilt unverändert, auch wenn es schon lange nicht mehr beachtet wird. Im Fall des Falles können sie dir einen Strick draus drehen.«

»Du solltest mir lieber helfen«, bat Kutegin. »Ich gebe dir einen Anteil.«

Pesterow hatte in der Schule, in der pädagogischen Lehranstalt und später an der Parteischule Englisch gelernt. Dank seines ausgezeichneten Gedächtnisses hatte er sogar in seinem vom Alkohol vernebelten Kopf einige Kenntnisse bewahrt und konnte sich durchaus verständlich machen.

Unterdessen war der Koloss der *McKinley* zum Stehen gekommen, und die zur Begrüßung Versammelten konnten sehen, wie beide Anker nach unten gingen. Sogleich wurden sechs geräumige Beiboote zu Wasser gelassen. Mit Passagieren gefüllt, fuhren sie auf das Ufer zu. Als der Bug des ersten Bootes den Ulaker Kies berührte, erscholl aus dem Obergeschoss der Schule die amerikanische Hymne, gespielt von dem hiesigen Ziehharmonikaspieler Terkië. Terkië war gelähmt, Schüler der höheren Klassen hatten ihn auf ihren Armen in den ersten Stock des Schulgebäudes getragen und ihn vor das geöffnete Fenster gesetzt. Bald verstummten die letzten Akkorde der feierlichen Musik, und die Grenzer machten sich an die Kontrolle der Pässe. Dudykin wandte sich zur Borotojewa um und fragte streng: »Wo bleibt unsere Hymne?«

»Welche? Unsere alte enthält noch den Text vom weisen Stalin, und die neue hat man uns nicht geschickt.«

Die Touristen, deren Papiere kontrolliert waren, gingen hinüber zur amerikanischen Flagge, die die Borotojewa immer noch hoch erhoben hielt. Sie sprach laut und forsch Englisch mit ihnen, zu Dudykins Neid und Ärger, der kein Wort verstand. Die Überprüfung der Dokumente zog sich in ermüdender Weise hin. Es kam zur Verzögerung bei den amerikanischen Eskimos. Deren nagelneue Pässe weckten bei der Grenzwacht besonderes Misstrauen. Robert Carpenter beobachtete die schleppende Prozedur und sagte vernehmlich in recht sauberem Russisch: »Eigentlich haben die Inuit nach den jüngsten Vereinbarungen zwischen unseren Staaten das Recht auf eine visafreie Einreise nach Tschukotka.«

»Über diese Regelung sind wir nicht informiert«, antwortete Tschikin höflich. »Wir bräuchten dafür besondere Instruktionen.«

Carpenter zuckte die Achseln und wollte soeben auf die

Kiesbank hinaufsteigen, auf der sich die Einheimischen drängten, als der Anschrei der Borotojewa ihn aufhielt: »Nicht von der Gruppe entfernen!«

Unterdessen ging ein anderer Amerikaner, ein dunkelhaariger mit Schnurrbart, der bei den amerikanischen Inuit gestanden hatte, auf die Borotojewa zu und sagte: »Wir, die Vertreter der örtlichen Bevölkerung Alaskas, benötigen kein übliches touristisches Programm.«

Die Borotojewa musterte ihn aufmerksam. Der Mann sah so gar nicht wie ein Inuk aus.

»Gestatten Sie, dass ich mich vorstelle – Professor Michael Kronhouse.« Der Professor streckte ihr die Hand hin. »Leiter des Zentrums für die Sprachen der Ureinwohner an der Alaska-Universität.«

»Ich habe von Ihnen gehört!« Mit diesen Worten drängte sich Jascha Tagjok nach vorn.

Zum Erstaunen aller sprachen der Nachkomme der Nuwukaner Eskimos und der amerikanische Professor lebhaft miteinander. Dudykin hätte beinahe geschrien: »Sprechen Sie Russisch!« Jedoch in dieser Weise konnte er wohl einen Ureinwohner Tschukotkas, der sich beim Telefonieren mit Verwandten in einer entfernten Ortschaft vergaß, zum Schweigen bringen – dies aber waren immerhin Ausländer, mochte der Teufel sie holen! Daran gewöhnt, zu befehlen und zu kommandieren, fühlte sich Dudykin jetzt ratlos, ja sogar in gewissem Grade gedemütigt. Er, der wichtige Mann, der in die Staatsgeheimnisse eingeweiht war, stand unversehens im Abseits, weggedrängt von der den Gästen entgegenflutenden Menge. Die Borotojewa las den Touristen bereits mit lauter Stimme das Programm vor und gebot ihnen, ihr zu folgen. Als Punkt eins war das Kennenlernen der alten Siedlung Ulak vorgesehen.

»Der Name Ulak, wie die Ethnografen behaupten«, berichtete die Borotojewa, forsch eine Broschüre des Historikers Wladilen Leontjew über die Ortsnamen Tschukotkas wiedergebend, die das Heimatkundemuseum von Anadyr publiziert hatte, »kommt von dem Eskimo-Wort ›ulak‹, und das bedeutet übersetzt ›Frauenmesser‹ ...«

Die Touristen schrieben eifrig in ihre Notizblöcke, hielten ihre Tonbandgeräte dichter heran, ließen die Videokameras laufen und die Fotoapparate klicken.

Michael Kronhouse zog aus einem großen Umschlag eine Fotografie, sah immer wieder darauf und schaute umher. Pesterow, der sich in der Nähe befand, warf über seine Schulter hinweg einen Blick auf die Aufnahme.

Es handelte sich dabei um eine Panoramaansicht des alten Ulak. Natürlich hatte er dieses frühere Ulak nie gesehen, aber die alten, längst dahingegangenen Schnitzmeister – Chuchutan, Wukwutagin und Tukkaj – hatten zu gern eben diese Ansicht auf einem langen Walrossstoßzahn dargestellt. Das heimatliche Dorf eignete sich bestens dafür, auf einen Walrossstoßzahn übertragen zu werden, denn es erstreckte sich über die ganze Länge der aus Kies und Geröll bestehenden Landzunge. Auf der einen Seite wurde die Nehrung von der Lagune umspült, auf der anderen vom Eismeer.

»Der Fotograf hat das Bild von der Stelle aufgenommen, an der die Jaranga des berühmten tschuktschischen Schamanen Mletkyn stand«, sagte Pesterow. »Weiter hinten, in Richtung Lagune, war die Jaranga meines Großvaters.«

»Die Aufnahme wurde neunzehnhundertsechsundzwanzig gemacht«, sagte Kronhouse.

»Ja, richtig! Darum gibt es außer der Schule nicht ein einziges Holzhaus darauf, nur Jarangas«, bemerkte Pesterow nachdenklich. »Und wir haben hier gar keine alten Leute mehr, die sich an diese Zeiten erinnern.«

»Ist Ihnen der Name Robert Carpenter bekannt?«

»Gehört habe ich ihn mal, aber ich erinnere mich nicht ...«

»Vor der Revolution lebte bei Ihnen in Keniskun ein Händler Robert Carpenter«, half Kronhouse nach.

»Ja, ja! Ich habe darüber gelesen!« Pesterow schlug sich mit der Hand an die Stirn. »In dem Roman *Brand in der Polarnacht* von Tichon Sjomuschkin.«

Kronhouse dachte betrübt, dass offenbar dieser Roman des sowjetischen Schriftstellers die einzige historische Quelle jener Zeiten für die heutige Generation von Tschukotkas Ureinwohnern darstellte.

»In unserer Gruppe befindet sich sein Enkel, er heißt ebenfalls Robert Carpenter«, sagte Michael Kronhouse.

»Das bin ich.« Carpenter reichte Pesterow die Hand.

»Arkadi«, nannte Pesterow seinen Vornamen und sah sich um. Sein langes Gespräch mit den Amerikanern zog sichtlich die Aufmerksamkeit Oberst Dudykins auf sich.

»Kommen Sie, ich mache Sie auch mit meinem Freund bekannt, dem berühmten Ulaker Walrossbeinschnitzer Iwan Kutegin«, schlug Pesterow hastig vor. »Er ist hier bei uns Mitglied des Künstlerverbandes, Träger des Staatspreises ... Sie können sich bei ihm zu Hause seine Arbeiten ansehen.«

Kutegin, der sich schon bereithielt, streckte den Gästen schüchtern die Hand hin. »Dort drüben stand unsere Jaranga.« Kutegin machte eine ausholende Handbewegung in Richtung Lagune. »Und hier« – er tappte mit dem Fuß auf – »haben Kmol, sein Bruder Giwëu und dessen ganze Familie gewohnt. Die Nachkommen des berühmten Schamanen Mletkyn.«

»Und wo sind die Jarangas hingekommen?«, fragte Carpenter.

»Das weiß ich nicht mehr«, antwortete Kutegin, während er langsam die Richtung zu seinem Haus einschlug. »Etliche davon hat man verbrannt.«

»Aber die Steine, es hingen doch viele Steine an den Jarangas«, wandte Carpenter ein und verblüffte mit seiner erstaunlichen Detailkenntnis. »Die Steine hat man ja wohl nicht verbrannt ...«

»Das stimmt.« Pesterow, ein wenig mutiger geworden, schaltete sich wieder in das Gespräch ein. Sie hatten die übrige

Menge bereits ein gutes Stück hinter sich gelassen. »Man hat sie zum Heiligen Stein gebracht.«

»Und wo ist dieser Heilige Stein?«

»Man hat ihn als Fundament für die Bäckerei genommen«, antwortete Pesterow düster.

Die Erinnerungen stiegen in ihm auf. Ein dunkler Herbsttag, der Sturm brauste, die weißen Schaumkämme der schwarzen Wellen glitten bis an die äußersten, dem Meer zunächst stehenden Jarangas heran ... Der Großvater hatte den Jungen, der damals noch den bei der Geburt gegebenen tschuktschischen Namen Tynawukwutagin trug, hierher geführt. Unterm Schoß des Mantels aus Walrossdärmen, der vor dem nassen Wind schützte, trug der Großvater das Opfergericht, etwas Schwarzes und Glitschiges, über das Bröckchen weißen Rentalgs gestreut waren. Der Großvater erklomm den glatten, schlüpfrigen Stein, der dem Rücken eines aus dem Meer getauchten Grönlandwals wundersam ähnelte, und begann zu singen, sang mit weit aufgesperrtem Mund gegen den eisigen Wind. Gesang und Worte trug der Wind sogleich davon, sodass der Junge nichts davon mitbekam. Wahrscheinlich betraf dieser Akt ihn, der am folgenden Tag die erste Klasse der Ulaker Schule besuchen sollte.

Später vermutete der Physiklehrer, der Heilige Stein sei nichts anderes als ein Meteorit mit Einsprengseln magnetischen Eisens. Er stellte ein Federmesser gegen die steile Flanke des steinernen Riesen, und das Messer hielt daran wie festgeklebt.

An heiteren Sommertagen, in der kurzen Ruhezeit zwischen der Jagd auf die Frühlingswalrosse und der Ankunft der ersten Walrudel, wurden am Heiligen Stein Feste mit Gesang und Tanz gefeiert, dann trat jedes Mal Atyk in den Kreis, ein noch rüstiger Alter. Er sang mit lauter, heiserer Stimme, und als Pesterow später einen berühmten schwarzen Sänger hörte und danach den russischen Sänger Wladimir Wyssozki, gewahrte er zu seinem Erstaunen, dass Atyk ihnen in dieser Art des Gesangs um viele Jahre voraus gewesen war.

Nach den Sechzigerjahren, als die neue Bäckerei gebaut wurde, ließ der Bauleiter Gawrila Popow den Heiligen Stein ausroden und mit zwei mächtigen Bulldozern an Stahltrossen in die nicht sonderlich tief ausgehobene Baugrube schleppen. Darüber wälzte man von den Jarangas übergebliebene Steine. Nur ein paar Greise beweinten stumm und tränenlos dieses lästerliche Tun, die übrigen Bewohner von Ulak indessen, wie stets halb im Rausch, begleiteten mit zustimmendem Geschrei die letzte Reise des Heiligen Steins. Es geschah dies zu eben jener Zeit, da Nikita Chruschtschow, der nächste Führer des Sowjetvolkes, eine neue Offensive gegen die Kirche unternahm.

An der Bäckerei machte Robert Carpenter kurz Halt und betrachtete aufmerksam das Fundament des Gebäudes. Der Zementputz war längst gebröckelt und abgefallen, und so ragten die Jaranga-Steine in ihrer ursprünglichen Gestalt, bewachsen mit schwammigem, rauflächigem Moos, aus der Erde.

»Sowieso muss die Bäckerei abgerissen werden«, bemerkte Pesterow bekümmert.

»Warum?«, fragte Carpenter.

»Pilzbefall«, erklärte Pesterow. »Vom Festland haben sie befallene Baustoffe hergebracht. Es wurde nichts kontrolliert.«

In Kutegins Atelier hielten sich die Gäste nicht lange auf. Pesterow stand Schmiere und verdiente sich Prozente bei dem Geschäft – er sollte den Meister warnen, falls sich jemand näherte. Carpenter und Kronhouse aber kauften nicht viel, offenbar waren sie nicht die betuchtesten unter den Gästen.

Unterdessen trieb die Borotojewa die Gäste mit lauten Rufen zum Kulturhaus, während sie sie zugleich vom Kleinhandel loszureißen suchte.

Am Eingang wurde Robert Carpenter von einem jungen

Burschen angehalten, der mit einer speckigen Jacke bekleidet war und dessen alte Jeans in kurzen Gummistiefeln steckten. Sein lange nicht mehr gekämmtes dichtes Schwarzhaar bauschte sich auf dem Kopf. Der Bursche lächelte schief mit zahnlosem Mund, er verbreitete um sich den Geruch von billigem, im Magen gestautem Alkohol.

»Du also bist Robert Carpenter?«, fragte er, auf unsicheren Beinen schwankend.

»Der bin ich.«

»Der Enkel des Händlers Robert Carpenter?«

»Jawohl.«

»Und warum hat man dich genauso genannt?«

»Das müsste man meine Eltern fragen«, antwortete Robert höflich. Der Umgang mit dem betrunkenen Typ war ihm unangenehm, aber er ließ sich nichts anmerken. Die Dreistigkeit des Burschen, sein Grinsen vermischten sich sonderbar mit Anbiederei und kläglichem, nur scheinbarem Stolz.

»Und ich bin Andrej Sipkaljuk«, sagte der Bursche. »Wie es heißt, sind wir verwandt ... Dein Großvater war der Vater meiner Mutter. Weißt du davon?«

»Nein.« Robert zuckte die Achseln. Obwohl es durchaus so sein konnte, denn nach dem Brauch jener Zeit galt der Weiße als Mensch hoher Rasse, er erschien als Quelle frischen Blutes.

»Alle sagen es«, wiederholte der Bursche nachdenklich.

Die Menschenmenge war längst durch die breite Eingangstür in das Kulturhaus vorgedrungen, nur noch Robert und Andrej standen draußen. Andrejs Gesicht kam plötzlich Robert ganz nahe, und er flüsterte laut: »Gib mir sechzig Rubel!«

»Warum sechzig?«, fragte Robert automatisch zurück.

»Das ist genau der Preis einer Flasche!«

»Ich habe kein russisches Geld. Nur amerikanische Dollars.«

»Dann gib Dollars!«

Robert wühlte in seiner Brieftasche und holte eine Fünfzigdollarnote hervor. Andrej schnappte den Geldschein und sagte im Davonlaufen: »Wie gut ist es doch, einen reichen amerikanischen Verwandten zu haben!«

Im großen Saal des Kulturhauses ertönten bereits die Schellentrommeln, und die Männer, in Weiß gekleidet, sowie die Frauen in farbiger, baumwollener Kamlejka saßen in einer Reihe auf der Bühne. Als Erste traten wie üblich die Kinder auf. Sie bewegten noch linkisch, ungeschickt die Arme, nicht im Takt, hingegen zeigten die nach ihnen kommenden älteren Kinder bereits ein Gefühl für die alte Musik der Beringstraße.

Die in der ersten Reihe sitzenden Gäste – die amerikanischen Inuit – gaben beifällige Aufschreie von sich, und manch einer vermochte nicht an sich zu halten, sprang auf die Bühne und reihte sich in den allgemeinen Tanz der Freude ein, welcher der Melodie und der ungezwungenen Tanzweise nach so ganz dem ähnelte, was Robert Carpenter von klein auf in Nome gehört und gesehen hatte. Die gleichen Gesichter, die gleiche Sprache, die gleiche Kleidung, wie sie bei den alten Tänzen getragen wurde.

Der Blick einer der Tänzerinnen traf sich einige Male mit dem seinen, und Robert verspürte eine leise Erregung im Herzen.

»Antonina Tamirak«, nannte Pesterow ihren Namen. »Sie ist extra aus Kytryn hergekommen. Sie ist die beste Tänzerin hier im Kreis.«

Nachdem sie untereinander beratschlagt hatten, gingen die amerikanischen Inuit auf die Bühne. Sie nahmen die Schellentrommeln der Ulaker und begannen zu singen. Jascha Tagjok zuckte zusammen: Dieses selbe Lied hatte er den berühmten Nutetëin singen hören. In der Jugend, als man sie aus Nuwukan aussiedelte und an das fremde Ufer des Kytryner Meerbusens brachte, in die tschuktschische Siedlung Nunakmun, hatten viele Menschen geweint und zurückgewollt. Die strengen Grenzer aber setzten sie beinahe gewaltsam an der Küste aus, wo sie eine schweigsame Menge empfing, von der kalte Feindseligkeit ausging. Viele Jahre später, als die von Stalin befohlenen Massenaussiedlungen ganzer Völker aus ihren angestammten Gebieten bekannt wurden, begriff Jascha Tagjok, dass sich das Los seiner Stammesgenossen, der Nuwukaner, in nichts von dem Schicksal der unglücklichen Tschetschenen, Inguschen, Kalmücken unterschied …

Hier jedoch war das mit Wohlanständigkeit ummäntelt: Offiziell wurden die Nuwukaner zu ihrem Heil und Nutzen umgesiedelt. Alle Ureinwohner Tschukotkas sollten die Holzhütten und Jarangas gegen moderne Behausungen eintauschen. Für die Neubauten erwies sich die Steilküste des Kap Deschnjow als ungeeignet. In Nunakmun hingegen gab es genügend an ebener, freilich stark versumpfter Tundra. Dort warteten auf die Nuwukaner bereits ein paar neue Häuschen, die man zunächst, bevor die Idee, die Eskimos aus ihrem heimatlichen Nest auszusiedeln, aufgekommen war, den Nunakmunern zugedacht hatte. Die Sowjetbürokraten sahen Nunakmun bereits als eine Siedlung neuen Typus, in der Tschukotkas Ureinwohner – Eskimos und Tschuktschen – in enger Freundschaft zusammenleben, gemeinsam auf die Jagd gehen, Feste feiern und Familienfreundschaften pflegen würden. Überdies lag Nunakmun nur fünfzig Kilometer von der Kreisstadt entfernt, was die Administration einfacher machte. Alle diese Hoffnungen aber erwiesen sich als eitel. Zwischen Nunakmunern und Nuwukanern kam es zu keiner Freundschaft. Menschen, die noch unlängst kein böses Wort übereinander zugelassen hatten, besannen sich plötzlich auf alte Kränkungen, sogar auf solche, die nur noch in Sagen und Legenden Erwähnung fanden. Die Nuwukaner verstanden demonstrativ kein Tschuktschisch und die Nunakmuner nicht das Eskimoische, man verständigte sich russisch, und auch das nur, wenn es sein musste. Aus der gemeinsamen Jagd wurde gleichfalls nichts. Die Nuwukaner fuhren mit ihren

Booten an ihre vertrauten heimatlichen Küsten. Dort gingen sie an Land, streiften selbstvergessen zwischen den halb verfallenen Behausungen umher und schluckten schweigend ihre Tränen hinunter.

Wenn am Sonnabend in Nunakmun Schnapsverkauf war, gab es jedes Mal brutale Prügeleien. Mitunter kam es auch zum Totschlag.

Da rief Nutetëin seine Landsleute in die Aula der Schule, nahm die Schellentrommel und sang ihnen ein uraltes Lied. Es hatte sich noch aus Zeiten erhalten, da Mlemekym, der Ahn der Luorawetlan, wie sich die Tschuktschen selbst nannten, zum Zeichen des ewigen Friedens mit den Aiwanalin, den Eskimos, einen Pfeil zerbrach. Die Feindschaft legte sich für eine Weile, aber immer wieder flackerte sie auf, und besonders zu der Zeit, als die Nuwukaner die neuen Häuser bezogen.

Alle Bemühungen der sowjetischen Behörden, aus Nunakmun eine Mustersiedlung der Völkerfreundschaft zu machen, schlugen fehl. Die Nuwukaner verließen nach und nach den ihnen aufgezwungenen Wohnort, gaben die von der Regierung geschenkten neuen Holzhäuser einfach auf. Sie übersiedelten zu entfernten Verwandten nach Ulak, in die Guwreler Bucht, nach Anadyr. Die meisten von ihnen aber suchten sich im Kreiszentrum Kytryn eine neue Bleibe. Walfangharpuniere wurden zu Lastträgern, im besten Fall zu Heizergehilfen, denn es galt die Ansicht, dass ein Eingeborener auf Grund seiner Vorliebe für den Alkohol zu regulärer Arbeit nicht fähig sei.

Viele träumen bis heute von einer Rückkehr ins heimatliche Nuwukan, aber die Behörden mauern – nein, ums Verrecken nicht, verboten! Sie verhehlen nicht einmal mehr, dass es nur um die Staatssicherheit geht …

Der Tag neigte sich bereits dem Abend zu, aber das touristische Programm war noch nicht einmal zur Hälfte absolviert.

Immer wieder ließen sich die Gäste davon ablenken, sie besuchten die Häuser der Einheimischen, wo man sie eilig und großzügig bewirtete.

Der alte Terkiё war ein Alteingesessener in Ulak, der sich damit rühmte, den größten Teil seines Lebens in Besserungslagern zugebracht und in den Zwischenzeiten sechs Töchter in die Welt gesetzt zu haben. Eine Beinkrankheit fesselte ihn ans Haus, stets aber hatte er viele Gäste bei sich, und fast nie sah man ihn nüchtern. Staunend erkannte er unter den Amerikanern Dwight Mylygrok, einen Inuk von der Kleinen Diomedes-Insel – Dwight war der Bruder seines verstorbenen Freundes Atyk! Dwight war einstmals, vor dem Krieg, wie viele andere der Männer in Fellbooten und hölzernen Schaluppen über die Beringstraße zu seinen Verwandten und Bekannten auf der russischen Seite gefahren. Terkiё lockte also Mylygrok und Robert Carpenter zu sich nach Hause.

Als Carpenter das kleine Zimmer betrat, verblüffte ihn die außerordentliche Sauberkeit und Sorgfalt, die er hier antraf, ungeachtet der Enge und Menschenfülle. Offenbar erklärte sich dies mit der Vielzahl weiblicher Hände.

Terkiё, in weißem Hemd, saß auf einem Diwan und zog den Blasebalg einer Ziehharmonika weit auseinander. Robert lehnte den Selbstgebrannten, der ihm in einer zarten Porzellanschale gereicht wurde, nicht ab. Der Hausherr war beschwipst, aber er konnte noch klar denken und redete verständlich. »Ich habe schon von dir gehört«, sagte er zu Robert Carpenter. »Dein Großvater war ein Freund meines Großvaters – von Mletkyn. Jetzt kann ich das voll Stolz sagen. Früher ging das nicht. Wer sich mit einem Vorfahren brüstete, der ein Schamane gewesen war, konnte für viele Jahre nach Kolyma geschickt werden.«

Nach Kolyma geschickt werden – aus dem Munde eines Tschuktschen klang das zweideutig. Dieses Kolyma nämlich, wo Terkiё Jahre erzwungener Unfreiheit hatte verbringen müssen, lag um vieles südlicher als die Tschuktschen-Halbinsel, und dort wuchs sogar Wald!

»Mletkyn war mit Carpenter befreundet«, fuhr Terkiё fort. »Und als man Carpenter zwang, von Keniskun wegzugehen, kümmerte sich mein Großvater um seine Nachkommen.«

»Einen davon habe ich schon gesehen«, versetzte Robert. »Andrej Sipkaljuk.«

»Das ist ein übler Geselle!« Terkiё spie seitwärts aus. »Ein verdorbener Mensch! Zuerst hat man ihn im Internat verdorben, danach bei der Armee. Seine Muttersprache hat er rundweg vergessen, und Russisch spricht er nur in unanständigen Flüchen, redet so mit seiner Frau und mit seinen minderjährigen Kindern.«

Die Männer waren noch kaum mit Terkiё so richtig ins Gespräch gekommen, als von draußen Stimmen vernehmbar wurden und man die Amerikaner buchstäblich auf die Straße hinauszerrte.

»Ich bitte Sie, sich nicht von der Gruppe zu entfernen!«, sagte die Borotojewa streng. »Das ist im Interesse Ihrer Sicherheit.«

»Droht uns hier denn irgendeine Gefahr?«, wunderte sich der berauschte Dwight Mylygrok.

»Natürlich sind Ihnen die Leute hier prinzipiell freundschaftlich gesinnt, aber alles kann vorkommen. Man macht jemanden betrunken, um ihn dann zu bestehlen …«

»Wie bei uns in Nome!«, rief Mylygrok teils erfreut, teils überrascht.

Robert Carpenter blieb am Ufer der Lagune stehen, neben der metallischen, netzartig durchbrochenen Schale der Satelliten-Antenne.

Dort hinter den grünen Hügeln, achtzehn Kilometer von Ulak entfernt, hatte die Siedlung Keniskun gelegen, wo der Großvater die Faktorei gehabt hatte. Fast zwanzig Jahre hatte er dort gelebt. Es wäre gut, dort hinzugelangen. Sicherlich gab es an dem Ort noch irgendwelche Spuren.

Robert Carpenter war auf einmal beklommen zu Mute, er wunderte sich über die seltsame Empfindung: schließlich war er nie in Keniskun gewesen, und sogar seine Eltern hatten das Licht der Welt erst erblickt, nachdem der Großvater schon endgültig nach Alaska übergesiedelt war. Was ging nur in ihm vor? Woher kam dieses unbekannte, neuartige Gefühl? Lauerten vielleicht in den Tiefen dieses Bodens irgendwelche geheimnisvollen Kräfte, die ihn mit den längst verstorbenen Ahnen verbanden, mit jenen, welche im Frühlicht der menschlichen Existenz zu diesen Stätten gekommen waren, die sich hier angesiedelt und die neue Kultur der Arktis begründet hatten? Robert Carpenter wusste, dass amerikanische wie russische Archäologen das Entstehen der Kultur der Großwild-Meeresjäger um vieles früher datierten als den Bau der Pyramiden in Ägypten, um Jahrtausende früher als die Geburt des Kindes in einem Stall in Palästina, das man dann Jesus Christus nannte.

Oder war dies nur eine vorübergehende Anwandlung, hervorgerufen durch den Aufenthalt in dieser uralten Tschuktschensiedlung, verstärkt zudem durch das Gläschen Selbstgebrannten, das er bei Terkiё gekostet hatte? Und dann der alte Eskimo-Tanz, der Blick von Antonina Tamirak ...

Als er zurückging und schon von weitem hörte, wie die Borotojewa mit kreischender Stimme die Touristen zusammenzurufen versuchte, verhielt Robert Carpenter noch einmal an jener Stelle, an der die Jaranga des Ulaker Schamanen Mletkyn gestanden hatte. Hier türmten sich irgendwelche Materialhaufen, und auf Gestellen lagen halb fertige Fellboote.

Die amerikanischen Touristen kauften im Vorbeigehen hastig ein – perlenbestickte Fellhausschuhe sowie Erzeugnisse aus Walrossbein. Der besonderen Nachfrage erfreuten sich polierte, mit erotischen Zeichnungen im Altberingmeerstil geschmückte Penisse. Der Preis dafür war hart wie der Knochen – hundert Dollar!

Dudykin stand abseits und beobachtete voll Bitterkeit das abscheuliche Treiben: Dahin war er gekommen, der ehemals stolze Sowjetmensch, der Erbauer des Kommunismus! Und an alledem war diese verfluchte Perestroika schuld, die im Handumdrehen alles zerstörte. Diese Tschuktschen und Eskimos, denen die Sowjetmacht so viel gegeben hatte – Bildung, kostenlose medizinische Versorgung, aus Dunkel und Unwissenheit hatte man sie gerissen, aus verräucherten urzeitlichen Jarangas in Holzhäuser umgesetzt –, jetzt guckten die nur neidisch nach da drüben! Vielleicht ging es drüben tatsächlich besser – das war ein reicher Staat, dagegen ließ sich nichts sagen, aber unsereins hatte eine Idee verfochten! Die Idee des Kommunismus, die Idee vom Wohlstand für alle! Wie die sich den amerikanischen Touristen an die Rockschöße klammerten und sie anflehten, etwas für Dollars zu kaufen! Eine Schande!

Dudykin spie geräuschvoll aus.

Robert Carpenter warf ihm einen verwunderten Blick zu.

Die *McKinley* gab ein bauchtiefes, gedehntes Tuten von sich, gleich einem großen, wohlgenährten Tier, das seine umherstreunenden Jungen herbeiruft.

3

Mischa Melenski hatte die geräumige Wohnung erhalten, an der ihn der prachtvolle Blick aus dem breiten Fenster des großen Zimmers auf Kytrytkyn und den Liman so gelockt hatte. Man hatte ihn gewarnt, dass hier während der langen Frühlingsschneeschmelze, die sich von März bis Anfang Juni hinzog, das Wasser durchsickern würde, aber das Dach war, wie sich zeigte, gewissenhaft gedeckt, und der Aufstieg in den vierten Stock konnte den relativ jungen, noch nicht einmal fünfzigjährigen Mann nicht schrecken.

Michail Antonowitsch Melenski war ein stattlicher, feingliedriger Mann mit hellblondem Haar und weißer Haut. Man ahnte kaum, dass er bereits einiges durchgemacht hatte. In der Tundra war er zur Welt gekommen, in einer Jaranga des nomadisierenden Lehrerehepaars Melenski. Die Melenskis waren gleich nach dem Krieg gekommen, um beim Volk der Tschuktschen Bildungsarbeit zu leisten. Das junge Paar, nach der zehntägigen Schiffsreise von Wladiwostok noch ziemlich benommen, wurde, ohne dass man ihm eine Verschnaufpause gönnte, in einen Geländewagen gesetzt und in die Kurupkiner Tundra befördert. Zu zweit hatten sie nur einen kleinen Sperrholzkoffer bei sich sowie ein fest verschnürtes Bündel, das Matratze und Kissen enthielt. Sie besaßen weder Becher noch Teller. Nicht einmal Wäsche zum Wechseln.

Es war September. Die Tundrablüte ging zu Ende, die Raupenketten des Geländewagens zerquetschten unter sich pralle Torfbeeren, Sumpfheidelbeeren und schwarze Rauschbeeren, der süße Beerensaft vermengte sich mit dem brauen Nass der Tundra. Der Wasserreichtum verblüffte – hier gab es Seen,

Bäche, Fließe, neben jedem Hügelchen stand eine Lache, in der sich der klare, sonnige Himmel spiegelte.

Trotz Müdigkeit und gänzlicher Ungewissheit verzagten die Melenskis nicht – sie waren jung, und die Tundra dünkte sie ein blühender Garten ohne Bäume, ein Himmel ohne Wolken.

Zunächst mussten sie die tschuktschische Sprache erlernen und sich an die ihnen fremde Lebensweise gewöhnen. Romantiker von Natur aus, erfüllt von dem aufrichtigen Bestreben, mit Lesen und Schreiben das Licht der Aufklärung in die Nomadenlager der Rentierzüchter zu bringen, suchten die Melenskis keinerlei materielle Belohnung. Ihr ganzes Leben unterrichteten sie in ländlichen Schulen, und auch in das Kreiszentrum des Tschuktschischen Kreises, in die Siedlung Kytryn, gelangten sie erst, nachdem sie viele Jahre in der Polartundra zugebracht hatten. Ihren Kindern wurde das Tschuktschische zur heimischen Sprache, und als sie dann die Oberschule in Kytryn besuchten, fiel es ihnen anfangs schwer, russisch zu sprechen.

Die Energischere in diesem Ehegespann war Jelena Melenskaja. Es genügte ihr nicht, Kinder zu unterrichten, und so wurde sie mit etwa vierzig Jahren zur Kolchosvorsitzenden in Nunakmun gewählt, wo sich Tschuktschen und Eskimos – jene nach dem Willen der Sowjetbürokraten aus Nuwukan umgesiedelten – befeindeten. Jelena bemühte sich um Frieden zwischen den beiden Völkerschaften, oft schritt sie bei Schlägereien ein, begab sich mitten unter die von Wut und Alkohol Benebelten. In einer Prügelei Betrunkener wurde der ältere Sohn der Melenskis getötet. Das bittere Vorkommnis führte zum Bruch zwischen den Eheleuten. Anton Melenski entfernte sich immer mehr von seiner energischen Hälfte, die nach dieser Tragödie in einen anderen Kolchos wechselte – in den Leninkolchos in der Tschuktschensiedlung Ljurän.

Michail beendete die Oberschule in Kytryn, absolvierte die Kulturfunktionärsschule in Birobidschan und kehrte mit einem

Diplom zurück. In jenen Jahren gab es auf Tschukotka in jedem Kreis Kulturbrigaden, zu denen ein Kinovorführer samt Gerät, ein medizinischer Mitarbeiter, ein Mitarbeiter für Vorträge gehörten. Solch eine Brigade nomadisierte gemeinsam mit den Rentierzüchtern durch die Tundra, leistete bei den Hirten Bildungsarbeit und erste medizinische Hilfe. In ihren Anfängen bewegten sich die Kulturbrigaden mit Hundegespannen fort, später erhielten sie Geländewagen mit Raupenketten. Es gab Zeiten, da erlaubte es das Budget einer solchen Brigade, sogar Hubschrauber anzumieten.

Mischa Melenski liebte diese Arbeit. Wenn er wieder einmal in das Kreiszentrum kam, sehnte er sich schon nach wenigen Tagen nach der endlos weiten Tundra, nach den langen Gesprächen im warmen Fellpolog, nach jener Atmosphäre der Freiheit, wie es sie in dem mit lauter großen und kleinen Bürokraten besiedelten Kytryn nicht gab. Zusätzlich war Mischa Melenski als Korrespondent für den Rundfunk von Tschukotka tätig. Auf Tschuktschisch konnte man frei und über alles sprechen, ohne Rücksichten auf die Zensur. Kein Zensor auf Tschukotka verstand damals die Lokalsprachen, und Melenski konnte, wenn es verlangt wurde, den tschuktschischen Text so ins Russische übersetzen, dass er jegliche Schärfe und kritische Tendenz verlor.

Natürlich konnte das nicht ewig dauern. Beim KGB tauchten Mitarbeiter auf, die der örtlichen Sprachen mächtig waren. Michail Melenski musste seinen kritischen Eifer ein wenig mäßigen und dann überhaupt den Rundfunk und die Kulturbrigade verlassen. Fast ein Jahr lang fristete er sein Leben mit Gelegenheitsarbeiten. Aber er hungerte nicht und schaffte es sogar, seine beiden Söhne zu unterstützen, die aufs Festland fortgegangen waren, um zu studieren. Michail Melenski ging auf die Jagd, fast immer kehrte er mit Beute heim, im Sommer fischte er in der Bucht von Poutän.

Doch dann begann zaghaft die Perestroika, und manches

wurde anders. Er erhielt den Auftrag, eine Art Genossenschaft der Nunakmuner Tschuktschen und Nuwukaner Eskimos zusammenzuzimmern. Bis zur ersten Frühlings-Walrossjagd gelang es ihnen, zwei Schaluppen auszurüsten, und sie fuhren auf Walrossfang in der Beringstraße.

Eines Abends gingen sie bei der verlassenen Eskimosiedlung Nuwukan an Land. Die Eskimos strichen zwischen den Ruinen ihrer früheren Behausungen umher und weinten stumm. Keiner schlug sein Zelt an der Stelle der alten Behausung auf – wie es Melenski der alte Nikuljak erklärte: Das sind für uns gleichsam Gräber. Und auf Gräbern nächtigt man nicht.

Gegen die Sommermitte zog die neue Genossenschaft nahezu geschlossen in die Bucht von Poutän um. Sie fingen Schmerlen, Buckellachse, Ketalachse, salzten den Rogen ein, räucherten die Fischrücken, die Bauchstücke vom Lachs. Zum Winter verfügten sie über solide Vorräte an Fleisch und Fett von Walross und Robbe sowie über ein stattliches Konto bei der örtlichen Bank, wo sie den Erlös vom Verkauf der Fischdelikatessen und des Kaviars eingezahlt hatten. Die Kreisbehörden konnten es nicht fassen. Melenski wurde gebeten, über seine Erfahrungen auf höherer Ebene zu berichten.

»Die Menschen fürchten schon allein das Wort ›Kolchos‹.« Mit dieser Erklärung verblüffte Michail Melenski das Parteikomitee. »Das Wort bedeutet für viele Repression, Sklavenarbeit, Räuberei, Verantwortungslosigkeit und Armut. Wie uns das gelungen ist – ich verstehe es selbst nicht. Offenbar liegt es daran, dass die Tschuktschen und die Eskimos seit ältester Zeit den Fang und vieles andere gemeinschaftlich betreiben, sie sind geübt in kollektiver Arbeit, das liegt ihnen sozusagen im Blut ... Der Kolchos hingegen ist für sie etwas völlig Fremdes.«

»Und warum?«

Die Frage stellte der »Intelligenzler«, ein gepflegt und angenehm aussehender Mann, der stets einen makellosen Anzug,

Krawatte und blank geputzte Schuhe trug – Dmitri Iwanowitsch Frantow. Eben seines Äußeren wegen hatte er diesen Spitznamen abbekommen. Frantow war für die sanitären Verhältnisse, für die Abwasserwirtschaft im Kreiszentrum zuständig. Den ganzen langen Winter über ergoss sich der Unrat aus den mehrstöckigen Häusern unmittelbar auf den frostigen Boden, auf Schnee und Schneehaufen und gefror zu Gebilden von wunderlicher Form und Farbe. Im Frühling, wenn Tauwetter einsetzte, begannen diese Anhäufungen zu stinken. Der Gestank breitete sich vom Kreiszentrum in weitem Radius aus, bis hin zum Kap Akkani, wo er die im Frühjahr auftauchenden Ringelrobben verschreckte. Frantow pflegte sämtliche an ihn gerichteten kritischen Bemerkungen zu überhören, er lächelte nur freundlich und rückte sorgfältig seine Krawatte zurecht. Manchmal auch rieb er sich behutsam die korrekt rasierte Wange und breitete ratlos die Arme aus, dabei ringsum den Duft eines guten Eau de Cologne verbreitend.

»Ich denke, darum, weil man den Kolchosen verschiedene Dummköpfe vorgesetzt hat«, antwortete Mischa Melenski treuherzig.

»Das ist eine offene Verleumdung des Sozialismus«, sagte Frantow bestimmt. »Für einen solchen Menschen ist in der Partei kein Platz.«

Melenski wurde aus der Partei ausgeschlossen. Auf der Vollversammlung der Genossenschaft »Nuwukan« aber zeigten sich Mitglieder – Tschuktschen und Eskimos –, ungeachtet der Ermahnungen des Abgesandten der Macht, Frantow höchstpersönlich, ungeachtet seiner Überredungsversuche und großzügigen Kreditversprechen, erstaunlich einig und beließen Melenski auf dem Posten des Vorsitzenden, weigerten sich strikt, eine andere Kandidatur auch nur in Betracht zu ziehen.

Eigentlich hätten die Behörden von Bezirk und Kreis Grund

zur Freude gehabt: Den Nuwukanern ging es gut, sie litten keinen Hunger, mussten nicht Schlange stehen für die bereits höheren Ortes zur Hälfte ausgeplünderte humanitäre Hilfe, sogar die Trinkerei war bei ihnen nicht so sehr augenfällig. Michail Melenski trank demonstrativ keinen Tropfen, und auch das irritierte die lokale Obrigkeit, die sich selbst höchst regelmäßig dieser Art Entspannung hingab. Seit im Zuge der demokratischen Umgestaltungen Wodka und Wein ohne alle Beschränkungen verkauft wurden, war die örtliche Bevölkerung in besinnungslose Trinkerei verfallen. Wer nüchtern blieb, hob sich schon fast provokativ von der Masse ab und war den anderen ein Dorn im Auge. Mit einem Wort: Michail Melenski war erfolgreich, gebildet und nüchtern genug, um den Oberen als Feind Nummer eins oder als Mann der Zukunft zu gelten – je nach Überzeugung oder politischer Großwetterlage.

In das Bezirkszentrum Anadyr flog Melenski auf Aufforderung des Sowjetvorsitzenden Wladimir Päljat.

Anadyr war in allmählichem Verfall begriffen. Der Wohnungsbau hatte so gut wie aufgehört, neben dem Rundfunkhaus starrte ein unvollendetes schwarzes Bankgebäude auf die Straße. In den Geschäften herrschte Leere, obgleich es wie bisher ziemlich viel Fisch gab, vor allem gesalzenen Ketalachs. Es fehlten jedoch Gemüse, Kartoffeln, Konserven. Obendrein hatte das »Weiße Haus«, das viergeschossige Gebäude der Bezirksadministration, neben dem der obligatorische Lenin stand, einen Riss bekommen, und die Beamtenschaft saß auf mehrere Büros verteilt.

Bei Päljat sah es aus wie bei allen großen Tieren in diesem großen Land, das infolge des Abfallens der noch gestern, wie es in der Staatshymne hieß, »auf ewig verbündeten« Unionsrepubliken rasant schrumpfte. Ein großes Vorzimmer mit Sekretärin, ein solide möbliertes Arbeitszimmer mit dem Beistelltisch für eine Vielzahl von Telefonen, in der hinteren Wand die diskrete Tür, die in einen Ruheraum führte.

Wladimir Michailowitsch empfing den Besucher freundlich, bewirtete ihn mit Tee und befragte ihn zunächst eingehend nach den Angelegenheiten im Kreis. Sein Interesse war durchaus erklärlich, denn im Tschuktschischen Kreis hatte er seine jungen und aktiven Jahre verbracht.

»Du hast sicherlich von der neuen Politik in Bezug auf die Vereinigten Staaten von Amerika gehört«, sagte Wladimir Michailowitsch eher feststellend als fragend. »Wir haben eine Reihe interessanter gemeinsamer Projekte im Plan. Eins davon betrifft unmittelbar eure Genossenschaft ›Nuwukan‹.«

Das US-Landwirtschaftsministerium hatte sich an Russland mit der Bitte gewandt, gemeinsame Untersuchungen zur Wanderung der großen Meeressäuger in der Beringstraße durchzuführen. Dabei wurde die Bedeutung solcher Forschungen für die örtliche Bevölkerung hervorgehoben, für die die Jagd auf die Meerestiere einen wichtigen Ernährungszweig darstellte. Für den Anfang bat die amerikanische Seite darum, Beobachtungsstellen an den ins Meer vorspringenden kiesigen Landzungen, an den Kaps, in Buchten und Meerbusen einzurichten – überall dort, wo sich Walrosse und Wale, aber auch Ringelrobben und Bartrobben sammelten. Besondere Aufmerksamkeit sollte den Lagerplätzen der Walrosse und den Niststätten der Seevögel gelten. Im Schreiben hieß es, dass die Amerikaner gute Erfahrungen damit gemacht hätten, dafür die örtliche Bevölkerung heranzuziehen, vor allem erprobte Meeresjäger, Menschen der älteren Generation, und es wurde der Hoffnung Ausdruck gegeben, dass die russische Seite diese Erfahrungen berücksichtigen möge. Die amerikanische Seite verpflichtete sich, bei der technischen Ausstattung solcher Beobachtungsstellen und sogar mit kleinen Schiffen behilflich zu sein. Überdies würden die Beobachter als Angestellte des Departements betrachtet und eine Entlohnung erhalten.

»Was sagst du dazu?«, fragte Päljat.

»Das ist großartig!«, rief Melenski aus. »Genau das kann unsere Genossenschaft tun. Wir haben hervorragende Jäger, besonders die alten ...«

»Wir haben das mit den entsprechenden zuständigen Organen abgestimmt. Natürlich gab es Einwände. Dudykin meint, die Amerikaner wollten auf diese Weise auf der Tschuktschen-Halbinsel ein Spionagenetz errichten.«

»Es werden doch unsere Leute hier arbeiten, keine Amerikaner«, erinnerte Melenski.

»Er glaubt, sie würden die Spione unter unseren Leuten anwerben.«

»Die Tschuktschen sind niemals Spione gewesen«, erklärte Melenski überzeugt.

»Gut, wenn es so ist.« Päljat lächelte. »Nun denn, mach dich für eine Reise nach Amerika bereit. Der Bezirk trägt sämtliche Kosten. Er beschafft auch den Reisepass und das Visum ...«

»Ich brauche kein Visum«, erklärte Melenski. »Nach dem Protokoll, das Baker und Schewardnadse unterzeichnet haben.«

»Das Protokoll betrifft nur die ortsansäßigen Ureinwohner.«

»Aber zu denen gehöre ich«, sagte Melenski und schmunzelte. »Meinem Pass nach bin ich Tschuktsche.«

Päljat stutzte nicht schlecht. »Soweit ich weiß, waren deine Eltern echte Tangitan ... Zwar hat dein Vater manchmal, wenn er ein Gläschen getrunken hatte, seine polnische Herkunft erwähnt, aber deine Mutter ...«

»Das stimmt ja alles.« Michail Melenski schmunzelte immer noch. »Ich weiß auch nicht, wie es passiert ist, aber nach dem Pass bin ich Tschuktsche. Ich glaube, das wurde so gedreht, damit ich nicht zur Armee musste. Trotzdem bin ich um den Militärdienst nicht herumgekommen.«

»Dann ist es etwas anderes!«, rief Päljat und schlug unvermittelt vor: »Weißt du was? Lass uns zusammen fahren! Soll das unsere Reise sein, mit der wir das Abkommen mit Leben erfüllen.«

»Eine Fahrt in drei Schaluppen!« Melenski geriet ins Träumen. »Wir nehmen Sänger und Tänzer mit!«

Es sollte jedoch einige Zeit vergehen, bevor sich diese Idee verwirklichen ließ. Die ersten Hindernisse ergaben sich bei den Reisepässen. Die Amerikaner äußerten ihr Einverständnis, die Gäste mit beliebigen Dokumenten zu empfangen, auch mit Ausweisen, die die örtlichen Behörden ausgestellt hätten. Hier jedoch sperrte sich der Chef der Bezirksmiliz Bakurin, in dessen Zuständigkeitsbereich auch die Pass- und Visaangelegenheiten fielen. Bakurin nämlich behauptete, das Abkommen betreffe nur die reinen Eskimos. Später ließ er sich unwillig dazu herbei, auch die Tschuktschen jenem Personenkreis zuzurechnen, den das Abkommen berücksichtigte. Jedoch nur die Küstenbewohner! Was Melenski anging, so erklärte Bakurin anfangs seinen Pass für falsch ausgestellt. Man musste ihm erst nachweisen, dass der sowjetische Mensch seine Nationalität nach eigener Wahl bestimmt.

»Sich freiwillig einen Tschuktschen nennen!« Bakurin war fassungslos. »Man versteht noch, wenn sich einige Bürger, die kein Bewusstsein haben, als Juden bezeichnen, um nach Israel zu emigrieren. Aber als Tschuktschen ...« Ihm rutschte sogar die Bemerkung heraus, dass man einen solchen Menschen einer psychiatrischen Begutachtung unterziehen müsste.

Danach begannen Unannehmlichkeiten mit dem Zollamt. Nicht einmal Päljat gelang es, den Originaltext des Abkommens zwischen US-Staatssekretär Baker und dem Außenminister der UdSSR Schewardnadse in die Hand zu bekommen, aber Melenski fand irgendwo erwähnt, dass in dem alten Dokument von 1934, welches dem neuen zu Grunde lag, der freie Handel mit Gegenständen örtlicher Produktion durch Eingeborene der Tschuktschen-Halbinsel und Alaskas erlaubt war. Höchst unwillig gaben die Zollbehörden ihren Widerstand auf.

Erst in der zweiten Augusthälfte, als schon die dunklen Nächte begannen, konnte die Reise beginnen. Die Schaluppen waren frisch gestrichen, alle Teilnehmer der Fahrt schmuck eingekleidet, und Päljat hatte es sogar geschafft, einen jeden mit hundert Dollar auszustatten. Kein großer Betrag, aber so fuhr man nicht mit leeren Taschen oder mit den eigenen Rubeln, die fast täglich an Wert verloren.

Michail Melenski saß selbst am Steuer der Schaluppe, er lenkte das Schiff nach Nordost, zu den auf dem grünen Wasser in der Ferne bläulich schimmernden Inseln, der Großen Diomedes-Insel und der Kleinen Diomedes-Insel. Auf letzterer war der erste Halt geplant. Wie oft schon hatten sie diese Gewässer befahren und Walrosse und Wale verfolgt, doch noch nie waren sie so voller Aufregung gewesen wie dieses Mal. Etlichen der Männer erschien es besonders ungewohnt, ohne Waffen unterwegs zu sein. Die Obrigkeit hatte verboten, auch nur Kleinkalibergewehre oder Schrotflinten mitzunehmen. Wie zum Trotz tauchten ringsum, buchstäblich auf Armlänge entfernt, Walrosse und Wale auf, als wüssten sie, dass keine Gefahr drohte. Entenschwärme überdeckten die Schaluppen und zwangen die Passagiere, tief den Kopf zu beugen.

Die Nuwukaner Eskimos blickten erregt auf die näher kommende Küste und die kleinen Häuser, die gleich Vogelnestern am Steilhang des Felsens klebten. Eine farbenfrohe Menschenmenge stand zur Begrüßung bereit. Jemand schwenkte eine alte sowjetische Flagge mit rotem Stern, und aus einem an der Fassade des Schulgebäudes angebrachten Lautsprecher erklang das Lied »Moskauer Abende«.

Ganz vorn, vor allen anderen, stand Dwight Mylygrok. In den Falten seines von den kalten Seewinden gegerbten Gesichts hatte sich eine Träne verfangen: Wie viele Jahre hatte er auf diesen Moment gewartet! Oftmals, wenn er zu dem schwarzen Koloss der sowjetischen Großen Diomedes-Insel mit der roten Fahne auf dem Gipfel hinübersah, musste er an die Zeiten denken, da ihnen die Küste dort drüben nah gewesen war, eben das andere Ufer des heimatlichen Meeresstroms, der Ort, an dem die Verwandten lebten.

Pesterow, ungewöhnlich nüchtern und sogar äußerlich ungewohnt herausgeputzt, ging als einer der Ersten an Land. Für diese Reise hatte er sich tschuktschisch gekleidet. Er trug eine Hose aus gut gegerbtem Ringelrobbenfell, eine saubere weiße Kamlejka, nur die Füße steckten in gelben Gummistiefeln mit warmem Futter.

Die Häuschen von Inalik beeindruckten die Gäste nicht durch eine besondere Bauweise. Mylygrok, der einen Gast mit zu sich genommen hatte, prahlte damit, dass seine ganze Wohnstatt nur aus der Verpackung errichtet worden sei, in der man Mitte der Siebzigerjahre die Schule hierher transportiert hatte. Was an dieser Siedlung auffiel, war das völlige Fehlen von Tangitan, sofern man den Lehrer John Johnson, einen Schwarzen, nicht als solchen gelten lassen wollte. Bemüht, nicht aufdringlich zu wirken, sahen die Gäste immer wieder zu ihm hin und staunten darüber, dass der Vertreter des, wie es die sowjetische Propaganda behauptete, am meisten unterdrückten Volkes in Amerika durchaus anständig eskimoisch sprach.

Päljat, als Delegationsleiter, verlangte nach Grenzkontrolleuren und Zollbeamten, solche aber gab es, wie sich herausstellte, auf der Insel nicht.

»Man hat uns gesagt, alle Formalitäten würden in Nome erledigt«, erklärte Mylygrok, der die Pflichten des aufs Festland gefahrenen Bürgermeisters wahrnahm. Er auch führte die Gäste durch die Siedlung und suchte sie für die Denkmäler der Vergangenheit zu interessieren – für verfallene Überreste alter Eskimo-Wohnstätten, errichtet aus Steinen und Grassoden, für Vorratsgruben, in denen man das Fleisch und das Fett vom Walross aufbewahrt hatte. Er zeigte ihnen auch Fellboote. Die Gäste aber hatten mehr Aufmerksamkeit für die Heizung in den Häusern, für das automatische Dieselkraftwerk, die Schule, schnurlose Telefone, mit Zielfernrohren ausgestattete Jagdgewehre.

Die Inneneinrichtung der Wohnhäuser war nicht eben luxuriös. So manche Wohnung in Ulak oder in anderen Siedlungen Tschukotkas bot sich viel reicher und geräumiger dar. Jedoch irgendetwas anderes, nicht Greifbares, war im Erscheinungsbild der amerikanischen Stammesgenossen. Ja doch, sie aßen dieselben Speisen wie die Ulaker und Nuwukaner, sie sprachen dieselbe Sprache, ihre Kleidung unterschied sich nicht wesentlich, umso weniger, als die Sowjetischen sich, wenn sie zu Besuch gingen, entsprechend anzogen. Aber irgendwo war hier ein Unterschied ...

Es wurde beschlossen, auf Inalik zu übernachten, und so wurden die Gäste, nach einer ausgiebigen Vorführung von Liedern und Tänzen im Schulsaal, auf die Familien verteilt.

Melenski und Pesterow wohnten bei Mylygrok.

Dwights Häuschen stand an der Südspitze der Insel, und das größte Fenster blickte auf die sowjetische Große Diomedes-Insel, auf den schmalen Kiesstrand, der mit Walrossen übersät war.

»In guten alten Zeiten«, erinnerte Mylygrok bei einem Becher abendlichen Kaffees, »haben auch wir auf den Bänken dort drüben gejagt ... Die Nuwukaner und wir betrachteten sie als gemeinsame. Jetzt schlachtet dort niemand mehr ein Walross. Hin und wieder kommen sowjetische Grenzer zum Ufer herunter, schießen ein paar Tiere, hacken mit Äxten die Stoßzähne ab und lassen die Kadaver am Ort verwesen.«

Plötzlich begriff Pesterow, was der Grund für den unmerklichen Unterschied im Erscheinungsbild von Gästen und Gastgebern war. Vor allem dies – auf den steilen Pfaden von Inalik, die die Zunge sich weigern würde Straßen zu nennen, begegnete man keinem einzigen Betrunkenen! Der alkoholisierte Passant, obligatorisch in jeder beliebigen tschuktschischen Siedlung entlang der gesamten Küste der Tschuktschen-Halbinsel vom Kap Nawarin bis zur Mündung der Kolyma – auf der Kleinen Diomedes-Insel fehlte er ganz und gar! Daher zeigten die Gesichter der Menschen hier nüchterne Vernunft, und ihr Lächeln war die authentische Spiegelung ihres Seelenzustandes.

»Anscheinend trinkt bei euch niemand«, bemerkte Pesterow vorsichtig.

»Wir würden gern, aber wir dürfen nicht!« Mylygrok schmunzelte breit.

»Was heißt, wir dürfen nicht?«, fragte Melenski lebhaft.

»Das Gesetz verbietet es.«

»Ein Präsidentenerlass!«, folgerte Pesterow. In jenen Jahren wurde Russland hauptsächlich durch Präsidentenerlasse regiert.

»Als ob sich unser Präsident mit irgendwelchen Eskimos abgibt!« Mylygrok machte eine abwehrende Geste. »Nein, unser eigenes Gesetz verbietet das Mitbringen von Spirituosen aller Art auf die Insel. Davor ging es hier entsetzlich zu. Wir sahen uns am Rande des eigenen Untergangs stehen. Viele Leute verfielen in Wahnzustände, sie hörten Stimmen und hatten Visionen, brachten sich selbst um. Waffen gab es ja in jedem Haushalt genug. Die Familien waren zerrüttet, die Kinder weigerten sich, zur Schule zu gehen. Kaum der Mutterbrust entwöhnt, schnappten sie nach dem Flaschenhals. Da setzten sich unsere ehrwürdigen Männer zusammen und fassten den Entschluss: Ab sofort ist in den Eskimosiedlungen der Alkohol verboten! So kommt es, dass wir schon an die sieben Jahre nicht trinken.«

»Das ist doch aber schwer zu ertragen«, äußerte Pesterow mitleidvoll, und ein plötzlicher Krampf schnürte ihm die Kehle zu.

»Leicht ist es nicht«, bestätigte Mylygrok.

»Und was machen die zugereisten Tangitan?«, fragte Melenski.

»Wir haben nur einen hier«, erwiderte Mylygrok. »Und der ist ein Schwarzer. Er trinkt gleichfalls nicht. Er akzeptiert unser Gesetz und hält sich daran.«

»Und wenn er dagegen verstößt?«, fragte Pesterow.

»Dann muss er die Siedlung mit dem nächsten Schiff verlassen.«

Das Gespräch stockte für eine Weile. Dann erkundigte sich Pesterow behutsam: »Und wenn jemand selber braut?«

»Dann muss er zunächst mal eine hohe Strafe zahlen, und er kann auch ins Gefängnis kommen.«

»Und wie verhalten sich die übergeordneten Stellen dazu?«, beunruhigte sich Pesterow, und fast hätte er hinzugefügt: das Kreiskomitee und das Kreisexekutivkomitee?

»Die übergeordneten Instanzen interessiert unsere Lage einen Dreck!« Erneut machte Mylygrok eine wegwerfende Handbewegung. »Natürlich, irgendwer verspürt Mitleid und schreibt in den Zeitungen darüber, aber dass irgendwelche Maßnahmen ergriffen würden, auf Bundesebene – darauf zu hoffen, wäre lächerlich. Innerhalb unserer Gemeinden haben die Ältestenräte große Macht. Ihr Beschluss wird befolgt. Wer es gar nicht aushält, kann ja nach Nome fahren oder in andere Großstädte Alaskas und dort trinken, so viel er will und so viel sein Geldbeutel hergibt.«

Pesterow dachte an die erfolglosen Versuche, die Trunksucht auf Tschukotka einzudämmen. Anfangs verkaufte man das »Feuerwasser« in den Dörfern nur an Sonn- und Feiertagen. An diesen Tagen erstarb dann jegliches vernünftige Leben. Alles war nur noch auf das Löschen des verderblichen Durstes gerichtet. Es tranken die Erwachsenen, Männer wie Frauen, und sogar die Kinder. Es tranken Lehrer, Ärzte, Milizionäre ... Sogar die Hunde schienen zu schwanken. Mit dem

Beginn von Perestroika, Demokratisierung, privatem Unternehmertum ergoss sich der Alkohol erst recht in unaufhaltsamem Strom über Tschukotka. In den leeren Ladenregalen stand nichts außer Spirituosen. Jetzt kämpfte niemand mehr gegen den Alkoholismus, und die neuen Machthaber erklärten das Übergewicht der Schnapserzeugnisse im Handel mit der Freiheit des Marktes. Als dann so genannte »Nüchternheitszonen« geschaffen wurden, kam der eine oder andere nach jahrelanger unausgesetzter Benebelung schließlich zu sich, nahm Vernunft an und gab die Trinkerei ein für alle Mal auf. Viele aber suchten nach allerlei Ersatzmitteln, sie tranken Kölnischwasser, irgendwelche chemischen Mixturen. Die Dünnbierbrauerei blühte auf. Sogar aus Tomatenmark wurde ein berauschendes Getränk gewonnen. Im Kampf gegen die heimlichen Hersteller entstanden spezielle »Brauerkommissionen«, die, des Überraschungseffektes wegen, mit Hubschraubern operierten. Getrunken aber wurde weiterhin.

Hier indessen, so stellte sich heraus, hatten die Eskimos dieses Unheil besiegt.

Pesterow konnte sich nur mit Mühe ein Leben ohne Wodka vorstellen. Dabei besaß er genügend Verstand, um sich selbst einzugestehen, dass er deswegen gleichsam eine selbst gewählte Randexistenz führte. Er träumte davon, eines Tages zur Nüchternheit zurückzukehren. Insgeheim wünschte er sich, so trinken zu lernen, wie es etliche ihm bekannte Tangitan taten – heute heben sie einen, morgen aber zieht es sie nicht, den Katerdurst zu löschen, sie wissen sich zu beherrschen. Er hatte sogar schon mal an eine Entziehungskur gedacht, aber etwas hielt ihn davon zurück. Möglicherweise die Hoffnung, es doch eines Tages allein zu schaffen.

»Wenn ich in Nome bin, trinke ich«, bekannte Mylygrok. »In den ersten Tagen finde ich darin großen Genuss, dann aber geht es mir immer schlechter. Ich kehre hierher zurück auf mein Inalik und komme allmählich zu mir, werde wieder ein

Mensch … Manchmal denke ich, dass die Weißen vorsätzlich kein Medikament gegen die Trunksucht erfinden. Es ist ein so einträgliches Geschäft.«

Pesterow dachte bei diesen Worten mit Bitternis an seine eigenen leidvollen Erlebnisse, wenn er, wieder nüchtern geworden, so allerlei an seine Adresse gerichtete Kränkungen und Beschimpfungen ergeben hinnahm. Das Schuldgefühl war ihm mitunter so unerträglich, dass er am liebsten auf der Stelle gestorben wäre. Er konnte diejenigen seiner Leute verstehen, die aus dem Leben schieden, weil sie die moralischen und physischen Qualen nicht aushielten. Aber er kannte auch eine bessere Medizin: Man brauchte nur ein klein wenig zu trinken, und schon erschienen einem die Welt, die Menschen ringsum wieder gut. Sein Verstand sagte ihm, dass ein solches Leben nichts taugte, aber was tun?

Lange wälzte er sich schlaflos in dem auf dem Linoleum ausgebreiteten Daunenschlafsack umher, und kaum dass die Morgendämmerung ins Fenster schimmerte, verließ er leise das Haus und stieg zu dem schmalen Streifen des Kiesufers hinab.

Dicht am Wasser, auf dem Kies, den die Wellen bespülten, stand Antonina Tamirak. Das dichte schwarze Haar fiel ihr auf die Schultern und bedeckte die zurückgeschlagene Kapuze. Sie sah sich um und lächelte. Sogleich wurde ihr hübsches Gesicht mit den schwarzen Ringelrobbenaugen von einer Reihe blinkender Eisenzähne entstellt. Mehrere Jahre vor der Perestroika war die Obrigkeit plötzlich wegen des Gebisszustandes der örtlichen Bevölkerung in Sorge geraten. Ein großzügig finanziertes Regierungsprogramm zur Zahnbehandlung wurde aufgelegt. Fliegende Ärztetrupps, ausgerüstet mit prachtvoller westdeutscher Technik, eilten durch die Tundra. Wie üblich ließen sich zuerst Tschukotkas große und kleine Natschalniks neue Zähne einsetzen. Bevorzugt waren Goldkronen. Besonderen Ruhm erlangte der Sekretär des Tundra-Kreiskomitees der KPdSU Iwan Solotarjow mit zwanzig Goldzähnen! Wenn er lächelte, musste man die Sonnenbrille aufsetzen. Ärmere Leute begnügten sich mit Eisen- oder Plastikzähnen, aber von solchen Glückspilzen gab es am Ende nur wenig, denn mit dem Beginn der Demokratisierung und der Wirtschaftsreformen wurde die Finanzierung des zahnärztlichen Programms eingestellt, und die Mehrzahl der örtlichen Bevölkerung des Tschuktschischen Autonomen Bezirks blieb mit klaffenden Zahnlücken zurück – man hatte noch geschafft, die Zähne zu ziehen, für den Zahnersatz jedoch hatte das Geld nicht mehr gereicht ...

Wie gut ist es, den Morgen zu begrüßen!

Da hatte nun auch Pesterow schon mehrere Tage nicht zum Feuerwasser gegriffen. Seine Augen hatten sich aufgehellt, blickten klar und verständig, sein ganzes Äußeres wirkte frischer.

»Wie ordentlich hier alles ist!« Antonia atmete auf.

»Die Leute hier leben offenbar nicht üppig, aber sie leben gut«, bemerkte Pesterow.

»Nicht einmal eine Grenzkontrolle gibt es. Und keine Vertreter der Kulturabteilung, der Kreisverwaltung, des KGB!«

Die Vertreter des US-Behörde waren nach Nome gekommen, und die Verhandlungen fanden im Saal des örtlichen Rotary Clubs statt. Robert Carpenter stellte das Projekt zur Beobachtung der Wanderungen der großen Meeressäuger durch die Beringstraße vor. Melenski unterzeichnete mit Päljats Zustimmung die Vereinbarung, die der Genossenschaft »Nuwukan« nach tschuktschischen Maßstäben keine geringen finanziellen Gewinne verhieß.

Melenski hatte viel über die Geschichte dieses amerikanischen Städtchens gelesen, das mit der Entdeckung des Goldes auf der kiesigen Nehrung berühmt geworden war – solche Nehrungen gab es entlang der Tschuktschen-Halbinsel dutzende. Man hatte sogar daran gedacht, dass es derlei Schätze auch hier geben müsse, doch es suchte einfach niemand so richtig danach. Dabei war es schon besser, das Gold nicht zu haben. Im Heimatkundemuseum von Nome konnte man zur Genüge sehen, wie es in jenen Zeiten des Goldfiebers zugegangen war.

In Nome begegneten ihnen die ersten betrunkenen Eskimos. Äußerlich unterschieden sie sich durch nichts von den Betrunkenen auf der Tschuktschen-Halbinsel, vielleicht nur dadurch, dass sie sich ruhig verhielten, ja geradezu schüchtern.

Sie saßen still in dem weiten Saal, in dem das Ensemble »Nuwukan« seine Vorstellung gab. Diese Tänze, in grauer Vorzeit entstanden und seither nahezu unverändert geblieben, besitzen eine seltsame Anziehungskraft, trotz der scheinbaren Monotonie wird man ihrer nicht überdrüssig. Im Eskimotanz lassen sich nicht mehr als ein Dutzend Stellungen und Bewegungen ausmachen, der Reiz jedoch besteht darin, dass jeder Tänzer sie in einzigartiger, unwiederholbarer, nur ihm eigener Weise vollführt. So sah man denn jene junge Frau, unter deren losem, grellem, mit Schmuckbändern gesäumtem Kittel man den schlanken, biegsamen Körper erahnte, sich ganz dem Tanz hingeben, gleichsam als entrücke sie in die Urgründe der Entstehung des Lebens an diesen rauen und wüsten Ufern. Die junge Frau bedeckte ihre Augen mit schweren, schwarzen Wimpern, der halb offene Mund ließ die Zähne leuchten. Dann und wann, dem strengen Rhythmus der riesigen, mit bestens gegerbtem Leder aus Walrossmagen bespannten Schellentrommeln gehorchend, stöhnte sie auf und öffnete für Sekunden die Augen.

Robert Carpenter fing ihren Blick auf, und ein Stich ging ihm ins Herz, dann aber fühlte er sich von einer wer weiß woher kommenden Zärtlichkeit erfüllt, und er erinnerte sich: Die dort hatte in Ulak getanzt! Wie hübsch sie ist, dachte Carpenter, von dem Tanz gefesselt. Als die junge Frau lächelte, sah

Robert die blinkende Metallreihe ihrer vorderen Zähne. Für einen Moment kniff er sogar die Augen zusammen.

Abends wurden die Gäste erneut auf die Familien verteilt, und Pesterow geriet in das Haus von Charles Johnson, einem hiesigen Geschäftsmann, der von den Eskimos abstammte. Johnson zeichnete sich durch imposante Körpermaße aus, aber noch eindrucksvoller war seine Frau Esther, die bezaubernde Mutter dreier Söhne, die alle Präsidentennamen trugen – Nixon, Kennedy und Johnson. Die Dame des Hauses passte nur seitlich durch die Türen, was sie nicht daran hinderte, ein köstliches Abendessen zu bereiten, dessen Hauptgericht ein gekochter Königslachs war. Der Hausherr öffnete ein Schränkchen und bot zur Wahl Whisky, Wodka, Bier und Wein an. Pesterow leckte sich die Lippen und dachte, dass sich ein solcher Vorrat an Spirituosen bei ihm keine zwei Tage halten würde. Die Versuchung war groß. Die Augen halb zugekniffen, erklärte sich Pesterow bereit, ein Glas Weißwein zu trinken.

»Wie ein weißer Mann!«, bemerkte der Hausherr schmunzelnd. »Bei den Weißen ist es üblich, zum Fisch Weißwein zu reichen.«

Johnson erwies sich als leidenschaftlicher Jäger. Nach dem Abendessen und dem Kaffee, dem Pesterow gern eine weitere Flasche Wein oder ein Gläschen Wodka vorgezogen hätte, zeigte Johnson dem Gast ein ganzes Arsenal von Jagdgewehren – Büchsen und Schrotflinten, außerdem ein schneegängiges Raupenfahrzeug, einen offenen Kleintransporter, und er fügte hinzu, dass er auch noch ein Kleinflugzeug besitze.

Pesterow, von der Demonstration eines solchen Reichtums, der einem einfachen Eskimo gehörte, nüchtern geworden, bemerkte: »Du bist ein richtiger Oligarch, Johnson!«

Johnson lächelte und meinte verlegen, dass er keineswegs reich sei. »Ich liebe einfach die Natur, unser Land.« Noch wenige Jahre zuvor hatte Johnson in Kalifornien gelebt, obgleich seine Vorväter am Kap Prince of Wales Jäger gewesen waren. Früh hatte er seine Eltern verloren, war in einer Lehranstalt ausgebildet worden – wie Pesterow verstand, in einer Art Internat, und seine Muttersprache war ihm unbekannt. In Kalifornien hatte er ein recht gut gehendes Unternehmen gehabt, das den Bau von Fertigteilhäusern betrieb. Gewöhnlich waren solche Häuser für entlegene Gebiete wie Alaska vorgesehen.

»Die jüngste, neue Schule in Nome habe ich gebaut!«, erklärte Johnson stolz. »Und davor die Schule auf der Kleinen Diomedes-Insel.«

»Die habe ich gesehen«, sagte Pesterow. »Ich habe bei Mylygrok gewohnt, und er sagte mir, dass sein Haus aus dem Verpackungsmaterial errichtet worden sei, in dem man die Schule hergebracht hatte.«

»Das stimmt«, bestätigte Johnson. »Und hier hat Mylygrok ein schönes Haus und einen Souvenirladen.«

Diese Mitteilung verschlug Pesterow fast die Sprache. Mylygrok besaß ein Geschäft! Wie das, zum Teufel? Irgendwie glaubte man doch selbstverständlich, dass nur Tangitan Ladeninhaber sein konnten.

»Sicherlich verdient er als Verkäufer hinzu«, vermutete Pesterow vorsichtig.

»Ach nein, er taucht dort fast nie auf«, antwortete Johnson. »Hin und wieder kommt er her, vertrinkt die Einnahmen und fährt zurück auf seine Insel.«

Die Schaluppen verließen Nome am frühen Morgen. Am Ufer versammelte sich eine beachtliche Menschenmenge zur Verabschiedung. Die Gäste, mit Geschenken beladen, schifften sich ein und sprachen dabei noch laut mit ihren Gastgebern.

Unter denen, die das Geleit gaben, war auch Robert Carpenter. Er überreichte Antonina Tamirak ein mächtiges Paket. Antonina fragte verwirrt: »Was ist das?«

»Ein Geschenk«, sagte Robert verlegen. Es handelte sich um einen Stereo-Kassettenrecorder.

»Oh, ich weiß gar nicht«, seufzte Antonina geniert. »Etwas so Teures.« Sie sah sich zu Päljat um. Der nickte. »Nimm schon, nimm«, sagte er.

»Danke«, flüsterte Antonina, und plötzlich, für alle unerwartet, gab sie Robert Carpenter einen kräftigen Kuss und sprang aufs Schiff.

Alaskas Küste entrückte langsam in die Ferne, und die Menschen in den Schaluppen blickten mit gemischten Gefühlen auf die Häuser dort zurück – wie es schien, war es die gleiche Erde, waren es die gleichen Häuser, und doch war das Leben ein gänzlich anderes ...

4

Oberst Dudykin hielt die Reise der örtlichen Bewohner nach Alaska für einen gewaltigen Fehler der Führung des Tschuktschischen Autonomen Bezirks und besonders von deren Haupt Päljat. Er leitete diese seine Ansicht den übergeordneten Organen zu und wartete auf Instruktionen. Missfallen äußerten auch andere Funktionäre der Bezirksadministration, vor allem Päljats Erster Stellvertreter, der frühere Sekretär des Parteikomitees des Seehafens, Wiktor Alexandrowitsch Basarow. Bei einer Beratung im kleinen Kreis sagte er unverblümt, dass die Vereinbarung über ein Monitoring der Fauna im Nordteil der Beringstraße und an den Küsten des Eismeeres dem amerikanischen Nachrichtendienst ein weites Feld der Spionagetätigkeit eröffne.

»Aber was gibt es dort zu spionieren!«, sprach Päljat wütend dagegen. »Truppenteile sind auf der Halbinsel nicht stationiert. Von der Funkmessstation in Ulak gibt es nur noch Ruinen. Sogar die Leuchttürme sind erloschen.«

Seit Jahren hatte die hydrografische Station von Guwrel jeweils am Tag vor dem Schifffahrtsbeginn die Leuchttürme an ihre Stromversorgung angeschlossen. Den Strom erzeugten kompakte Atomreaktoren, die für einen dreijährigen ununterbrochenen Betrieb berechnet waren. Das letzte Mal hatte fürs Einschalten das Geld noch knapp gereicht, aber um die Leuchttürme zum Winter abzuschalten, fehlte bereits das Geld. Dann hörte die Finanzierung überhaupt auf, und Tschukotkas Leuchttürme blieben über drei Jahre hinweg pausenlos in Betrieb, bei Tag und bei Nacht, bei jedem Wetter, so lange, bis die Energievorräte restlos aufgebraucht waren.

Oberst Dudykin und Basarow waren sich einig, dass man den Einheimischen, den Tschuktschen und Eskimos, die Leitung des Bezirks nicht anvertrauen könne. Sie beriefen sich dabei auf Arbeiten eines Leningrader Ethnogenetikers von der Akademie der Wissenschaften, der auf den besonderen Bau des Gehirns bei den Vertretern der Urbevölkerung der Tschuktschen-Halbinsel verwies. Der sei angeblich asymmetrisch. Was man für eine ausreichende wissenschaftliche Grundlage hielt, um auf jegliche Weise den Zugang zu höheren staatlichen Posten zu verwehren. Und wenn jemand von den Tschuktschen oder Eskimos Bildung erhielt, ein mehr oder weniger nüchternes Leben führte und seine Stimme erhob, wurde er sofort angezischt: Wir haben euch lesen und schreiben gelehrt, euch etwas beigebracht, euch gezeigt, wie man ein zivilisiertes Leben führt, ihr aber ... ihr Undankbaren! Ohne uns würdet ihr doch immer noch in Unwissenheit dahindämmern, in Jarangas hausen beim Licht von Fettfunzeln und euer Essen auf Reisigfeuern kochen – ihr mit euren asymmetrischen Hirnen!

Aus demselben Grund zeigte man Anfang der Neunzigerjahre, als sich Tschukotka vom Gebiet Magadan loslöste, keinerlei Interesse für die Meinung der örtlichen Bevölkerung. Nun ist es einem Jäger aus Ljurän wahrlich einerlei, wem Tschukotka verwaltungsmäßig zugeordnet ist. Hingegen bescherte die administrative Eigenständigkeit der Leitung und den Beamten des Bezirks einen Segen an unkontrollierten Haushaltgeldern. Alle diese politischen Scharmützel fielen mit der Privatisierung zusammen, mit der Auflösung der Sowchosen und Kolchosen und der Vergabe der gemeinschaftlichen Rentiere in Privatbesitz.

Päljat sah durch das runde Fenster des Hubschraubers hinaus in die herbstliche Tundra. Die zahlreichen Seen, Bächlein und Flüsschen spiegelten die Sonnenstrahlen, und es war unmöglich, ohne Sonnenbrille aus der Höhe auf die Erde zu schauen.

Tutajs Nomadenlager lag an der Wasserscheide der Kurupkiner Tundra. Von hier flossen die einen Flüsse zum Nördlichen Eismeer, die anderen zum Beringmeer. Obwohl Päljat aus einer ganz anderen Gegend stammte, nämlich vom Oberlauf des Omolon, liebte er diese Gegend und kannte sie gut. Hier hatte sich noch der Zauber der unberührten Tundra erhalten, es gab saubere Flüsse und Seen, ausgedehnte Torfbeerenfelder, die über dutzende Kilometer reichten. Hierher waren die Goldsucher bislang nicht gedrungen, und als Päljat noch Sekretär des hiesigen Kreiskomitees gewesen war, hatte er sich jedes Mal insgeheim gefreut, wenn im Herbst die Geologen mit wenig tröstlichen Erkenntnissen aus der Tundra wiederkehrten. Gewiss, aus staatlicher Sicht bedeutete das Nichtvorhandensein abbauwürdiger Goldvorkommen im Tschuktschischen Kreis ein großes Manko, und der Chef zog gemeinsam mit den Geologen die Stirn in Sorgenfalten, im Innern aber frohlockte er: Das Unglück hatte sie noch einmal verschont. Die Alten nannten ihm gelegentlich Stellen, an denen Gold vorkam, und brachten manchmal sogar Goldklumpen mit, jedoch machte Päljat nie jemandem davon Meldung – schließlich waren dies inoffizielle Auskünfte, und die Goldklumpen warf er jedes Mal weit weg ins Meer, wenn er zum Kap Kytrytkyn zum Entenschießen ging.

Die Tundra schimmerte hellgelb, häufig jedoch fanden sich grellgrüne Flecken sowie weißgraue Wiesen mit dem Rentiermoos Watap.

Tutajs Jarangas standen auf einer Anhöhe, an jener Stelle, an der sie seit Ewigkeiten aufgestellt wurden. Bereits als sie zur Landung ansetzten, hatte Päljat ein ungutes Gefühl. Dann sah er – auf dem dritten, dem höchsten Hügel der Wasserscheide, wo früher die Heilige Stätte gewesen war, gähnte Leere. Noch kürzlich hatte man dort Tausende von der Zeit gebleichte Rentiergeweihe aus der Ferne wahrnehmen können, und erst recht aus der Höhe des Fluges. Heute war die Stelle ungewohnt, ja beängstigend leer, was die Landschaft sogleich fremd und kalt machte.

Nachdem der Propeller zum Stillstand gekommen war, liefen die Bewohner des Nomadenlagers auf den Hubschrauber zu. Die meisten von ihnen hielten sich unsicher auf den Beinen. Tutaj, in grüner Tarnjacke, mit sommerlicher, auf dem Scheitel ausgeschnittener Malachai, einer Ohrenklappenmütze aus Rentierfell, sowie in grellroten japanischen Gummistiefeln, wirkte unnatürlich erregt.

»Amyn ettyk!«, rief er freudig aus, stürzte herbei und umarmte die Gäste, dabei hüllte er sie in einen schweren Geruch nach irgendeinem sauren Gebräu. Hinter ihm standen lächelnd die Hausangehörigen, darunter, ungekämmt und ungewaschen, seine Ehefrau.

»Was feiert ihr hier?«, fragte Päljat streng.

»Wir erholen uns!« Tutaj lächelte schief. »Von den Überresten der Vergangenheit.«

»Von welchen Überresten?«, wunderte sich Päljat.

»Endlich sind wir unsere Heilige Stätte los.« Tutaj schwenkte die Hand. »Da, auf dem Hügel, du weißt doch noch? Eine ganze Pyramide von Rentiergeweihen ragte dort auf. Die hat unsere marxistische Weltanschauung übel beeinflusst. Sie abzuräumen, wollten die Hände nicht ran. Jetzt haben sich gute Leute gefunden. Sie haben nicht nur den Überrest der Vergangenheit beseitigt, sondern obendrein Geld gezahlt.«

Unweit der einen Jaranga weideten, an lange Leinen gebunden, Zugrentiere. Ihr Geweih war bis auf die Rosenstöcke abgesägt, darauf schimmerte dunkel geronnenes Blut.

»Und warum wurden die dort verstümmelt?«

Tutaj lächelte noch immer. »Die Leute, die die Heilige Stätte abgeräumt haben, wollten auch diese Geweihe kaufen. In unserer ganzen Herde gibt es kaum noch ein Geweih. Die haben richtig aufgeräumt. Na und? Die Rentiere sind doch jetzt alle privat, gehören nicht mehr dem Sowchos. Die Herde wurde unter allen aufgeteilt. Taligur hat gesagt: Ihr seid jetzt Privateigentümer und tut mit eurem Hab und Gut, was ihr wollt! Nun, einer hat seine Rentiere versoffen, der andere eben für Geld verkauft ... Es kamen viele Käufer hierher geflogen. Den meisten aber ging es um Geweihe. Manchmal haben sie die toten Tiere am Boden liegen gelassen und nur die Geweihe abgesägt.«

Neben einer Jaranga lag, Gestank verbreitend, ein Haufen rostiger, sich aufwölbender Konservendosen. Sie alle waren ohne Etikett.

»Das essen wir nicht mehr. Man wird davon krank im Bauch, ja man kann überhaupt daran verrecken.«

Noch bis vor kurzem hatte ein von der Sowchosdirektion gecharterter Hubschrauber die Rentier-Nomadenlager regelmäßig mit Lebensmitteln versorgt. Kisten voller Fleisch- und Gemüsekonserven, mit Kondensmilch, Tee, verschiedenen Marmeladen und Konfitüren, Dreilitergefäße mit Saft wurden präzis an vereinbarter Stelle abgesetzt. Alles das wurde aus den Erträgen des erzeugten Rentierfleisches und anderer Produkte der Nomadenwirtschaft finanziert. Man hatte in der Tundra keinen Lebensmittelmangel gekannt. Überhaupt war die Politik so gewesen: das Beste für die Rentierzüchter. In Anadyr war sogar ein Spezialgeschäft »Der Rentierzüchter« eröffnet worden, wo nur Zugereiste aus der Tundra und noch ein paar Ehrengäste des Bezirks einkauften. In den Zeiten der Mangelwirtschaft war ein Feldzug in den »Rentierzüchter« ein großes Glück gewesen. Dort konnte man ein japanisches Tonbandgerät ergattern, haltbare Gummistiefel, allerlei Lebensmittel, die es sonst nicht gab, und sogar amerikanische Zigaretten.

Mit alledem war es schlagartig vorbei, als die Sowchosen keine staatliche Finanzierung mehr erhielten. Vorerst verschonte der Massenhunger die Tundrabewohner, dank dem Umstand, dass hier und da noch Rentiere übrig geblieben waren. Aber schon bald zogen diejenigen, die ihre Rentiere verkauft oder aufgegessen hatten, in die Küstensiedlungen. Versuche, so genannte Farmerwirtschaften aufzubauen, endeten mit einem totalen Fiasko.

Päljat betrachtete den kläglichen, angetrunkenen Tutaj, der seine verwahrlost aussehende Frau und die rotznasigen Kinder anschrie, und Mitleid drückte ihm das Herz ab: Wie sollte das weitergehen? Was würde aus diesem Mann werden, der noch unlängst einen wahren Herrn der Tundra verkörpert und erhaben auf zugereiste Städter und Staatsangestellte herabgeblickt hatte, die unter der Last – seiner Ansicht nach – unwesentlicher Sorgen stöhnten? Tutaj, obgleich als Oberhirte des Sowchos eingesetzt, war doch ein freier Mann und der wahre Herr über die von den Vorvätern ererbte große Rentierherde gewesen. Zu Sowjetzeiten pflegte er im angeheiterten Zustand damit zu prahlen, dass, obgleich die Rentiere formal dem Kolchos gehörten, doch er, Tutaj, ihr tatsächlicher Besitzer sei.

Päljat verstand, dass es ohne dieses Gefühl wirklicher Eigentümerschaft schwer fallen musste, eine Rentierwirtschaft zu führen. Warum aber geschah es, dass jetzt, da die Menschen tatsächlich Herdenbesitzer wurden, sie sich so rasch von den Tieren trennten, sie verkauften, vertranken? Als sie beim Essen saßen, fragte er Tutaj danach.

»Weil sie das Erraubte möglichst schnell loswerden wollen!«, erklärte Tutaj wütend. »Die, denen man die Rentiere als Eigentum überlassen hat, sind doch nie deren wirkliche Herren gewesen.«

»Hatten sie denn in der Herde keine eigenen Tiere dabei?«, fragte Päljat.

»Ein, zwei Dutzend, höchstens. Die wurden beschützt. Manchmal, wenn Wölfe die Herde anfielen, rissen die aus unerfindlichem Grund die Sowchostiere, die eigenen wurden nicht angerührt ... Und jetzt, die privatisierten Tiere, die sind sozusagen zufällig über sie gekommen, unverhofft. Wie ein

Gewinn aus einer alten Staatsanleihe. Darum auch ihr Bemühen, sie schnellstmöglich loszuwerden – plötzlich besinnen sich diese Moskauer Tangitan, die sich die Privatisierung ausgedacht haben, wieder eines anderen und machen alles rückgängig?«

»Und was soll man jetzt tun?«

Tutaj blickte Päljat erstaunt an. Noch nie hatte er einen hohen Natschalnik so fassungslos gesehen. Gewöhnlich wussten die Leute von der Macht stets, was zu tun war, wie man leben musste, sogar, wann in der Tundra die Herde weiterzutreiben war und das Kalben zu erfolgen hatte. Für alles hatten sie eine fertige Antwort. Und falls sie etwas nicht sofort entscheiden konnten, dann gab es dafür die Partei mit Kongressen, Plenen, Beratungen, Beschlüssen sowie den Marxismus-Leninismus ...

Der Tee war kräftig. Die Hausfrau hatte ihm irgendwelche Tundrakräuter beigemengt, die den Gästen, die im Internat aufgewachsen waren, unbekannt waren. Zwei Schalen davon machten den Hausherrn endgültig wieder nüchtern.

»Wenn wir uns nicht besinnen, sind wir in der Tundra verloren. Man hätte die Rentiere nicht verteilen sollen«, erklärte er schroff. »Alle haben gewusst, dass die Rentiere das Eigentum unserer Familie gewesen sind. Seit je. Unser Vorfahr hat im Krieg gegen die Korjäken denen die Herde weggenommen und hierher, an die Kurupkiner Wasserscheide, getrieben. Er hat vielerlei Tundravolk damit ernährt, hat den Leuten erlaubt, ihre eigenen Rentiere auf seinen Flächen weiden zu lassen. Das war mein Ururgroßvater, ihm folgten der Urgroßvater und die Großväter als Besitzer, und niemand hegte daran Zweifel. Als die Amerikaner beabsichtigten, unsere Rentiere zu kaufen, um sie in Alaska zu züchten, sagte mein Großvater: ›Das wäre dasselbe, als wollte man uns kaufen.‹ Er gab kein einziges Tier her, obwohl ihm viel Geld geboten wurde. Dann kam die Kollektivierung. Großvater wurde verhaftet und weggebracht.

Zunächst machten sie eine Genossenschaft draus, dann einen Kolchos. Aber alle wussten, wem die Rentiere ursprünglich gehörten. Und als mein Großvater zurückkam, versammelten sich in unserer Jaranga alle Hirten und der Brigadier Ettuwgi, er ist ja Sekretär des Parteikomitees unseres Lagers, und berichteten ihm, wie sie die Herde betreut und vermehrt hatten. Großvater lobte sie alle mächtig und schenkte jedem fünf Rentierkühe! Alle wussten, dass diese staatlichen, diese Sowchoskühe in Wahrheit ihm gehörten! Sie nannten ihn Tymnäkärgytagin. Wir haben ihn bei der Heiligen Stätte begraben, die kürzlich verkauft wurde ... Ach, was tun wir!«

Die Hubschrauberbesatzung drängte zur Eile. Päljat warf einen letzten Blick durch das Fenster, auf die drei mit weißem Rentier-Rauleder überdeckten Jarangas, auf die einsame Figur Tutajs, der neben seiner alten Behausung stand, in der Tarnjacke und den grellroten japanischen Gummistiefeln, und er verspürte eine wehmütige Schwäche, weil es ihm so gar nicht möglich war, diesen Unglücklichen zu helfen.

In Kytryn wurde er sogleich ans Telefon gerufen.

Man erwartete ein Flugzeug aus Nome mit Robert Carpenter, dem Regierungsvertreter der USA. Päljat sollte hinfahren und den Gast empfangen. Zuvor aber lud ihn Frantow, der »Intelligenzler«, das Haupt des örtlichen Kreissowjets, zum Essen ein. Die Kantine befand sich in einem halb verfallenen Hotel. In den Ecken des leeren Speisesaals tummelten sich ungestört Ratten. Der Tisch war in der so genannten Bar gedeckt, einem Nebenraum, der einstmals für die Speisung der höheren örtlichen Obrigkeit und besonderer Gäste bestimmt gewesen war. Auf den Regalen prangten Flaschen unterschiedlichsten Kalibers, Bier gab es in Dosen, in Flaschen, in kleinen Fässchen. Päljat wusste nur zu gut, dass die meisten dieser Getränke übelstes Gift waren, denn ihre Grundlage bildete ungereinigter Spiritus chinesischer oder der Teufel wusste welcher Herkunft.

An dem Mahl nahmen auch Michail Melenski und Wladimir Tschejwun teil, ein großer, schöner Mann in reifen Jahren, mit gepflegtem Schnurrbärtchen, Eigentümer und Kapitän eines seetüchtigen Motorschiffchens vom Typ »Dora«, mit welchem man sich in die Guwreler Bucht zu begeben gedachte, um dort den amerikanischen Gast zu empfangen. Wladimir Tschejwun stammte aus Nunakmun, dort hatte er die Kindheit verbracht, und er war ein typischer Meeresjäger. Unter den Einheimischen war er einer von wenigen, die die Erlaubnis der neuen russischen Machthaber, nach eigener Vorstellung zu leben, ernst nahmen. Er hatte sich von der Genossenschaft »Nuwukan« getrennt und in der Bucht von Pinakul eine Jagdhütte gebaut, dem Kreiszentrum gegenüber, am anderen Ufer des Kytryner Meerbusens.

Die »Dora« wollte am frühen Morgen ablegen. An der Anlegestelle erschien das vollzählige Grenzkommando, angeführt vom Leiter der Grenzwache. Obgleich sich alle auf dem kleinen Schiff seit langem kannten, kontrollierten die Grenzer mit hochgescheiter Miene die Papiere und verglichen die Fotos in den Pässen eingehend mit deren Inhabern. Tschejwuns Pass bot einen kläglichen Anblick – er war nur noch eine verklumpte rote Hülle mit abgegrabbelten, speckigen Blättern darin. Päljats Blick auffangend, sagte Tschejwun schuldbewusst: »Das hält kein Dokument aus! Wenn ich nach drüben übersetze, wird der Pass kontrolliert, komme ich eine halbe Stunde später zurück, verlangen sie wieder die Papiere. So geht das sechs-, siebenmal am Tag.«

Päljat sah den Hauptmann fragend an. »Wir haben Anweisung«, erklärte der Grenzer. »Sooft es gefordert wird, kontrollieren wir. So verlangt es die Ordnung.«

»Wie viele idiotische Anweisungen und Befehle doch in unserm Riesenland gegeben und ausgeführt werden!«, brach es aus Päljat heraus. »Man beschäftigt die Leute mit völlig unnützen Dingen, und man tut es mit einer Miene, als erfülle man etwas Wichtiges, einen Staatsauftrag!«

Als Matrose auf dem Schiffchen fuhr Wassili Dodschijew aus der Lawrentija-Bucht. Sein Großvater, der Ingusche Mahomet Dodschijew, hatte sich am Beginn des Jahrhunderts nach Alaska aufgemacht, um das Goldglück zu suchen, und hätte in der blutigen Schlacht um einen Fetzen Kiesküste am Rande von Nome fast sein Leben gelassen. Mit dem Schiff des Kaufmanns Olaf Svensson überquerte er die Beringstraße und kam in Nuwukan an Land. Der unglaublich hagere, dunkelhäutige und dunkelhaarige, lebhafte und umgängliche Mahomet erhielt sogleich den Spitznamen »Dürrer« und war danach nicht nur auf ganz Tschukotka unter diesem Namen bekannt, sondern hörte auch selbst darauf. In Nuwukan zog ihn die örtliche Schönheit Tschulchena in ihren Bann. Sie verliebte sich in den Dürren und zog zu ihm in den kleinen Bretteranbau neben dem Laden von Robert Carpenter, dem Handelsagenten Olaf Svenssons. Tschulchenas Gesicht schmückte eine über die Wangen führende blaue Linie einer breiten Tätowierung, um das Kinn liefen Furchen, die seine weiche Krümmung betonten. Es war diese schmückende Tätowierung, die das Mädchen zur auffallendsten Schönheit zu beiden Ufern der Beringstraße machte. Dem ungewöhnlichen Paar wurden regelmäßig und so unabwendbar wie die Jahreszeiten Kinder geboren. Von den Söhnen glich am meisten dem Vater – nach Aussage derer, die Mahomet gekannt hatten – Alichan. Alichan seinerseits nahm die Nuwukaner Schönheit Atuk zur Frau, nachdem er sie Inki, dem Sekretär des Komsomol-Kreiskomitees, entführt hatte. Wassili war Alichans und Atuks jüngstes Kind. Von seinen Vätern hatte er die Liebe zum weiblichen Geschlecht ererbt, die kaukasische Rankheit sowie die Fähigkeit, sich allen Lebensumständen anzupassen. Im Laufe seines Lebens hatte er dutzende von Berufen ausgeübt. Gegenwärtig galt er als freiberuflicher Fotograf, aber er war unentbehrlich als Mitglied aller möglicher Kommissionen, Jurys, als Schiedsrichter beim Sport und als Gerichtsbeisitzer. Im Sommer verbrachte er viel Zeit auf der »Dora« seines Freundes Wladimir Tschejwun, erlegte Walrosse und versorgte sich für den Winter mit Kopalchen. Das machte ihn von der Lebensmittelversorgung des Kreiszentrums unabhängig – als echter Tschuktsche wusste er, dass das Kopalchen ihn nicht hungers sterben ließe, sogar wenn es weder Brot noch Graupen gäbe. Obendrein war Wassili Dodschijew glücklich verheiratet – mit der Verkäuferin des Ladens am Ort.

Steuerbords zogen die verlassenen Dörfer Jandagaj und Akkani vorüber. Bei Einbruch der Dunkelheit umfuhren sie das Kap, auf dem die Lichter der einstmals reichsten tschuktschischen Siedlung Ljurän, Zentrum des Lenin-Sowchos, leuchteten.

An der weit in den Ozean vorgeschobenen Landzunge des alten Tschaplino-Unasik wurde das Schiffchen von Walrossgrunzen begleitet.

Melenski und Päljat saßen an Deck und tranken den von Wassili fürsorglich bereiteten Tee.

»In Nome habe ich eine Landkarte von Tschukotka gekauft, auf der alle einstmals existierenden Dörfer verzeichnet sind«, sagte Melenski. »Es ist einfach verblüffend, wie dicht die Tschuktschen-Halbinsel besiedelt gewesen ist! Fast auf jedem Küstenvorsprung stand mindestens eine Jaranga. Erinnern Sie sich noch? Es gab mal so einen Plan, nach dem diejenigen Dörfer, die ohne Perspektive waren, in die Kreiszentren umgesiedelt werden sollten.«

»Nur gut, dass man nicht dazu gekommen ist, eine solche Dummheit zu verwirklichen«, bemerkte Päljat, während er bemüht war, in der schwarzen Finsternis wenigstens ein Lichtlein der Polarstation oder der Grenzwache auf der Tschaplinoer Landzunge auszumachen.

»Das Kap Tschaplino heißt auf der neuen Landkarte Indian Point«, fuhr Melenski fort. »Und das Kap Deschnjow East Cape – Ostkap ... Ich habe gehört, dass in Moskau einige Straßen die alten Namen zurückerhalten, und Leningrad wird wieder Sankt Petersburg heißen. Vielleicht sollten auch wir darum ersuchen, ein paar geografische Punkte nach den früheren tschuktschischen Bezeichnungen rückzubenennen?«

»Darauf lassen sich die Tangitan nicht ein«, erwiderte Päljat überzeugt. »Auch gibt es genügend andere Dinge ... Mir geht Tutajs Lager nicht aus dem Sinn. Wie soll man diesen Leuten helfen?«

»Manchmal denke ich, unsere Menschen müssten wenigstens einmal einen totalen Zusammenbruch erleben«, meinte Melenski zornig. »Nach so einer harten Lehre würden sie ein für alle Mal aufhören, Hilfe von außen zu erwarten, vom Staat, von der Regierung. Da ist eine ganze Generation von Tschuktschen und Eskimos herangewachsen, mit einer Mentalität wie im Internat – Ernährung, Kleidung, alles wird geliefert auf Staatskosten ...«

»Trotzdem ist es schade um die Menschen ...«

»Nehmen Sie Tschejwun«, Melenski nickte zu dem Kapitän hin, dessen Gestalt in der Deckkabine am Steuerrad schimmerte. »Er hat etwas Eigenes zu Stande gebracht. Ja, es hat ihn Herzblut und Nerven gekostet. Wie hat Frantow ihn angebrüllt: ›Wir haben euch Tschuktschen etwas beigebracht, haben euch aus Dunkel und Unwissenheit befreit, aus der Primitivität herausgeholt, und du wagst es, mich einen Bürokraten zu nennen!‹«

Päljat und Melenski kamen erst gegen Morgen zur Ruhe, und sie waren schon wieder auf den Beinen, als ihr kleines Schiff im neblig-trüben Tagesanbruch die Plowerer Landzunge umfuhr, auf deren Kiesstrand die schwärzlichen Gerippe aufgegebener Boote lagen.

Die Guwreler Bucht empfing sie mit spärlichen Lichtern in den kompakten Anhäufungen der auf dem Steilufer errichteten fünfgeschossigen Betonbauten. Wie überall auf Tschukotka arbeitete das Elektrizitätswerk wegen Brennstoffmangel nur mit halber Kraft, und nur für wenige Stunden täglich erhielten die Häuser Strom.

Die »Dora« umfuhr das einzige Schiff, das seine Ladung löschte, den Kohlenfrachter *Karaganda,* und glitt weich an den Landesteg der hydrografischen Station. Bamburin, das Haupt der örtlichen Administration, stand mit mehreren Leuten zum Empfang bereit, die aber noch nicht richtig wach und noch nicht einmal rasiert waren.

»Wir haben einen Staatsstreich!«, verkündete Bamburin mit sonderbarer Lebhaftigkeit.

»Im Kreis?«, fragte Päljat.

»Wieso im Kreis? In Russland!«

Päljat betrachtete Bamburin genauer. Ihm war zu Ohren gekommen, dass dieser in letzter Zeit sehr dem Alkohol zuspreche, und es hatte sogar schon die Frage seiner Ablösung gestanden.

»Unser Fernsehempfang funktioniert nicht, aber über den Rundfunk wurde gemeldet ...«

»Von der *Stimme Amerikas*«, soufflierte einer der Begleiter. »Auch unser Gast hat bestätigt, dass es in Russland zum Staatsstreich gekommen ist. Sie haben Gorbatschow auf der Krim isoliert, in seiner Datscha, haben ihn für krank erklärt und ein Staatliches Notstandskomitee ernannt.«

»Wer ist das?«

Päljat verstand nicht recht, was hier vor sich ging: Es klang alles so wirr, wie das Gefasel eines noch nicht ganz ausgenüchterten Trinkers. »Haben Sie irgendwelche Instruktionen aus Anadyr erhalten?«, fragte er.

»Das Telefon funktionierte nicht, es wurde eben erst repariert ... Aber dort nimmt niemand ab. Ich habe versucht, Basarow anzurufen, der schweigt. Dudykin spielt krank und sagt, er wisse von nichts. Alle scheinen darauf zu warten, was Sie sagen werden.«

Bamburin starrte Päljat fragend an.

Ein Staatsstreich ... Vielleicht war so etwas wirklich passiert. Es gab ja so viele, die mit dem, was Gorbatschow tat, mit der Demokratisierung und der Glasnost unzufrieden waren. Man hatte den Eindruck, dem Riesenstaat sei das Rückgrat entfernt worden und nun zerfalle er in seine Einzelteile. In wenigen Tagen sollte der Unionsvertrag unterzeichnet werden, der die Beziehungen zwischen den Unionsrepubliken neu festlegen und den baltischen Republiken die Unabhängigkeit gewähren würde ... Kurz, die Abschaffung der Sowjetunion. Dieses Vorgehen Gorbatschows fand bei Päljat keinen Anklang. Jedoch, zur Parteidisziplin erzogen, war er gezwungen, das Handeln von Partei und Regierung öffentlich zu billigen.

Der Leiter der Grenzwache meldete, dass ihr Fernsehgerät funktioniere und das erste Programm in einer halben Stunde ausstrahlen werde.

»Ich fahre hin und sehe mir das an«, entschied Päljat. »Und du«, sagte er zu Melenski, »kümmerst dich um den Gast.«

Der Gast wohnte im Hotel des Kreiskomitees, einer Zweizimmerwohnung, in den »Sieben Winden«. So hieß die Siedlung etwas oberhalb des Militärdepots, das jahraus, jahrein von einer Kompanie Soldaten mit einem Major an der Spitze bewacht wurde. Was dort gelagert wurde, wusste niemand. Vielleicht handelte es sich um alte Munition aus den Zeiten des Vaterländischen Krieges, um Uniformen oder um Verpflegung. Solche Depots besaßen ihr gesondertes Kesselhaus. Der letzte Kommandeur, Machmudow, hatte ein Treibhaus errichtet, indem er weggeworfenes Material, allerlei herrenlose Apparaturen dafür verwendete. Jeden Funktionär, der zu Besuch kam, bewirtete er mit frischen Kartoffeln, Tomaten und Gurken, und die Tafel deckte er gleich im Gewächshaus. Dabei liebte er die Bemerkung, dass schon das Treibhaus an sich ein Zeugnis für die himmelschreiende Misswirtschaft der örtlichen Behörden darstelle. All das Material habe unter dem Schnee herumgelegen, im Schmutz. »Staatsvermögen!«, pflegte Machmudow auszurufen. Die örtlichen Machthaber hegten deswegen einmütigen Hass auf Machmudow, seine Gaben an den Revolutionsfeiertagen indessen schlugen sie nicht aus.

Zum Frühstück kredenzte man dem ausländischen Gast frische Erdbeeren mit dicker saurer Sahne, Pulverkaffee, Toastbrot, Torfbeerenkonfitüre, Sahnebutter und Eier.

Robert Carpenter saß am Tisch und lauschte aufmerksam seinem Transistorradio. Nachdem er seinem Gast einen Becher Kaffee eingeschenkt hatte, fragte er: »Verstehen Sie etwas?«

Melenski zuckte die Achseln.

»Und was reden Ihre Leute?«, fragte er dann.

»Sie melden, dass Gorbatschow in Foros, in seiner Datscha auf der Krim, abgeriegelt sitzt, die Nachrichtenverbindung ist gesperrt, und die Delegation des Notstandskomitees, die, angeführt vom KGB-Vorsitzenden Krjutschkow, von ihm zurückgekehrt ist, behauptet, Gorbatschow sei ernstlich erkrankt und könne den Pflichten eines Präsidenten nicht nachkommen. In Moskau sind Panzer aufgefahren, es wurde Ausgehverbot verhängt ... Und jetzt, eine neue Meldung: Der Präsident der Russischen Republik, Boris Jelzin, hat den Umsturz für gesetzwidrig erklärt ... Die Mitglieder des Notstandskomitees hat er als Verräter und Staatsverbrecher bezeichnet. Viele Häupter örtlicher Administrationen stützen ihn. Eine ganze Anzahl von ihnen hat sich aber auf die Seite der Notstandskomitee-Leute gestellt. Jelzin ruft die Bevölkerung auf, den Anordnungen der Aufrührer nicht Folge zu leisten. Etliche Fernsehkanäle arbeiten nicht, statt Nachrichten gibt es Übertragungen von Tschaikowskis Ballett *Schwanensee*. Jelzin verspricht, Gorbatschow werde in Kürze befreit sein und zu seinen Amtsgeschäften zurückkehren.«

Melenski, obwohl tief verwirrt, gab sich äußerlich gelassen und lauschte gemeinsam mit Robert Carpenter den amerikanischen Nachrichten.

Das Telefon klingelte.

Päljat rief an und teilte Melenski mit, dass er unverzüglich mit einem Grenzhubschrauber nach Anadyr zurückfliegen werde und Carpenter ganz und gar seiner Obhut überlasse.

»Unterhalte ihn. Fahrt an den Atschtschen-See zu Tawrat und geht auf Fischfang. Für Fahrzeuge sorgt Bamburin.«

Am Atschtschen-See fischte Melenskis alter Bekannter Tawrat, ein ehemaliger Meeresjäger aus Ljurän. Vor ungefähr zehn Jahren war Tawrat für alle überraschend zum Atschtschen-See weggegangen und hatte freiwillig die Aufgaben eines Fischers übernommen. Seine Frau versuchte mehrere Male, ihn ins Dorf zurückzuholen, aber Tawrat war unbeugsam und, wie es schien, mit seiner neuen Situation auch zufrieden. Er ging sommers und winters auf Fang, verdiente für jene Zeiten beachtliches Geld, das er für die Ausstattung seiner einsamen Behausung verwendete. Bei ihm gab es eine Funkstation, einen kleinen Generator, ein Dampfbad sowie stets einen genügenden Vorrat an Benzin und Kohle. Im Jahr zuvor hatte er ein Kawasaki-Schneefahrzeug angeschafft und dafür eine ungeheure Summe hingeblättert.

Zum Ufer des Atschtschen-Sees fuhren sie in einem Geländewagen.

Am Abend bewirtete Tawrat die Gäste mit einer herrlichen Fischsuppe und einem auf Holzkohle gebackenen Lachs.

Sie saßen am Lagerfeuer, denn die Mückenzeit war vorüber, und eine Stille, gestört nur durch die Stimme des Transistorradios, breitete sich über die in Schlaf sinkende Tundra.

»Ich habe von dem Umsturz schon gestern gehört«, bekannte Tawrat. »Aus dem Radio. Die *Stimme Amerikas* meldet, rings um das Regierungsgebäude in Moskau hätten sich tausende von Menschen versammelt und verlangten Gorbatschows Rückkehr nach Moskau. Man ist dabei, ein Flugzeug auszurüsten, das unter Leitung von Vizepräsident Ruzkoi auf die Krim fliegen soll, um den Gefangenen zu befreien.«

Tawrat hatte gehört, dass sich Russland anschicke, ein richtiges kapitalistisches Land zu werden, so wie Amerika. Und da alle kapitalistischen Länder die ärgsten Feinde der sowjetischen Menschen waren, so war Russland dabei, gleichsam sich selbst zum ärgsten Feind zu werden. Robert Carpenter jedoch ließ äußerlich keinerlei kapitalistisches Raubwesen erkennen, höchstens dass er sich beim Fischfang recht draufgängerisch zeigte und, kaum dass er eine Schrotflinte erhalten hatte, in einem Schlauchboot auf eine kleine Insel übersetzte, um fürs Abendessen ein paar Enten zu schießen.

Als Tawrat mit Melenski allein war, rief er seinen Gast ans Ufer und zeigte ihm drei Steine, die zum Beschweren eines Stellnetzes dienten. Äußerlich waren sie kaum anders als die anderen, von schlammigem Grünzeug bedeckten Steine, jedoch taten sie sich durch ihr besonderes Gewicht hervor. Melenski durchzuckte es. Mit der Klinge seines Taschenmessers kratzte er an der Oberfläche eines solchen ungewöhnlichen Steins, und unter dem schlammigen Belag blitzte Metall.

»Gold?«, fragte Tawrat vorsichtig.

»Scheint so«, antwortete Melenski leise.

Ein paar Jahre zuvor war er einmal zu der Mine Komsomolski am Oberlauf des Flusses Tschaun geraten. Der einstmals glasklare, fischreiche Fluss war heute von der Quelle bis fast zur Mündung ein dickflüssiger Strom von kakaobrauner Farbe. Schon von weitem hörte man das metallisch scharfe, harte Stöhnen des gewaltigen Schwimmbaggers. Der Bagger selbst ragte über der Tundra auf wie ein prähistorisches Fabelungeheuer. Der Leiter der Grube hatte Melenski ein rekultiviertes Stück Tundra – ein Fleck von mehreren Dutzend Quadratmetern vor dem Hintergrund einer von Menschenhand geschaffenen Mondlandschaft – gezeigt und traurig erklärt: »Um der Tundra ihre ursprüngliche Gestalt wiederzugeben, wie es uns das Gesetz vorschreibt, müssten wir den gesamten erzielten Gewinn aufwenden, und nicht einmal das würde genügen. Sodass es in der Gesamtrechnung billiger käme, hier nichts zu fördern und alles so zu belassen, wie es ist.«

Es fiel nicht schwer, sich vorzustellen, in was sich die Ufer dieses wunderbaren Sees verwandeln würden, wenn zuerst die Geologen hierher kämen, danach die Bergfachleute mit Maschinen, Schwimmbaggern, Geländewagen und die von der Natur in Jahrhunderten geschaffene Bodenschicht aufrissen.

Melenski band die schwergewichtigen Steine vom Netz ab, ersetzte sie durch gewöhnliche Steine, und die Goldklumpen warf er weit hinaus in den See, dorthin, wo er am tiefsten war.

Der Abend sank sachte über die immer dunkler werdenden Wasser. Wie in einem Spiegel sah man darin die ihn umgebenden vergilbenden Hügel mit dem noch hellen Himmel darüber. Das Erstaunlichste aber war die Stille, die sich zusammen mit der Dunkelheit spürbar verdichtete.

Auch in Alaska sind solche unberührten Orte übrig geblieben, dachte Robert Carpenter sinnend. Hier jedoch empfand er die Reinheit und Unschuld der Natur irgendwie als etwas Besonderes, Urtümliches. Als habe die Hand des Schöpfers gerade erst ihr Werk vollendet und als spüre man in allem ringsum die Heiligkeit. Wenn man hier etwas entdeckte – Gold, Erdöl, Gas –, dann wäre all die Urtümlichkeit zum Teufel, und die hiesige Natur verlöre im Nu ihre Reinheit und Unschuld. In der Tundra ist so etwas besonders auffällig. Anderswo verdeckt vielleicht das Grün der Wälder den vom Raubbau verursachten Schaden, hier aber war der höchste Strauch gerade mal kniehoch.

Am liebsten hätte er die ganze Nacht über am Seeufer gesessen und die wundervolle Stille und Ruhe genossen, aber Melenskis Stimme rief ihn aus der Dunkelheit. Robert Carpenter ging in die Hütte, zog sich aus und legte sich auf dem sauberen Laken nieder, das über ein Rentierfell gebreitet war. Auf eine schlaflose, lange Nacht gefasst, sank er dennoch sogleich in tiefes Vergessen und erwachte erst wieder, als die Morgensonne durch das kleine Fenster hereindrang.

Nach dem Frühstück hörten sie Nachrichten. Die Ereignisse überstürzten sich. Verteidigungsminister Marschall Jasow hatte den Truppenteilen befohlen, Moskau zu verlassen. Die Putschisten, wie die ausländischen Sender sie nannten, waren erneut, angeführt von Vizepräsident Janajew und dem KGB-Chef Krjutschkow, auf die Krim zu Gorbatschow geflogen. In vielen Städten des Landes fanden Meetings statt. Auf den einen unterstützte man das Staatliche Notstandskomitee, auf anderen hielt man zu Gorbatschow und billigte Jelzins Vorgehen. Auf die Krim begab sich, um Gorbatschow zu befreien, Alexander Ruzkoi, der Vizepräsident der Russischen Föderation, der General und Held des Afghanistan-Krieges.

»Es sieht so aus, als hätten sie verloren«, bemerkte Carpenter und meinte damit die Putschisten. Er verstand dies so nach dem Tonfall der amerikanischen Kommentatoren.

Melenski versuchte mehrmals in die Guwreler Bucht zu telefonieren, um ein Transportmittel herbeizuordern, das sie zurückbringen sollte. Dort aber befand sich die Leitung offenbar in solcher Verwirrung, dass er als Antwort immer nur Bamburins halb betrunkenes Gemurmel und das um Entschuldigung bittende Stimmchen seiner Sekretärin hörte, die natürlich nichts Konkretes sagen konnte.

Robert Carpenter beruhigte Melenski, so gut er konnte, und er versicherte, dass ihm der Aufenthalt in der Tundra, das Fischefangen und die Entenjagd sehr gefielen. »Wann passiert es mir schon, so meine Zeit verbringen zu können!«, rief er lachend aus. »Zudem zahlt mir meine Regierung ein solides Tagegeld.«

Schließlich meldete der Rundfunk, dass Gorbatschow und seine Familie glücklich nach Moskau zurückgekehrt und die Putschisten verhaftet worden seien. Innenminister Pugo und seine Frau, so hieß es, hätten sich das Leben genommen. Auch weitere Selbstmorde wurden genannt.

Am See erschien der lang erwartete Geländewagen.

»Sie werden noch die Kommunistische Partei verbieten«, brummte der Fahrer Wolodja düster. Er hatte viele Jahre den Ersten Sekretär des Kreiskomitees gefahren und war im Bezirk ein bedeutender und einflussreicher Mann. Jetzt fühlte er andere Zeiten kommen, in denen ein persönlicher Chauffeur eines Parteisekretärs keine wichtige Figur mehr sein würde.

Unterwegs versuchte Melenski, mehr über das politische Kräfteverhältnis im Bezirk herauszubekommen, aber Wolodja antwortete nur knapp und wenig verständlich.

»Sieht so aus, als ob man Päljat von seinem Amt entheben wird.«

»Warum?«

»Anscheinend hat er das Notstandskomitee unterstützt.«

»Und wer kommt an seine Stelle?«

»Geredet wird von seinem Ersten Stellvertreter Wiktor Alexandrowitsch Basarow.«

»Und in eurem Kreis?«

»Vorerst beansprucht noch keiner Bamburins Posten. In eurem Tschuktschischen Kreis rückt Frantow auf den ersten Platz.«

In der Guwreler Bucht mussten sie fast eine Woche zubringen und auf ein Verkehrsmittel warten, das sie nach Kytryn bringen würde. Melenski sorgte sich wegen der Untätigkeit seines Gastes, er wusste nicht, womit er ihn beschäftigen sollte. Einmal fuhren sie nach Nowoje Tschaplino, von dort aus mit einer Schaluppe zum alten Tschaplino, wo wachsame Grenzer den armen Robert zwei Stunden lang festhielten und nicht von Bord lassen wollten. Sie fuhren zu den heißen Quellen von Kiwak und zum Fischfang in die Bucht von Rumilet.

Robert hätte bereits nach Nome zurückkehren können, mit einer Chartermaschine der örtlichen Fluggesellschaft. Aber er wollte noch in die Kytryner Bucht gelangen und Antonina wiedersehen. Ihr Bild ging ihm nicht aus dem Sinn, und er begriff, dass er sich in der Macht eines wahren, anwachsenden Gefühls befand. Am häufigsten sah er sie vor sich, wie sie den alten Eskimo-Tanz tanzte, mit halb geschlossenen Augen, mit dem schwarzen Haar. Sogar das vom Glanz der Stahlzähne erhellte Lächeln erschien ihm lieblich, voller Güte und Zartheit. Wie sie erstaunt gewesen war und sich gefreut hatte, als sie sein Geschenk erhielt. Sie erstrahlte ganz und gar, und der Blick, den sie Robert zuwarf, dünkte ihn ein Versprechen …

Alles, was bisher in Robert Carpenters Leben gewesen war – eine zehnjährige Ehe, die ihm zwei Kinder beschert hatte, einen Jungen und ein Mädchen, der qualvolle Scheidungsprozess, flüchtige Beziehungen – alles dies rückte weit weg in die Vergangenheit, und die einzige Frau, die er jetzt begehrte und von der er nächtens träumte, war Antonina Tamirak.

Im Gespräch mit Michail Melenski indessen erwähnte er sie mit keinem Wort, er beharrte nur immer nachdrücklicher darauf, unbedingt persönlich alle Kaps und vorgeschlagenen Stellen, an denen sich die Walbeobachter niederlassen sollten, in Augenschein zu nehmen. Aufmerksam studierte er die Liste der vorgeschlagenen Männer und achtete darauf, dass sie alle Urbewohner, Meeresjäger waren.

»Das gibt einen guten Anlass, um materielle Unterstützung zu leisten«, sagte Robert, als er erfuhr, was für miserable Löhne Tschuktschen und Eskimos erhielten. Er konnte sich nicht vorstellen, wie man mit einer Summe, die fünfzig Dollar entsprach, auskommen sollte. Damit ging man vielleicht zweimal in ein drittklassiges Restaurant. Womit aber die Wohnung bezahlen, Strom, Telefon und andere Dienstleistungen? Oder war das immer noch kostenlos, wie in sowjetischen Zeiten?

»Wir leben auf Pump«, antwortete Melenski verschwommen. »Dann und wann lässt man uns aus dem Bezirk etwas Geld zukommen … Unsere Genossenschaft hofft nur auf sich selbst. Wir sind alle längst zu hiesigen Lebensmitteln übergegangen – Fleisch vom Walross, vom Wal, von Bart- und Ringelrobbe. Wir legen Wintervorräte an, nach uralten Verfahren. Letztendlich könnten wir sogar ohne Kartoffeln und Gemüse auskommen. Unsere alten Frauen erinnern sich noch, wie man für den Winter die Tundrapflanzen konserviert, Beeren, Wildzwiebeln ... Zugereiste, Russen, haben es natürlich schwerer. Wenn die importierten Lebensmittel zu Ende gehen, fangen die buchstäblich an zu hungern.«

»Ja, warum halten sie sich denn nicht an die hiesige Nahrung! Frisches Fleisch vom Walross und vom Wal ist doch viel besser, nahrhafter und gesünder als neuseeländisches Lammfleisch, das sich während des Transports fast in Seife verwandelt.«

»Ich denke, dafür gibt es mehrere Gründe«, sagte Melenski nach kurzem Nachdenken. »Erstens ist solche Nahrung ungewohnt. Zweitens empfinden sie es als demütigend, sich auf das Niveau der Einheimischen zu begeben. Sie glauben, wenn sie Walross- und Walfleisch verzehren, werden sie zu echten Barbaren ... Darum, erst wenn es gar nicht anders geht, lassen sie sich heimlich zu hiesiger Nahrung herab.«

»Das nenne ist echtes Barbarentum!«, rief Robert Carpenter aus.

»Was tun?« Melenski zuckte die Achseln. »Schließlich fühlt sich jeder Tangitan, der hierher kommt, zuallererst als Träger einer höheren Kultur. Sogar der letzte Ausgestoßene, der von überall verjagte, freigekommene Sträfling, irgendein sexueller Triebtäter, angelockt von schlüpfrigen Erzählungen über die angeblich auf Tschukotka weit verbreitete Sitte, einem Gast die Frau abzutreten, hält sich für besser. Dazu kommen die Heerscharen von Beamten. Die Bürokratie auf Tschukotka hat sich nämlich nach dem unionsüblichen Schema etabliert. Zuerst ein Parteiapparat, dann der Apparat der Sowjetmacht, danach Komsomol, Einrichtungen beinahe sämtlicher Ministerien von der Wasserwirtschaft bis zum Straßenbau. Auf Tschukotka gibt es ganze dreißig Straßenkilometer, trotzdem existiert ein ganzer Apparat mit Leiter, Stellvertreter, Sekretär, Buchhaltung, Ingenieurabteilung, Gewerkschaftskomitee und so weiter ... Alle diese Leute sind heute beschäftigungslos. Und sie hoffen insgeheim, dass dieses Perestroika-Spiel bald ein Ende hat und alles wieder in die gewohnten Bahnen kommt.«

»Solche Hoffnungen werden ja wohl kaum in Erfüllung gehen«, bemerkte Robert. Ihm gefiel dieser ethnisch reine Europäer immer mehr, der mehr Tschuktsche war als mancher Ureinwohner. Er fühlte eine innere Verwandtschaft mit ihm, spürte, dass sie beide auf dem ihnen bestimmten Boden lebten. Und sie sorgten sich in gleicher Weise ...

»Wir machen es so.« Carpenter sprach in sachlichem Ton. »Den größeren Teil der Mittel verwenden wir für den Kauf der Ausrüstung – Schnellboote, Waffen, Navigationsgerät ... Ich habe mich mit dem Militärstützpunkt auf der Insel Kodiak in Verbindung gesetzt. Dort ist man bereit, unentgeltlich nicht nur Außenbordmotoren und veraltete Waffen zur Verfügung zu stellen, sondern auch von den Verpflegungsvorräten abzugeben. Nach dem Gesetz werden die Vorräte alljährlich erneuert, und mit den restlichen alten wissen sie oft nicht, wohin. Und das sind keineswegs die schlechtesten Lebensmittel, was Qualität und Nährwert betrifft. Darüber hinaus werde ich mich an die Wohltätigkeitsorganisationen Alaskas mit der Bitte wenden, den Einwohnern Tschukotkas humanitäre Hilfe zu leisten. Dabei schalte ich meine Schwester Susan ein. Sie ist ein energischer Mensch.«

»Ja, das wäre großartig!«, rief Melenski aus. In der Tat erschien dies wie eine Rettung für die Menschen, die der Sowjetstaat einfach ihrem Schicksal überlassen hatte.

Gegen Morgen liefen sie bei günstigem Wind in die Kytryner Bucht ein. Robert Carpenter stand am Bug der Schaluppe und kennzeichnete auf seiner Karte alle ihm sichtbaren Landvorsprünge, jene Stellen, an denen Beobachtungsposten eingerichtet werden sollten. Die Ufer waren noch mit Grün bedeckt, hier und da aber schimmerten bereits gelbe Flecken und leuchtete rotes, gleichsam rostiges Steinmoos, das hier die Uferfelsen überwuchs.

Während Robert die vorbeiziehende Küste betrachtete, wurde er gewahr, dass er endlich ein Gefühl dafür bekam, wo sein Platz auf dieser Welt war. Das unterschwellige Empfinden, nicht recht vollwertig zu sein, wich dem Gefühl einer sicheren Zugehörigkeit zu diesem Stück Erde. Sollte das für einen Menschen so wichtig sein? Auch Großvater Robert Carpenter hätte schwerlich sagen können: Das ist sie, meine Heimat. Als gebürtiger Australier hatte er viele Jahre in Amerika verbracht. Großmutter Elisabeth hingegen wusste genau, wo ihre Wurzeln waren. Die Mutter, ein unverkennbares Halbblut, hatte sich nie richtig entscheiden können, wie im Übrigen auch der Vater, der, ob nun Schwede oder Norweger, periodisch in Nome auftauchte und wieder verschwand, bis er sich endgültig wer weiß wohin verflüchtigte. Jedenfalls hatte Robert Carpenter ihn nie gesehen, außer auf einem Foto ...

Die Schaluppe umschiffte das leicht ins Meer vorragende Kap Kytrytkyn, glitt an der Anlegestelle für den Frachtverkehr vorüber und stieß ihren Bug weich in das Kiesufer des Kytryner Meerbusens, den Gebäuden des Kreiskrankenhauses genau gegenüber.

Nur wenige Leute waren zum Empfang gekommen, die schon vertrauten Grenzsoldaten nicht gerechnet, und darunter entdeckte Robert klopfenden Herzens Antonina Tamirak.

5

Wassili Jamron behandelte Antonina wie eine leibliche Tochter, und sogar verglichen mit den Jüngeren zeichnete er sie besonders aus und verwöhnte sie. Schon als Kind war sie eine Hübsche gewesen, und Jamron hatte gehofft, dass sie eine gute Ausbildung erhalten und womöglich sogar Lehrerin werden würde. Wassili Jamron selbst hatte Anfang der Fünfzigerjahre das Lehrerbildungsinstitut in Anadyr besucht, was in jenen Jahren für einen Eskimo aus Nuwukan die größte Errungenschaft darstellte. Jamron beschloss damals, sein Leben nach dem Muster und Ebenbild der zugereisten Russen zu gestalten. Allem voran verbot er, in der Familie die Muttersprache zu gebrauchen, er verbannte die heimischen Lebensmittel vom Speisenzettel und ließ sich zu Walross- und Seehundfleisch nur herab, wenn im Laden die Schmorfleischkonserven oder das neuseeländische Lammfleisch ausgingen. Jamron las viel und bevorzugte dabei die russischen Klassiker. Antonina kannte, noch bevor sie selbst lesen konnte, bereits mehrere Puschkin-Gedichte auswendig.

Antonina war ungefähr fünfzehn, als im Kopf des Lehrers Jamron ein Umschwung stattfand. Dieser Vorgang fiel just mit seinem Renteneintritt zusammen. Plötzlich gebot er allen in seinem Hause, nur noch eskimoisch zu sprechen, er aß Walross- und Seehundfleisch, und seine Frau wies er an, zur Herbstzeit in die Tundra zu gehen und Wurzeln zu sammeln sowie für den Winter die Blätter von Türkenbundlilie und anderer essbarer Pflanzen zu säuern. Winters trug er statt eines Mantels demonstrativ eine Kuchljanka, und sommers, bei feuchtem Wetter, kleidete er sich in einen auf wundersame

Weise erhalten gebliebenen Mantel aus Walrossdärmen. Da Jamron sich dank seiner exotischen Aufmachung aus der grauen Beamtenmasse des Kreiszentrums heraushob, wurde er zum obligatorischen und begehrten Helden von Sendungen des zentralen Fernsehens und gelangte einmal sogar ins Programm des japanischen Fernsehens. Er ließ keine Gelegenheit aus, auf Meetings und Versammlungen zu reden, dabei sprach er ausschließlich in der Muttersprache und weigerte sich zu übersetzen. Damit brachte er die KGB-Leute in arge Verlegenheit, denen so der Kern der antisowjetischen Äußerungen des ehemaligen Lehrers entging. Er gebrauchte höchst schimpfliche Worte gegen die der Habgier verfallene örtliche Obrigkeit, kritisierte die sowjetischen Gesetze und nannte sie Kolonialgesetze. Besonders bekamen es jene Landsleute ab, die in höhere Leitungsposten aufgerückt waren. So hatte Päljat seinerzeit einiges von ihm zu erdulden gehabt. Während seiner Tätigkeit als Erster Sekretär des Kreiskomitees hatte Päljat mehr als alle übergeordneten Kontrolleure Wassili Jamrons scharfe Zunge gefürchtet. Als was nicht alles bezeichnete ihn da der alte Lehrer: als Verräter des tschuktschischen Volkes, als Feind der kleinen Völker, als Arschlecker der Kommunistischen Partei, was besonders kränkend war. Als Antwort darauf nannte Päljat den alten Lehrer einen Dissidenten und verglich ihn mit Sacharow. Später wurde Päljat nach Anadyr versetzt, man wählte ihn zum Abgeordneten des letzten Obersten Sowjets, aber jedes Mal, wenn er nach Kytryn kam, erwartete er, innerlich zitternd, eine Begegnung mit dem alten Eskimo-Lehrer. Als er von seinem Tode erfuhr, empfand Päljat jäh eine seltsame Erleichterung und schämte sich dessen.

Antonina Tamiraks erste Ehe endete mit einer heftigen Schlägerei zwischen ihrem Ehemann und ihrem damaligen Liebhaber, einem Musiker aus einem Anadyrer Restaurant, dem langhaarigen Genrich. Danach heiratete sie noch mehrere

Male. Öfter noch aber zog sie für kurze Zeit mit jemandem zusammen, manchmal ging sie zum Standesamt, niemals aber nahm sie den Namen des Mannes an, sie blieb eine Tamirak. Ihrem letzten Ehemann, dem Schlosser Nikolai Sotow vom Bilibinoer Atomkraftwerk, lief Antonina schlicht davon.

In den Zeiten zwischen solchen Ehen studierte Antonina Tamirak zwei Jahre an der Fachschule für Kultur in Birobidschan und ein Jahr an der Kunstschule in Magadan. Dennoch zog sie es vor, als Krankenwärterin in Spitälern zu arbeiten. Es gefiel ihr, sich um die Patienten zu kümmern, einen weißen Kittel zu tragen. Und alle Freizeit widmete sie ihren Eskimo-Liedern und -Tänzen.

Ihr gefiel das sorglose Leben. In den letzten Jahren hatte sie eine Vorliebe für den Alkohol gefasst, Sprit nämlich war im Krankenhaus jederzeit erhältlich. Antonina versuchte, schwanger zu werden, aber ohne Erfolg. Sie wandte sich an die Chefgynäkologin des Bezirkskrankenhauses, eine füllige, wohlwollende Frau mit großen, weichen Händen wie Walrossflossen. Die Ärztin untersuchte die junge Frau mit Sorgfalt und sagte: »Bei dir ist alles in Ordnung, meine Gute. Vielleicht mangelt es einfach an der Liebe?«

Als Antonina Tamirak zum ersten Mal Robert Carpenter sah, als ihre Blicke sich trafen, verspürte sie plötzlich eine Glut im Innern. So als wäre in der Tiefe ihres Körpers ein unerklärlicher Wärmequell entflammt. So etwas hatte sie noch nie erlebt, auch nicht, als sie zum ersten Mal heiratete, damals ergriffen von dem, wie ihr vorkam, unbezwingbaren Gefühl großer Liebe. Roberts Geschenk weckte in ihr eine heimliche, unbestimmte Hoffnung, vielmehr schlicht einen Wunschtraum: Dieser Amerikaner käme zu ihr, fasste sie bei der Hand und nähme sie mit sich. Wohin?

Nachrichten solcher Art verbreiten sich auf unerklärlichen Wegen ganz von selbst auf Tschukotka. Man nennt das »Torbassenfunk«. So erreichte Antonina Tamirak auch die Nachricht, dass an diesem Tage aus Guwrel mit einer Schaluppe Robert Carpenter ankommen sollte.

Antonina Tamirak ließ sich frei geben, wienerte das kleine Zimmer im Wohnheim des Krankenhauses, zog frische Bettwäsche auf und reinigte sich selber gründlich unter der Dusche. Sie wusste nicht, was sie anziehen sollte, bis ihre Wahl schließlich auf eine grellbunte Kamlejka mit einer breiten roten Paspelierung am unteren Saum fiel. Antonina fühlte, dass sie in keiner anderen Kleidung schmuckvoller aussehen würde – weder in einer Nylonjacke noch in einem Ledermäntelchen, und erst recht nicht in dem Flauschmantel mit dem schmalen Nerzstreifen am Kragen. Um nicht die Aufmerksamkeit auf sich zu ziehen und um die eigene Unruhe zu bändigen, erstieg Antonina jenen Hügel, auf dem die Fernseh-Relaisstation stand, ging zum Meer hinunter, begab sich auf das Kap Kytrytkyn und blickte lange auf die Jandogajer Landzunge hinaus, hinter der die lang ersehnte Schaluppe auftauchen musste. Die Sonne stand über den Hügeln, sie wanderte langsam nach Westen und sank dabei mehr und mehr zum Horizont.

Die Augen hefteten sich an jeden Lichtschimmer über dem Wasser. Einige Male hielt Antonina eine weiße Vogelschwinge für ein Segel und das Summen einer großen Tundrahummel für Motorengeräusch.

Vom Kap Kytrytkyn lief sie einige Male über den aufgeschütteten Weg zu dem Anlegesteg für die Privatboote, dabei umging sie die kohlebeladenen Kipper: Im Meerbusen lag, dunkel schimmernd, das rostige Kohleschiff *Karaganda* auf Reede, und Lastkähne brachten von dort die Kohle an Land.

Die Schaluppe kam hinter der flachen Landzunge hervor und fuhr qualvoll lange an der Küste entlang. Anfangs stand Antonina Tamirak allein da, dann gesellten sich neugierige Landsleute hinzu, die auf der Suche nach einer Gelegenheitsarbeit im genauen Gegenwert einer Flasche Wodka durch die Siedlung streiften. Von solchen Menschen gab es im Kreiszentrum immer mehr, sie kamen aus der ruinierten, verarmten Tundra, aus kleinen Küstendörfern.

Die Schaluppe stieß auf das Küstengeröll, und hinter Michail Melenski sprang Robert Carpenter an Land, dabei wandte er kein Auge von Antonina. Er sah auch zu ihr hin, während die Grenzer sorgsam seinen Pass kontrollierten und ihm einige Fragen stellten.

Dann ging er auf Antonina zu und blieb unschlüssig vor ihr stehen. Antonina kam ihm zu Hilfe. Sie reichte ihm die Hand und sagte laut: »Willkommen in unserem Tschuktschischen Kreis, Genosse Robert Carpenter!«

»Was heißt da Genosse!«, lachte Michail Melenski. »Das ist Mister Carpenter.«

»Soll sie mich Genosse nennen«, schaltete sich Carpenter lächelnd ein. »So gefällt es mir besser. Guten Tag, Antonina. Ich freue mich sehr, dich zu sehen ...«

»Ich auch«, stieß Antonina hervor.

Melenski und Frantow begleiteten Robert Carpenter ins Hotel. Antonina Tamirak ging einige Zeit neben dem Gast her, dann blieb sie mehr und mehr zurück, bis sie als Letzte den anderen folgte. Am Eingang zum Hotel, besser gesagt, zu dem gewöhnlichen Wohnhaus an der Deschnjow-Straße, blieb Antonina stehen und wollte schon fortgehen, als sich Robert nach ihr umschaute und laut sagte: »Ich möchte, dass Antonina bei dem Essen dabei ist.«

In der Wohnung war der Tisch bereits gedeckt. Frantow, der seinen Verdruss über die unvorhergesehene Gegenwart eines überflüssigen Menschen nur mühsam verbarg, knurrte: »Also, wenn du schon mal hier bist, spielst du die Gastgeberin.«

Trotz des totalen Lebensmittelmangels in den Läden brach die Tafel vor Delikatessen. Eine Schüssel enthielt frisch gesalzenen Kaviar, auf Tellern angerichtet lagen rosa Scheiben schwach gesalzenen Blaurückenlachses, polnischer Dosenschinken in zitterndem Gelee, Stängel von grünen Lauchzwiebeln sowie Salat, der zweifellos aus dem Treibhaus auf den heißen Quellen hergebracht worden war. Es standen dort eine Flasche guten Wodkas, eine Flasche trockenen Weins, Coca-Cola und Mineralwasser.

»Oh!«, rief Robert Carpenter aus. »Ich habe nicht gewusst, dass Sie so üppig leben!«

»Tschuktschische Gastfreundschaft!«, meinte Frantow schmeichlerisch.

»Das ist mir geradezu unangenehm«, erwiderte Robert bestürzt. »So teure Dinge!«

»Macht nichts, macht nichts.« Michail Melenski versuchte den Gast zu ermutigen. »Das ist sozusagen ein Bankett zu Ehren des Beginns unserer fruchtbaren Zusammenarbeit.«

Als Hauptgericht gab es gebratene Ente mit Reis und zum Nachtisch Torfbeerenkompott.

Nach dem Essen verzichtete Robert Carpenter auf eine Ruhepause und bat Antonina, ihm das Kreiszentrum Kytryn, seine Sehenswürdigkeiten zu zeigen.

Frantow, der begriff, dass Einwände nutzlos gewesen wären, maß die vom Wein etwas gerötete Antonina mit strengem Blick und mahnte: »Denk daran – Robert Carpenter ist unser teurer amerikanischer Gast.«

Antonina Tamirak führte den Gast die mit zerbröckelndem Beton gepflasterte Hauptstraße entlang. Dank der Erzählungen ihres Stiefvaters Wassili Iwanowitsch Jamron kannte sie sich in der Ortsgeschichte ganz gut aus, daher begann sie selbstsicher zu erklären: »Früher einmal standen an dieser Straße, in Reihe gebaut, eingeschossige Holzhäuser, die man 1932 hergebracht hatte. Der Gedanke war, von hier aus die Kulturoffensive gegen Tschuktschen und Eskimos zu beginnen.«

»Also so etwas wie Krieg?«

Antonina lachte. »Hier an dieser Stelle hat die Schule gestanden, daneben das Internat, und dort war das Krankenhaus. Die übrigen Gebäude waren Wohnungen für die zugereisten Russen. Am äußersten Ende der Siedlung, hinter dem Krankenhaus, baute man eine Hundezuchteinrichtung, einen Rundfunksender ...«

»Liebe Antonina«, sagte Robert leise und fasste die junge Frau beim Arm, »das habe ich alles in Tichon Sjomuschkins Buch *Im Land der Tschuktschen* gelesen ...«

»Wirklich?«

»Erzähle lieber von dir.«

Antonina ging eine Weile stumm. Die Gegenwart und die sichtliche Aufmerksamkeit des amerikanischen Gastes schmeichelten ihr und machten sie aufgeregt. Sie fühlte sich beinahe glücklich. Nur, irgendwie war ihr auch bange zu Mute.

»Was soll ich von mir erzählen?«, sagte sie schließlich. »Ich bin hier in Kytryn geboren. Man sagt, mein Vater war der erste Pilot und Dichter der Eskimos, Juri Anok ... Aber aufgezogen hat mich ein sehr guter Mensch, Wassili Iwanowitsch Jamron ... Er stammte aus Nuwukan, hatte das Lehrerbildungsinstitut in Anadyr absolviert.«

»Aber ich habe doch gebeten, dass du über dich sprichst«, mahnte Robert sanft.

»Ich bin zur Schule gegangen, danach habe ich einige Zeit an der Fachschule für Kultur und Aufklärung in Magadan studiert ...«

»Was ist denn das?«, unterbrach Robert sie. »Eine Art Missionarsschule?«

Antonina musste lachen. Dann versuchte sie zu erklären.

»Aber du tanzt und singst doch auch so schon gut«, sagte Robert. »Nur eins verstehe ich nicht – du hast eine Lehrerausbildung gemacht, dann die eines Kulturarbeiters, aber du bist als Krankenwärterin tätig?«

»Na, das ist ganz einfach ... Die Lehrerausbildung habe ich

nicht zu Ende gemacht, und Kulturarbeit anleiten, das kann ich nicht. Nicht mal in einer Agitbrigade.«

»Was ist das wieder?«

»So eine Gruppe, die reisen durch die Tundra, halten Vorträge, zeigen Filme. Manchmal nehmen sie auch ein Folkloreensemble mit. Ich bin mit diesen Agitbrigaden viel unterwegs gewesen! Wir sind mit Hundeschlitten gefahren, mit Geländefahrzeugen, sind mit Hubschraubern geflogen. Mischa Melenski hat bei uns lange eine Agitbrigade geleitet ... Und im Krankenhaus, das gefällt mir. Die Patienten sind wie Kinder, sie brauchen so wenig, um glücklich zu sein! Manchmal genügt nur ein Wort, und der Kranke wird wieder gesund. Früher konnten bei uns die Schamanen mit dem Wort heilen, hat meine Mutter gesagt ... Sie hat mir ein paar besondere eskimoische und tschuktschische Wörter beigebracht, und wenn ich die den Patienten sage, dann lächeln sie ... Wie es heißt, besaß mein Vater, Juri Anok, die Gabe, mit dem Wort zu heilen. Darum ist er Dichter geworden.«

»Besitzt du seine Bücher?«

»Einen kleinen Sammelband ... Der ist gleich zweisprachig – russisch und eskimoisch. Ich habe versucht, sein Archiv ausfindig zu machen, aber es ging verloren. In den letzten Jahren hatte er keine eigene Wohnung, er hauste in Wohnheimen, mietete Zimmer ...«

Robert und Antonina wanderten die Küste entlang bis zur Anlegestelle der Genossenschaft »Nuwukan«, wo sich viele Leute drängten, die auf Jäger, die mit einem erlegten Wal heimkehrten, gewartet hatten. Der Grauwal war eher klein, so wie drei große Walrosse. Aber die Hauptsache war – es gab genügend frisches Fleisch!

Von der hohen Obrigkeit hatte sich Taligur hier vor Ort eingefunden, er trug einen schwarzen Ledermantel und eine lederne Schirmmütze. Laut gab er Anordnungen und schrie auf die mit Plastiktüten Vorstürmenden ein: »Stört hier nicht! Zurücktreten! Ihr bekommt Fleisch, keine Aufregung!«

»Da sind viele Leute aus den umliegenden Dörfern und aus der Tundra gekommen«, erklärte Antonina. »Die Menschen dort hungern, und hier wird wenigstens einmal wöchentlich ein Wal gefangen. Melenski verteilt das Fleisch kostenlos an alle. Den Behörden missfällt das …«

»Warum?«, wunderte sich Robert. »Schließlich rettet er die Menschen vor dem Hunger.«

»Frantow meint, es müsse alles sozusagen vom Staat kommen, unter der Leitung der Abteilung Sozialfürsorge. So aber sei das nicht gut, weil gegen die entsprechende Ordnung …«

»Antonina Jurjewna!«, rief Taligur. »Meinst du nicht, dass du den Gast allmählich langweilst?«

»Oh, nein, nein!«, widersprach Robert eifrig. »Sie langweilt mich keineswegs. Ich habe viel Wissenswertes und Nützliches von ihr erfahren.«

»Wir können Ihnen eine qualifizierte Touristenführerin beigeben, Klawdija Sergejewna Mitichina. Sie leitet das hiesige Heimatmuseum, eine Historikerin vom Fach her, sie spricht englisch«, offerierte Taligur.

»Nein, nicht nötig! Ich bin sehr zufrieden! Danke!«, erwiderte Robert.

Dennoch rief Taligur Antonina beiseite. »Was drängst du dich dem Ausländer auf? Gib Acht, handelst dir noch leichtfertig was ein!«

»Ich verstehe nicht, Genosse Taligur …«

»Wenn sie dich zum KGB bestellen, wirst du schon verstehen …«

Zum KGB wurde Antonina Tamirak nicht bestellt, aber im Krankenhaus teilte man ihr mit, dass sie wegen Schwesternmangel nicht nur am Tage, zu ihren üblichen Zeiten, sondern auch nachts Dienst machen müsse. Es war nicht schwer, den wahren Grund für diese plötzliche Dienstplanerweiterung zu erahnen. Früh am Morgen, noch bevor die Patienten erwachten, brachte Antonina rasch die Krankenzimmer in Ordnung, wischte den Fußboden auf dem Gang, zog sich die Kamlejka über den Kittel und ging nach draußen.

Vom Meer hörte man das Rumpeln des Bulldozers, der den Haufen der am Ufer ausgeschütteten Kohle planierte, und das Kreischen der Möwen über den Eingeweideresten vom gestrigen Wal. Antonina schritt am Ufer entlang bis zu dem Haus, in dem Robert Carpenter untergebracht war. An der geschweißten Metalltreppe döste der Milizionär Gisatullin. Er schlug die Augen auf und starrte erschrocken die junge Frau an.

»Wo willst du hin?«

»Hierhin.«

»Es ist nicht erlaubt, jemanden zu dem Amerikaner zu lassen.«

»Ich will ja gar nicht zu ihm«, log Antonina Tamirak in sicherem Ton.

»Aber ich darf gerade dich nicht hineinlassen!«, sagte Gisatullin streng.

»Wer hat das angeordnet?«

»Die Vorgesetzten.«

In ohnmächtigem Zorn wollte Antonina schon fortgehen, aber da öffnete sich langsam die mit einer straff gespannten Feder versehene Eingangstür, und Robert Carpenter erschien.

»Antonina! Als ob ich gespürt hätte, dass du hier bist! Ich konnte nicht mehr schlafen, bin früh aufgewacht, und so wollte ich vor dem Frühstück einen Spaziergang machen. Kommst du mit?«

Gisatullin stand gänzlich verwirrt da. Eine solche Situation sah der von seinen Vorgesetzten erhaltene Befehl nicht vor. Der lautete: Antonina Tamirak nicht zu dem amerikanischen Gast hineinlassen. Dazu jedoch, dass sich die beiden außerhalb des Hauses treffen könnten, war ihm nichts gesagt worden.

»Aber ich muss ins Krankenhaus zurück«, erwiderte Antonina hastig. »Für mich gibt es plötzlich sehr viel zu tun.«

Weder Antonina noch Robert wussten, dass am Abend vorher im Gebäude der Kreisadministration mit dem Schild »Rajonken ärmätschjyt«, was übersetzt »Kreisräuber« bedeutete, eine Geheimberatung stattgefunden hatte, zu der Michail Melenski hinbestellt worden war. Gegenstand der Erörterung war Antonina Tamirak gewesen, vielmehr ihre Beziehungen zu Robert Carpenter.

»Ist Ihnen bekannt, dass sich diese junge Person nicht eben durch hohe moralische Qualitäten auszeichnet? Sie trinkt und lässt sich mit jedem x-Beliebigen ein.«

Melenski hörte Frantow schweigend an. Auch ihm gefielen die demonstrativ engen Beziehungen zwischen Robert und Antonina nicht sehr. Wenn dies nur ja nicht dem Hauptanliegen schadete, dessentwegen der Amerikaner hergekommen war.

»Na, und der – der ist auch gut!«, bemerkte Taligur. »Keinerlei Scham! Bei denen im Westen nennt sich das sexuelle Revolution. Stellt euch vor, was hier auf Tschukotka los sein wird, wenn das zu uns rüberkommt.«

Melenski schmunzelte in sich hinein. Diese Moralhüter zeichneten sich auch nicht gerade durch hohe Sittlichkeit aus. Taligur brachte aus jedem Urlaub eine neue, wieder jüngere Ehefrau mit. Die jungen Frauen am Ort schlossen leicht Kontakt zu Zugereisten, zu Grenzern. In der Siedlung gab es einige mehr oder weniger stabile gemischte Paare, wobei klar war – diese Gemeinschaft würde so lange dauern, wie der Tangitan-Mann hier lebte. Was die Zahl allein erziehender Mütter betraf, so konnte man Kytryn getrost an die erste Stelle im Bezirk setzen.

»Und wenn das bei ihnen Liebe ist?«

»Liebe!« Frantow grinste schief. »Wir stellen einen Milizposten vor den Eingang des Hauses, in dem der Amerikaner wohnt, und mit Antonina muss man ernsthaft reden. Die Staatsinteressen gehen vor. Und wenn es Liebe ist, soll er heiraten! Im Lichte des neuen Denkens in den internationalen Angelegenheiten, wie es Michail Gorbatschow proklamiert, wird das begrüßt.«

Robert begleitete Antonina bis zum Krankenhaus und schlenderte dann lange durch das Kreiszentrum, bestürzt über die Bilder von Verfall und Vernachlässigung. Anscheinend hatte es in dieser Siedlung seit den Zeiten der Tätigkeit der Kulturstation keinen richtigen Hausherrn gegeben. Fünfgeschossige Betonplattenbauten umstanden zweistöckige Holzhäuser mit abbröckelndem Putz. Die Schule jedoch sah äußerlich nicht schlecht aus, wie im Übrigen auch die Gebäude des Krankenhauses. Eindrucksvoll zeigte sich auch das Haus der Kreisverwaltung. Hingegen überraschte die Behausung für die aus Nuwukan ausgesiedelten Eskimos und deren Nachkommen durch ihre Ähnlichkeit mit einem Gefängnis – dicke Steinfassaden mit winzigen Fensterchen. Erstaunlich, aber in diesem rauen Klima, wo man, wie es schien, die Wärme bewahren musste, war die Mehrzahl der aus dünnem Sperrholz bestehenden Haustüren zerschlagen oder wurde gar nicht erst geschlossen. Der Schmutz auf den Treppenpodesten zeugte von der völligen Gleichgültigkeit der Bewohner hinsichtlich ihres Zuhauses. Andererseits aber war, nach Aussage von Michail Melenski, die Wohnungsmiete sozusagen symbolisch und kostete ihn für zwei Zweizimmerwohnungen, von denen die eine als Büro der Genossenschaft »Nuwukan« genutzt wurde, nicht mehr als zehn Dollar im Monat, inklusive der Gebühren für Telefon und Strom.

Robert Carpenter frühstückte gemeinsam mit Melenski. Nach dem Frühstück war ein Ausflug nach Pinakul und Poutän geplant.

»Ich würde gern Klarheit in eine delikate Angelegenheit bringen«, sagte Robert, langsam die Worte wählend. »Es geht um meine Beziehungen zu Antonina Tamirak ... Ich will es gleich sagen: Ihre Vergangenheit interessiert mich nicht. Sie geht mich nichts an. Nun, ja: Ich habe sehr ernsthafte Absichten ...«

»Wollen Sie heiraten?«

»Vielleicht ... Das heißt, es ist sehr gut möglich.«

»Ich verhehle es nicht: Ihre Beziehungen gefallen nicht allen«, bemerkte Melenski.

Robert Carpenter lief hochrot an. »Entschuldigen Sie, es hat mich wie überfallen ... Ich bin mir selbst nicht im Klaren ... Vielleicht sollten wir uns vorerst seltener sehen?«

»Das ist wohl unausweichlich, schon darum, weil Antonina in die Tundra geflogen ist.«

»Wie – in die Tundra?« Robert stand sogar vom Stuhl auf. »Ohne mir etwas zu sagen? Warum?«

»In einem Rentierzüchterlager ist jemand ernstlich erkrankt. Ein Arzt und eine Schwester werden gebraucht. Sie wissen, dass wegen der wirtschaftlichen Schwierigkeiten viel medizinisches Personal Tschukotka verlassen hat. So hat man denn Antonina geschickt. Die Zeit war knapp, der Hubschrauber ist schon weg. Aber Antonina bat mich, Ihnen auszurichten, dass sie heute noch zurückkommt. Wir werden uns in der Zwischenzeit auf der Nunjamer Landzunge, am Kap Deschnjow, im alten Nuwukan die Plätze für die Beobachtungsstellen ansehen. Man könnte noch eine Stelle dazunehmen – in der Bucht von Poutän. Dort sammeln sich häufig junge Grauwale.«

Was konkret in dem Rentierzüchterlager vorgefallen war, ließ sich in dem Schluchzen von Tutajs Ehefrau, im Lärm und Geknatter der alten Funkstation schwer ermitteln. Anscheinend war Tutaj selbst erkrankt, irgendwie hatte er es im Kopf. »Gäjurgytwilin«, schrieb der blutjunge Arzt Akulow, der gerade erst in diesem Jahr die medizinische Hochschule in Chabarowsk absolviert hatte, auf ein Blatt Papier.

»Durchgedreht«, übersetzte Wassili Dodschijew das tschuktschische Wort. »Vielleicht ist nicht er, sondern ein Hund rasend geworden? Dann müsste man einen Tierarzt schicken.«

Am Helikopter aber drehte sich bereits die Schraube.

Tutajs Nomadenlager verbrachte den Sommer stets an ein und derselben Stelle, der Pilot kannte daher genau sein Ziel. Nur Tutajs Ehefrau und zwei schmuddelige Kinder empfingen die Ankömmlinge.

»Ojeoje!«, jammerte die Frau los, als sie Antonina Tamirak sah. »Wir brauchen einen Arzt, keine Künstler ... Tutaj ist völlig irre geworden! Er ängstigt sich, sagt, die Amerikaner würden ihn mit einer Rakete verfolgen. Schon zwei Tage lang hat er nicht geschlafen. Er versteckt sich am Bachufer, im Gebüsch ...«

Antonina rannte auf das Gesträuch zu, und schon knallte von dort ein Schuss. Über ihren Kopf hinweg pfiffen Schrotkörner. Antonina duckte sich vor Schreck nieder und schrie aus Leibeskräften: »Was tust du! Willst du einen Menschen töten? Wirf sofort die Waffe weg und komm hervor!«

»Ich bleibe hier!«, hörte sie Tutajs schluchzende Stimme. »Geht lieber ihr weg, ich habe Angst vor euch!«

Gebückt lief Antonina zu den Jarangas zurück. Hinter einem mit getrockneten Rentierfellen bepackten Winterschlitten hielt sich Doktor Akulow versteckt.

Die Piloten auf der trockenen Anhöhe tranken Tee aus der Thermoskanne. Antonina erklärte ihnen die Situation und sagte dann: »Ohne eure Hilfe schaffen wir es nicht.«

»Das ist überhaupt nicht unsere Angelegenheit«, erwiderte der Chefpilot und sah zur Uhr. »Wenn ihr nach vierzig Minuten hier nicht fertig seid, fliegen wir.«

»Was soll das heißen!«, empörte sich Antonina. »Und der Patient?«

»Ich hab doch gesagt: Es ist nicht unsere Sache«, wiederholte der Pilot gelassen. »Wir bedienen den Sanitätsflug nur in der genau abgesprochenen und vergüteten Zeit. Garantieren Sie ein Zusatzentgelt?«

»Wie kann ich das garantieren? Ich bin nur Krankenpflegerin ... Vielleicht kann es der Arzt? Genosse Akulow!«, rief Antonina.

Akulow kam herzu, den Blick auf die Büsche gerichtet, hinter denen sich der durchgedrehte Tutaj versteckte. »Ich weiß gar nichts«, sagte er. »Überhaupt bin ich hier zum ersten Mal. Patienten dieser Art sind mir noch nicht begegnet. Ich weiß nicht, was zu tun ist.«

»Ich versuche mal, ihn zu überreden«, sagte Antonina seufzend und ging zu den Büschen.

Schon öfters hatte sie solche Unseligen gesehen, die sich bis zum Wahnsinn betrunken hatten. Erschrockene Angehörige brachten sie ins Kreiskrankenhaus. Sie wusste, dass diese Menschen mit Ruhe zu behandeln waren und mit tiefem Schlaf. Tutajs Ehefrau berichtete, ihr Mann habe vor der Krankheit ohne Unterlass getrunken, immerhin hatten sie vier Zwanziglitterkanister vergoren. Als das Dünnbier zu Ende war, fand Tutaj zwei Tage lang keinen Schlaf, lag nachts mit offenen Augen da und fuhr bei jedem Geräusch, jedem Windhauch zusammen. Dann erklärte er, die amerikanischen Imperialisten hätten es auf ihn abgesehen und wollten ihn dafür strafen, dass sich sein Großvater in alter Zeit geweigert hatte, lebende Rentiere nach Alaska zu verkaufen. Diese Geschichte von früher lauerte im Gedächtnis des Enkels und tauchte nach vieltägiger Trinkerei im Wahnzustand an die Oberfläche.

Antonina rief freundlich: »Komm her zu mir ... Bei mir wird es dir gut gehen, keiner wird es wagen, dir Böses anzutun ...«

»Alles Lüge!«, erscholl es aus den Büschen. »Dich schicken die Amerikaner ... Ich weiß doch, sie sind da, sie haben dich beschenkt, dich bestochen, damit du mich überredest, mich zu ergeben. Da, den Hubschrauber haben sie umgefärbt zu einem sowjetischen, in Wirklichkeit ist es ein amerikanischer. Glaubwürdige Stimmen haben mir alles erklärt.«

Antonina war verblüfft: Gewisse Nachrichtenfetzen über die Reise nach Amerika waren immerhin in die Tundra gelangt, und Tutaj wusste sogar von Robert Carpenters Geschenk.

»Tutaj, du kennst mich ... Das, was mit dir im Augenblick passiert, ist eine Geisteskrankheit als Folge der Trinkerei. Das Gebräu hat dir den Verstand getrübt.«

Tutaj lachte Unheil verkündend. »Du bist es, die mir den Verstand trübt ... Geh weg, oder ich schieße.«

Die Büsche gerieten in Bewegung. Antonina vermochte sich nicht von der Stelle zu rühren. Sie erwartete, dass ein Schuss ertönen und sie blutüberströmt auf die weiße Rentierflechte niederstürzen würde. Fortzulaufen aber war nicht besser – da schoss ihr Tutaj womöglich hinterher.

»Soll ich dir ein Lied vorsingen?« Es war ein jäher Entschluss, und schon stimmte Antonina das uralte Eskimo-Lied von der Möwe an, die auf hoher See der Sturm ereilt. Es war eine alte Melodie, der Dichter Juri Anok aber hatte kurz vor seinem Tod einen neuen Text dazu geschrieben:

Sturm jagt mich, die weiße Möwe,
Auf hoher See, auf kaltem Meer.
Zaust das Gefieder, zerrt die Flügel,
Verdeckt hinter Wolken das Land.
Dort aber, am felsigen Kap,
Wartet mein Liebster auf mich,
Winkt mir mit weißer Schwinge,
Ruft mich mit zärtlichem Wort.

Antonina zog den letzten Ton weit in die Länge und starrte angespannt zu den Büschen. Es war dies ein niedriges Gehölz von Polarweiden, die man gewöhnlich an den Ufern der Tundraflüsse antrifft. Ihre Zweige bilden ein dichtes Geflecht, das den Braunbären, die hier zur Laichzeit auf Fischfang gehen, als heimliche Zuflucht dient.

Antonina blickte sich um und sah ihren Begleiter Doktor

Akulow, der hinter den auf dem Rentierschlitten aufgetürmten Fellen Schutz gesucht hatte. Die Piloten waren mit dem Teetrinken fertig und sprachen lebhaft über etwas. Jedoch waren keine Rentierzüchter zu sehen, anscheinend hielten sie sich in den Jarangas verborgen. Sogar Tutajs Ehefrau und die Kinderchen, ja auch die Hunde waren in angstvoller Erwartung erstarrt.

»Hat mein Lied dir gefallen?«, fragte Antonina. Als Antwort vernahm sie ein gedämpftes Schluchzen.

Sie machte ein paar Schritte nach vorn.

»Komm nicht näher!«, hörte sie die warnende Stimme. »Ich erschieße dich!«

»Ich weiß, wie schlecht es dir geht, Tutaj«, versuchte Antonina auf den Verwirrten einzureden. »Diese Stimmen und Visionen, die dich heimsuchen – die bildest du dir alle ein. Dich hat der Alkohol benebelt.«

»Ich habe doch zwei Tage lang keinen Tropfen getrunken!«

»Aber das Giftzeug steckt noch in dir ... Davon bist du benebelt. Komm her zu mir, und wir gehen in die Jaranga.«

»Nein, ich komme nicht!«, antwortete Tutaj entschieden. »Ich bleibe so lange hier, bis die Amerikaner wieder abgeflogen sind.«

»Wieso denn Amerikaner! Das sind unsere Hubschrauberpiloten. Grischa Maximow, Stepan Moschkin ...«

»Sie tun so, als ob sie die Unseren wären. Ich weiß Bescheid! Die können alles! Ich habs im Kino gesehen.«

Der Hubschrauberkommandant rief Antonina zu sich und teilte ihr sachlich mit, dass die Mietzeit für die Maschine zu Ende gehe und sie zurückfliegen müssten. Der Doktor stand da und trat von einem Bein aufs andere.

»Akulow, Sie sind hier der Chef. Ich bin ja nur Krankenwärterin.«

»Was kann ich denn tun?« Der Doktor zuckte ratlos die Achseln.

»Wie viel Zeit brauchen Sie noch, um den Patienten zu bereden?«, fragte der Pilot.

Antonina überlegte.

»Viel Zeit«, sagte sie dann. »Der Mann ist nicht bei Sinnen.«

»Wir können keinen psychisch Kranken ohne entsprechende Begleitung an Bord nehmen.«

»Aber er ist nicht psychisch krank«, wandte Antonina ein. »Das ist der Säuferwahnsinn.«

»Was für ein Unterschied!«

»Der Unterschied ist – er schläft sich aus, und alles vergeht wieder.«

»Also, Folgendes«, sagte der Pilot. »Wir fliegen. Ich bedaure, aber so sind die Anweisungen, und die bezahlte Zeit haben wir sowieso schon überschritten.«

»Ich fliege auch!« Akulow sprang auf. »Ich bin kein Psychiater, ich bin Chirurg.«

»Na, zum Teufel mit dir!«, schimpfte Antonina und ging wieder zum Gebüsch.

»Ich bin hier«, sagte sie zu dem noch immer verborgenen Tutaj. »Der Hubschrauber fliegt ab ... Im Nomadenlager wird kein einziger Tangitan mehr sein.«

»Sing mir noch was.«

Antonina stimmte ein Lied an, und mit Gedröhn flog dicht über ihrem Kopf der Hubschrauber über sie hinweg. Tutaj kam aus den Büschen gesprungen und schoss aus beiden Läufen, zum Glück aber beschädigte er nicht die Maschine. Um die Schrotflinte neu zu laden, brauchte es Zeit. Antonina stürzte vor, und nach kurzem Gerangel hatte sie die Waffe an sich gerissen.

Dann nahm sie alle ihre Kraft zusammen und stieß den Rentierzüchter geradenwegs in das über die Steine gluckernde eiskalte Wasser. Sie wusste, dass er darin nicht ertrinken konnte, aber es würde ihn außen und innen erfrischen. Tutaj brüllte los, fuchtelte umher, kroch ans Ufer und starrte Antonina an.

»Was machst du mit mir?«, wehklagte er. »Du hast gar kein Mitleid.«

»Gehen wir in die Jaranga.«

Ergeben, wie ein geprügelter Hund, trabte er hinterdrein.

Bei der Jaranga, neben dem mit Rentierfellen bepackten Winterschlitten, stand noch die von Doktor Akulow zurückgelassene Arzttasche. Antonina fand darin Spritzen, Beruhigungs- und Schlafmittel.

Tutaj betrat vorsichtig, furchtsam den Tschottagin und ging sogleich zum glimmenden Feuer, über dem ein verrußter Kessel mit gekochtem Rentierfleisch hing. Gierig setzte er die Lippen an den Rand und trank lange, immer wieder stöhnend und mit kurzen Pausen, von der nahrhaften Brühe. Dann und wann horchte er auf, ließ die weit aufgerissenen Augen über die innere Zeltwand der Nomaden-Jaranga gleiten und fuhr jäh herum, als wolle er jemanden überrumpeln.

Allmählich beruhigte er sich. Er warf einen Blick in die dunkle Tiefe des Fellpologs, überprüfte eingehend die gesamte Behausung, starrte dann seine Ehefrau an, die vor Schreck verstummten Kinder und sprach mit einiger Erleichterung: »Es scheint, dass sie mit dem Hubschrauber weggeflogen sind. Ich kann sie jetzt kaum noch hören. Sie sind immer weiter weg ...«

»Na, wie gut. Ich gebe dir jetzt eine Spritze, du wirst dich ausschlafen, und morgen ist alles wieder in Ordnung.«

Tutaj ließ sich entkleiden, im Polog auf ein weiches Lager aus Rentierfellen betten, dann hielt er ergeben die Hinterbacke für die Spritze hin. Obgleich Antonina Tamirak nach dem Stellenplan des Kreiskrankenhauses des Tschuktschischen Kreises eine einfache Krankenwärterin und nur für die Sauberkeit der Räume zuständig war, hatte sie doch während des jahrelangen Umgangs mit Patienten alle unerlässlichen Behandlungsverfahren erlernt. Sie konnte einen Tropf anschließen, einen

Verband anlegen, eine Spritze geben, sie wusste, in welchen Fällen die grundlegenden Medikamente verabreicht wurden. Was Menschen betraf, die vom Alkoholwahn befallen waren, so wusste sie, wie man mit ihnen verfuhr und sie aus diesem Zustand wieder herausholte.

Die Sonne sank allmählich hinter die fernen Hügel der Kurupkiner Wasserscheide. In den Jarangas hatte man die Feuer entfacht und die Kochkessel darübergehängt.

In einem Winkel des Fellpologs schnarchte laut der eingeschlafene Tutaj, dann und wann entrang sich ihm kummervolles Stöhnen. Seine Ehefrau sah sich dann erschreckt um, und Antonina beruhigte sie: »Das ist nichts Schlimmes. Da entweicht der Rausch aus ihm.«

Der alte Omtschin brachte eine frisch gefangene Schmerle, die sofort geputzt, zerlegt und zum Kochen aufgesetzt wurde.

Vor dem Schlafengehen trat Antonina Tamirak noch einmal vor die Jaranga. Die Sonne stand jetzt hinter den fernen Hügeln, und ringsumher ergoss sich das zarte Dunkelblau der herbstlichen Tundranacht.

Antonina fand lange keinen Schlaf, sie wälzte sich auf dem Lager aus Rentierfellen, lauschte in die Stille, die nur das Murmeln des Baches und das ferne Stöhnen unbekannter Vögel durchbrachen. Noch einmal durchlebte sie den vergangenen Tag. Ja, so waren die Tangitan. Doktor Akulow, der Pilot Maximow, der Chef des Kreises Frantow »sorgten« für die örtlichen Bewohner so lange, wie sie dafür bezahlt wurden. Und man bezahlte sie nicht schlecht. Sogar unter den Bedingungen der heutigen Zerrüttung, der ewigen Zahlungsrückstände erhielten die Tangitan früher oder später ihr Geld. Die meisten von ihnen versuchten mit allen Mitteln, das gestern noch so geliebte Tschukotka zu verlassen. Neben ihren Häusern standen tonnenschwere Container zum Abtransport bereit. Nicht nur das erworbene Hab und Gut wurde fortgebracht – Kühlschränke, Möbel, Geschirr, obendrein gingen sogar noch

Kohle, Ziegel, Bretter mit. Unlängst hatte Antonina beobachtet, wie ein mächtiger Kran versuchte, einen Container anzuheben, der dem Direktor des Bade- und Wäschereikombinates gehörte. Ein Kran genügte nicht, ein zweiter musste geholt werden, und nur mit den vereinten Kräften der beiden großen Maschinen gelang es, den Container von der Erde zu reißen, genauer gesagt, seinen oberen Teil. Der Boden aber blieb liegen, und nach allen Seiten fielen die Marmorbrocken herunter, mit denen der Container randvoll beladen gewesen war.

Am nächsten Morgen ging Tutaj, wieder völlig nüchtern, jedoch ziemlich finsteren Gesichts, durch alle Jarangas und goss eigenhändig noch vorhandene Reste und Vorräte des Dünnbiers in den Fluss. Dann rasierte er sich, wusch sich sorgfältig im kalten Flusswasser und ging in die Tundra, um die ohne Aufsicht verstreuten Rentiere einzusammeln.

Antonina und Tutajs Ehefrau bemühten sich, eine Telefonverbindung zum Kreiszentrum herzustellen. Die Funkstation krächzte und heulte, etwas Artikuliertes jedoch war ihr nicht zu entlocken.

Das Wetter verschlechterte sich. Zum Abend bedeckte kalter Nebel mit feuchtem Schleier die Jarangas. Das bedeutete, mit Sicherheit würde kein Hubschrauber fliegen. Nur ein Geländewagen konnte kommen. Das Krankenhausauto stand verlassen und mit abmontierten Raupenketten in der Garage – der Fahrer hatte sich schon im Jahr zuvor mitsamt Containern und Familie nach Ussurijsk, seinem Heimatort, abgesetzt. Im Kreis gab es nur zwei intakte Geländewagen – im Ulaker Atelier für Walrossbeinschnitzerei und in Melenskis Genossenschaft »Nuwukan«. Melenski war die einzige Hoffnung.

Der Wagen kam erst am vierten Tag, als Antonina Tamirak schon im Ernst daran gedacht hatte, sich zu Fuß zur Küste aufzumachen.

»Wo ist Robert?«, fragte Antonina, noch bevor sie Mischa Melenski überhaupt begrüßt hatte.

»Er ist nach Amerika zurückgeflogen.«

»Für immer?«

»Nein, nein, er kommt wieder. Er hat dir einen Brief dagelassen.«

»Gib her, schnell!« Antonina streckte beide Hände aus.

»Der Brief ist in Kytryn geblieben.«

Kaum war Robert Carpenter nach Guwrel aufgebrochen und von dort mit einer Chartermaschine nach Nome geflogen, war Dudykin in Kytryn erschienen und geradenwegs zu Melenski marschiert. Er befragte ihn ausgiebig nach den Absichten des Amerikaners, ließ sich buchstäblich über jeden seiner Schritte unterrichten und interessierte sich besonders für die Beziehungen Robert Carpenters zu Antonina Tamirak.

»Aber das ist doch ihre persönliche Angelegenheit!«, empörte sich Melenski. »Vielleicht ist es Liebe?«

»Liebe hin, Liebe her, Genosse Melenski«, bemerkte Dudykin in Unheil verkündendem Ton. »In der guten, noch nicht alten Zeit hättest du dich verantworten müssen …«

»Wofür?«

»Für Kontakte zu Ausländern.«

»Aber es gibt einen Beschluss der Obrigkeiten. Eine internationale Vereinbarung, gebilligt vom Außenministerium der UdSSR, von der Regierung. Hier bitte, die Dokumente.« Melenski legte Dudykin einen grünen Aktendeckel vor und schlug ihn auf.

»Ich lese kein Ausländisch!« Angewidert schob Dudykin den Ordner von sich.

»Weiter hinten steht es russisch.«

Aber Dudykin las nicht. Wahrscheinlich besaß er selbst Kopien dieser Dokumente. »Der Amerikaner hat sonst nichts hinterlassen?«, fragte er streng.

»Instruktionen für die Beobachter, eine Liste der Ausrüstungsgegenstände, die sie uns schnellstens an unsere Küste herüberbringen wollen, und sogar Lebensmittel. Alles völlig kostenlos.«

»Kostenlosen Käse gibt es nur in der Mausefalle! Das hat Margaret Thatcher gesagt, die Premierministerin von Großbritannien«, sprach Dudykin und bewies damit überraschend eine erstaunliche Weltläufigkeit. »Und irgendwelche persönlichen Aufträge, Briefe?«

Melenski begriff sofort, worauf der KGB-Mensch hinauswollte. Den Brief für Antonina Tamirak hatte ihm Robert Carpenter erst auf dem Flughafen im Beisein von Zeugen übergeben. Übrigens in einem unverschlossenen Kuvert. Während Melenski noch über Dudykins Forderung nachsann, fuhr der fort: »Nach unseren Informationen geben bestimmte Kreise der Vereinigten Staaten den Gedanken an eine Einverleibung Tschukotkas nicht auf. Vor hundert Jahren haben sie Alaska gekauft. Tschukotka ist für sie stets ein unerreichbarer Leckerbissen geblieben ... Jetzt ist der Zeitpunkt günstig. Die Staatsmacht ist geschwächt, und der Außenminister Schewardnadse ist ein Georgier. Der hat den Amerikanern schon bei der Präzisierung des Grenzverlaufs im Beringmeer die fischreichsten Gewässer zugeschoben. Glaubst du, einfach so, für nichts? Inzwischen gibt es auch in Russland Leute, die bereit sind, Tschukotka für ein Spottgeld zu verscherbeln. Gaidar hat es schon klar gesagt: Russland braucht den Norden nicht. Der bringt nur Verluste! So siehts aus! Die Amerikaner zeigen sich auf einmal mächtig aktiv auf Tschukotka, mächtig aktiv! Darum – her mit dem Brief! Wir studieren ihn und geben ihn zurück. Umso mehr, als sich die Adressatin in der Tundra befindet und keiner weiß, wie lange sie noch dort bleibt.«

Melenski konnte nichts anderes tun, als Antonina ehrlich zu sagen, dass ihr Brief beim KGB lag.

Antonina Tamirak erwiderte nichts. In ihrem Krankenhausstübchen nahm sie die Spiritusflasche, verdünnte den Inhalt in einem Wasserglas und trank es in einem Zuge leer.

6

Der Vollmond beleuchtete die Buchten und Meerbusen des südlichen Alaska, die Schluchten, die Gletscherzungen, die mit dichten Nadelwäldern bewachsenen Gebirgsausläufer. Im runden Flugzeugfenster zeigte sich die Erde in urtümlicher Schönheit – auch die langen Jahre eifriger Goldgewinnung hier an der Küste hatten diese nicht zerstören können. Wohl bis heute verbargen sich irgendwo dort in den stillen Falten der steinigen Hänge rings um das Städtchen Juneau, die Hauptstadt des Staates Alaska, uralte Heiligtümer der indianischen Tlingit, die ihren Stamm bis heute im Krieg mit Russland wähnen.

Die raue Schönheit der Landschaft dort draußen konnte Robert nur für kurze Zeit von seinen düsteren Gedanken ablenken. Seit seiner Abreise von Tschukotka war ungefähr ein Monat vergangen, seither aber war es ihm noch nicht gelungen, mit Antonina Tamirak zu telefonieren. Er hatte mehrere Briefe geschrieben, jedoch wurde ihm auf der Post erklärt, dass die Sendungen zum anderen Ufer der Beringstraße auf Umwegen, über Europa und Moskau, dorthin gingen. Und jetzt, unter den Bedingungen von Chaos und wirtschaftlichem Verfall, könne sich nur jemand auf die russische Post einlassen, der eigens wünschte, sein Brief möge den Adressaten nicht erreichen.

Anfangs erhielt Robert bei seinen Anrufen im Krankenhaus die Auskunft, Antonina sei sehr beschäftigt, dann hieß es, sie sei krank und könne darum nicht ans Telefon kommen. Michail Melenski redete sehr unbestimmt, in allerlei vagen Andeutungen. Robert erriet, dass Melenski fürchtete, abgehört zu werden, dabei ging das Gespräch gar nicht um geheime Dinge, nicht einmal um dienstliche Angelegenheiten … Man würde ihm im Büro ein Telefax aufstellen müssen. Zwar konnte man Faxe auch mitlesen, doch verfügten die Russen unter den heutigen Verhältnissen wohl kaum über eine solche Technik.

Was war mit Antonina geschehen?

Von seinen unfrohen Gedanken wurde Robert jetzt durch das Manöver des Flugzeugs abgelenkt, welches zur Landung ansetzte. Der Flughafen von Alaskas Hauptstadt lag in einem schmalen Tal, und die Piloten mussten buchstäblich in einer Spirale hinuntergehen, um auf die ziemlich abschüssige Landebahn zu gelangen. Alle Passagiere waren verstummt. Etliche schlossen die Augen, einige aber, wie auch Robert, schmiegten sich ans Fenster und beobachteten, wie die Tragflächen um Haaresbreite an den mit immergrünem Nadelwald bedeckten Steilhängen vorbeiglitten. Sekundenlang schimmerte da auch, in Unheil kündendem Blau, die bis ins Tal vorgedrungene Zunge eines riesigen Gletschers.

Schließlich berührte das Fahrgestell die Landebahn, und allen Passagieren entrang sich ein erleichterter Seufzer.

Die Fenster des Hotels ›Baranow‹, benannt nach dem letzten Gouverneur des russischen Amerika, blickten zur Bucht. Robert aber konnte die malerische Umgebung und das gegenüberliegende Ufer so recht erst am frühen Morgen wahrnehmen, als er die schweren Vorhänge an den Fenstern beiseite zog. Die Berge spiegelten sich auf der ruhigen Wasserfläche, die Landschaft wirkte besänftigend, und Robert kam für einen kurzen Augenblick der Gedanke: Hier müsste man ein Häuschen kaufen, gleich am Ufer, und sich mit Antonina Tamirak niederlassen.

Die erste Tageshälfte verging für Robert im Bundeshaus, wo sich die Büros zweier Senatoren befanden – der Vertreter Alaskas im Repräsentantenhaus und im Senat der USA. Für die beiden gab es nur ein Vorzimmer und eine Sekretärin, und die völlig gleichartig ausgestatteten Arbeitszimmer mit den Stern-und-Streifen-Flaggen lagen einander gegenüber. Robert unterschrieb Papiere, besprach mit den höchsten Beamten des Staates Alaska Fragen der Finanzierung humanitärer Hilfe, und bei alledem ging ihm Antonina Tamirak nicht aus dem Kopf.

Nach dem Lunch kehrte er ins Hotelzimmer zurück und bemühte sich um eine Verbindung zur Kytryner Bucht. Nach mehreren Versuchen meldete sich das Arbeitszimmer des Chefarztes des Kreiskrankenhauses. Auf Roberts Bitte, Antonina Tamirak ans Telefon zu rufen, antwortete eine schlaftrunkene Stimme: »Sie kann nicht kommen.«

»Warum nicht?«

»Sie ist krank ...«

»Wieso krank? Was hat sie? Vielleicht benötigt sie Medikamente? Sagen Sie es, ich werde sofort welche schicken!«

»Wir verfügen über alle nötigen Medikamente.«

»Ist sie ernstlich krank?«

»Wie soll ich sagen ... Bei dem einen ist es eine ernstliche Krankheit, bei einem anderen weniger ...«

»Verzeihung, können Sie es nicht bestimmter sagen?« Vor Aufregung bekam Robert nasse Hände, der Hörer drohte ihm zu entgleiten.

»Das ist kein Thema fürs Telefon.« In Kytryn, im Arbeitszimmer des Chefarztes des Kreiskrankenhauses, wurde aufgelegt.

Fast zwei Tage vergeudete Robert damit, Melenski zu erreichen. Bald war er auf einer Dienstfahrt, bald gerade an der Küste, bei der Teilung eines Wals, bald wieder fungierte er als Schiedsrichter bei einer Fellboot-Regatta.

Endlich, an der tschuktschischen Küste war es bereits nach Mitternacht, meldete sich Michail Melenski. Robert Carpenter beherrschte sich, er berichtete vor allem über Dienstliches, darüber, dass eine Reihe humanitärer und wohltätiger Fonds kurzfristig Lebensmittel sammeln und für den Versand nach Tschukotka bereitmachen könnten. Die gesamte Fracht könne angesichts der Notlage kostenlos in die Guwreler Bucht und in den Kytryner Meerbusen geliefert werden. Was die Ausrüstung der Beobachtungsstellen angehe, so werde diese ebenfalls noch vor dem Eintritt der Fröste und dem Heranrücken der Eisfelder erfolgen.

»Ich kann Antonina Tamirak telefonisch nicht erreichen. Heute ist es mir gelungen, zu erfahren, dass sie krank ist. Jedoch auf meinen Vorschlag, mit Medikamenten zu helfen, wusste mir der Arzt, mit dem ich sprach, nichts Genaueres zu sagen ... Offenbar kennt auch er nicht die endgültige Diagnose. Mir sind Antoninas Geschicke nicht einerlei, und ich würde gern alles unternehmen, um ihr zu helfen, bis hin zu ihrer Evakuierung hierher, nach Alaska. In Nome gibt es ein ausgezeichnetes Krankenhaus, es wurde erst kürzlich gebaut. Gute Kliniken sind auch in Fairbanks und in Anchorage ...«

»Ich glaube, nichts dergleichen wird nötig sein.« Michail Melenskis Stimme klang irgendwie unsicher.

»Ja, aber was ist denn nun mit ihr?«

»Nichts Besonderes ...«

»Nichts Besonderes, aber ans Telefon kann sie nicht kommen. Das verstehe ich nicht.«

»Da gibt es nichts Besonderes zu verstehen ... Bei uns auf Tschukotka leiden viele daran.«

»Woran?«

»Am Alkoholismus ... Antonina trinkt schon einige Tage lang.«

Die Nachricht wirkte auf Robert im ersten Moment geradezu betäubend. Langsam legte er den Hörer auf, und er prüfte sogar nach, ob er es korrekt getan hatte. Es fiel ihm schwer, sich vorzustellen, dass diese junge, zarte Frau mit stierem Blick dasaß, dalag oder umherstrich und nicht begriff, was um sie herum geschah, dass sie hin und wieder dümmlich lächelte, während sie im Innern eine den anderen fremde animalische Wonne verspürte. Oder dass sie sich mit dem Katzenjammer herumplagte und angespannt grübelte, woher bloß so ein lebensspendender Schluck zu bekommen wäre, um das kalte Schaudern da drinnen loszuwerden, das Händezittern, die grundlose Angst. Jedes Geräusch, jeder unbekannte Laut hallte in dem vom Alkohol verwüsteten Hirn wie Donner wider.

Solche Menschen kamen von Zeit zu Zeit auf die Straßen von Nome, Anchorage, Fairbanks herausgekrochen. Eine Theorie besagt, dass im Organismus des arktischen Ureinwohners die Neutralisierung des Alkohols verlangsamt ablaufe, und seine Psyche sei von der Art, dass der Eskimo, Tschuktsche oder Tlingit schon binnen weniger Monate zum Alkoholiker werde. Robert Carpenter erinnerte sich an die Schattengestalten auf den Straßen von Alaskas Städten, an die stockbetrunkenen Inuit in den Gräben neben den Bars.

Roberts allererster Wunsch war es, schnellstens in die Kytryner Bucht zu fliegen.

Zuvor aber musste das Dienstliche erledigt, mussten zumindest für eine Schiffsfahrt die Güter der humanitären Hilfe gesammelt werden. Außerdem wurde Robert in Anchorage von seiner Schwester Susan erwartet.

Nachdem Roberts Ehefrau mit den Kindern nach Südkalifornien, fast an die Grenze zu Mexiko, gezogen war, hatte Robert das gemeinsame Haus in der Umgebung von Seattle verkauft, hatte sich zwei Jahre lang an verschiedenen Orten herumgedrückt und dabei seine Habe, die überwiegend aus Büchern bestand, in großen Pappkartons aufbewahrt. Schließlich hatte er in Anchorage eine ständige Wohnstatt nahe dem koreanischen Viertel gemietet. So nannte man jenen Stadtbezirk, wo in billigen kleinen Häuschen ziemlich dicht gedrängt nicht nur eigentliche Koreaner, sondern auch

Vietnamesen und Chinesen wohnten. Eben solch ein Häuschen hatte sich Robert Carpenter in Anchorage genommen und war damit vollauf zufrieden, schuf es doch die Illusion von einem ständigen Wohnsitz. Jetzt konnte er seine Bücher, Schallplatten und CDs in der gewohnten Ordnung aufstellen.

Schon von der Straße her hörte er aus seinem Haus ein russisches Volkslied schallen – seine Schwester war also bereits da.

Susan hatte im Haus aufgeräumt, und im Wohnzimmer, das zugleich Küche war, duftete es nach häuslichem Essen.

Die Schwester betrachtete den Bruder mit kritischem Blick und sagte: »Du bist dünner geworden, siehst schmal aus. Dieses ständige Leben auf Reisen zehrt an dir.«

Robert zuckte die Achseln. »Ich habe es mir selbst gewählt.«

»Aber es gefällt dir doch?«

»Mir gefällt ... das Gefühl, den Menschen helfen zu können. Ich kann etwas Wirkliches tun, etwas, das unmittelbar spürbar ist.«

Beim Abendessen wollte Susan wissen, ob Robert etwas über die großväterlichen Schätze herausbekommen hatte.

»Dafür war einfach keine Zeit«, erklärte er. »Begreif doch, wie sieht das aus, wenn ich mich plötzlich für irgendwelche Steine zu interessieren anfange? Immerhin, einiges habe ich doch in Erfahrung gebracht. Vor allem – sämtliche großen Steine, die bei den alten Jarangas zur Befestigung der Dächer aus Walrosshäuten verwendet wurden, hat man für die Fundamente der neuen Häuser genommen, um nicht von weit her Steine antransportieren zu müssen. Besonders viele wurden für die Bäckerei gebraucht. Die Bäckerei befindet sich ganz nahe der Stelle, wo die Jaranga des Schamanen Mletkyn, des Freundes unseres Großvaters, gestanden hat.

»Liegt der Bau der Bäckerei schon lange zurück?«, fragte Susan nachdenklich.

»Das muss ungefähr die Zeit gewesen sein, als man die Jaranga des Schamanen abgetragen hat.«

»Dann wäre das Gold also im Fundament der alten Bäckerei zu suchen.«

»Dazu müsste man die Bäckerei abtragen.« Robert schmunzelte. »Übrigens, jemand hat mir gesagt, dass das Baumaterial, aus dem die Bäckerei errichtet wurde, vom Pilz befallen ist.«

»Na, großartig! Das ist ein ausgezeichneter Grund, unseren Tschukotkaer Stammesgenossen in Ulak als Geschenk eine neue Bäckerei hinzustellen!«, rief Susan erfreut.

»Susan«, sagte Robert, seine aufkommende Gereiztheit unterdrückend. »Das halte ich nun wirklich für Utopie.«

»Aber sogar wenn wir Großvaters Schatz nicht finden – ist es etwa schlecht, wenn die Bewohner von Ulak eine neue Bäckerei bekommen? Bist du dagegen?«

»Dagegen bin ich nicht. Aber ich bin dagegen, den Neubau der Bäckerei in Ulak mit der Suche nach Großvaters legendärem Schatz zu verknüpfen.«

»Großvater hat es klipp und klar gesagt: In diesen Steinen steckt das getarnte Gold ... Na schön, ich stimme dem zu, dass wir uns nicht eigens mit der Suche nach dem verborgenen Schatz befassen sollten. Finden wir es, ist es gut, wenn nicht, gibt es immerhin eine neue Bäckerei.«

»Dann stell dir einmal vor, dass während des Bauens tatsächlich das Gold gefunden wird. Man holt die Steine ans Tageslicht, säubert sie, und vor den Augen der Menschen blinkt plötzlich Gold. Nach den immer noch geltenden sowjetischen Gesetzen erhält der Finder eines Schatzes nur ein Viertel von dessen Wert, das Übrige zählt als Staatseigentum ...«

»Hier stehen die Dinge ein wenig anders«, wandte Susan ein. »Ich besitze ein Dokument, welches unstreitig nachweist, dass das Gold meinem Großvater Robert Carpenter gehört hat.«

»Ich denke, die Russen würden das Gold nicht so einfach hergeben«, beharrte Robert.

»Lass uns sehen.« Susan lächelte. »Ich fange mal an, Mittel für den Neubau der Bäckerei in Ulak zu sammeln.«

Antonina Tamirak erwachte am Morgen in einem Zustand, in dem sie nicht einmal den Becher mit dem stark gebrühten Tee mit Kondensmilch in der Hand halten konnte. An die zehn Minuten lang mühte sie sich, ihre Kräfte zusammenzunehmen, wusste sie doch, dass schon ein paar Schlucke dieses Getränks sie dem Leben zurückgeben würden.

Trotz ihrer Alkoholphase versäumte Antonina keinen einzigen Arbeitstag. Sie hielt sich bis Mittag, trank dann ein halbes Glas Wodka, aß ein wenig, jedoch zum Abend tankte sie so sehr, dass sie nahezu besinnungslos aufs Bett fiel. Wenn sie dann mitten in der Nacht erwachte, lag sie lange mit offenen Augen da, ohne Licht zu machen, und dachte an ihre Kindheit, an ihr erstes Zusammensein mit einem Mann, sie rief sich der Reihe nach andere Begegnungen in Erinnerung, nur um nicht an Robert zu denken. Ein paar Mal war sie ans Telefon gerufen worden, hatte es aber abgelehnt, den Hörer zu nehmen. Dann hörten die Anrufe auf, und Antonina glaubte, Robert habe sich endgültig von ihr abgewandt. Vielleicht hatte ihm jemand den wahren Grund genannt, weshalb sie nicht ans Telefon hatte gehen wollen. Ja, wozu brauchte er sie? Gab es in Amerika nicht genug schöne Frauen? Als im Fernsehen ein amerikanischer Film gezeigt wurde, entstand der Eindruck, das Land sei hauptsächlich von langbeinigen, superschlanken Blondinen besiedelt. Alle hatten sie ein wunderschönes, strahlend weißes Gebiss, nicht solche Eisenzähne wie sie, Antonina. Jedoch, als Antonina in Nome gewesen war, hatte sie nicht bemerkt, dass dort schöne Frauen vorherrschten. Die meisten waren dick.

Robert hatte erzählt, seine Ehefrau sei zur Hälfte Tlingit. Deren Mutter gehöre dem indianischen Stamm an, der den Süden Alaskas besiedelte, jenen von nicht zufrierenden Fjorden zerschnittenen Teil. Seine beiden Kinder – ein Junge und ein Mädchen – waren zwölf und sechzehn Jahre alt. Einmal pro Halbjahr nahm er die Kinder zu sich. Meistens im Sommer, zur Urlaubszeit. Er reiste dann mit ihnen, fischte im Anglerlager der Familie, das schon den Vorfahren seiner Frau am Fluss Tanana gehört hatte. Als Kind hatte Antonina auch das Fischen geliebt. Mit Mutter und Stiefvater war sie nach Pinakul gefahren, zu der Station der Meeresjäger am Nordufer des Kytryner Meerbusens. Sie hatten ein altes, geflicktes Zelt aufgestellt und drei kleine Stellnetze. Am häufigsten hatten sie Schmerlen gefangen, aber auch Ketalachse, Buckellachse und die ganz zarten Blaurückenlachse. Ihre Mutter hatte die Fische ausgeweidet und den Kaviar gesalzen, der sich unter den Tangitan großer Nachfrage erfreute. Bisweilen gelang es Jamron auch, eine Ringelrobbe zu schießen. Antonina half dann der Mutter, die Beute zu zerteilen, und in einem Kessel, der über dem Lagerfeuer hing, kochte sie das Bruststück. Stundenlang streifte sie das Kiesufer entlang, zwischen liegen gelassenen, halb verfallenen japanischen Frachtschiffen vom Typ »Kungas« hindurch, vorbei an Kuttern und bis zu Löchern durchgerosteten Landungsbooten, die noch nach dem Lend-Lease-System im Krieg gegen die Faschisten nach Tschukotka gelangt waren. Sie schaute gern über die Wasserfläche des Golfs, auf der unverhofft hier und da Walfontänen emporstiegen und runde, wie lackierte Köpfe neugieriger Robben auftauchten. Antonina löste sich gleichsam auf in der reinen Luft an der Nahtstelle zwischen Meer und Tundra. Manchmal entfernte sie sich von der Küste, folgte des Öfteren kleinen, von kurzlebigen Tundraflüsschen gegrabenen Schluchten. Sie sammelte Beeren, Blätter des Goldwurzes, die sie zusammen mit dem Tee aufbrühten. Wie gut das geschmeckt hatte!

Eben mit solchem Tee pflegte der Stiefvater, der Lehrer Jamron, seinen Kater zu kurieren. Gewiss, die eingeborenen Frauen sammelten damals wenig wild wachsende Pflanzen. In das Kreiszentrum wurde genügend Gemüse geliefert: Mohrrüben, Zwiebeln, Knoblauch, bulgarische Konserven. In diesem Herbst jedoch wimmelte die Tundra von bunten Tüchern – sich damit gegen die Mücken bedeckend, sammelten die Frauen. Beeren und Pilze nahmen die Tangitan gern ab, sie kochten Konfitüre aus schwarzen Rauschbeeren, aus Torfbeeren, sie salzten und trockneten Pilze. Die Urbewohner säuerten in Fässern die Tundragewächse Junëu und Kukunät. Sie besannen sich auch auf Kopalchen. In Pinakul wurden neue Fleischdepots ausgehoben, und man lagerte darin Kymgyt – Riesenrollen aus der im Ganzen abgenommenen Walrosshaut mitsamt Speck und Fleisch. Nur mit der Anlage von Fischvorräten hatte man nichts im Sinn: Für Tschuktschen und Eskimos, die Großmeereswildjäger, war Fisch keine ernst zu nehmende Nahrung. So etwas konnte man noch im frischen Zustand verspeisen, aber gedörrt taugte er ihrer Ansicht nach nur als Hundefutter. Die Tangitan indessen schwärmten aus unerfindlichem Grund für Jukola als Zuspeise zum Bier.

Die beschwerlichsten und bedrückendsten Stunden so eines Katermorgens flossen langsam dahin, zäh, die Uhrzeiger schienen auf der Stelle zu stehen. Antonina ließ stets eine ausreichende Menge Alkohol übrig, als Muntermacher am Morgen. Dann, zwischen den Arbeitsgängen, wusste sie sich entweder reinen medizinischen Alkohol zu verschaffen, oder aber sie schickte jemanden in den Laden, denn Schnaps wurde in Kytryn in großer Vielzahl verkauft: von chinesischem Wodka, der einen schon nach dem ersten Schluck beduselte, bis hin zu gefälschtem französischem Kognak, dessen Preis den des gewöhnlichen Wodkas nicht überstieg.

Antonina fürchtete die Ernüchterung. Mit der Nüchternheit nämlich kamen die Gedanken an Robert Carpenter, im

Gedächtnis erstand seine Gestalt, das Gesicht, gerahmt von dem kleinen rotblonden Bart, und in ihren Ohren ertönte seine leicht gedämpfte Stimme. Es kamen ihr alle fehlerhaft gesprochenen russischen Wörter in den Sinn, derentwegen das, was er sagte, so unverwechselbar wurde. Bei Juri Anok gibt es ein Gedicht:

Am Ufer sitzend, auf dem blanken Kiesel,
Schau auf die Linie ich von Himmel dort und Meer,
Wo zwischen Walfontänen, Vogelschwärmen
Die Schiffe fern vorüberziehn.

Manch eins davon läuft gar Unasik an,
Das Dorf, in dem wir wohnen.
Doch warum zieht das Schiff des Traums
stets nur fern vorbei?

Das Schiff von Antonina Tamiraks großem Traum war vorbeigezogen, nur kurz hatte am Horizont sein helles Rauchwölkchen geschimmert. Jetzt gab es keine mit Kohle betriebenen Dampfer mehr, alle Schiffe fuhren mit Diesel oder auch mit atomgetriebenen Motoren, wie die Eisbrecher. Daher waren ihre Rauchfahnen unstet, schwankend, kaum wahrnehmbar und vergingen schon bald in der Ferne des Meereshorizonts.

Warum geschah es in Antoninas Leben so, dass alles Schöne, Wahre an ihr vorüberging? Wie viele Bücher über die Liebe hatte sie gelesen. Was für ein wunderbares Gefühl, vergleichbar nur mit einem Strauß echter Blumen! Antonina ergötzte sich an den Beschreibungen der Gefühlserlebnisse der Heldinnen aus Büchern und Filmen, in Gedanken und Träumen verliebte sie sich in schöne, zärtliche Männer, die ihre geliebten Frauen buchstäblich auf Händen trugen. In ihrem eigenen Leben hatte sie kaum zärtliche Worte gehört. Liebe reduzierte sich auf das Bett. Und wenn es auch schwache Anzeichen von Zärtlichkeitsäußerungen seitens des jeweiligen Mannes gegeben hatte, so war dies zumeist vor dem Erreichen des eigentlichen Ziels – des Bettes – gewesen. Um die Wahrheit zu sagen – hätte einer von denen mit Worten aus Büchern oder in Versen gesprochen, hätte Antonina ihn für verrückt erklärt. Auch sie selbst hätte keine Worte der Liebe und Zärtlichkeit über die Lippen gebracht, nicht einmal ihrem ersten Mann hätte sie solche Worte gesagt, der, bevor er zum Eigentlichen kam, lange keuchte und unglaublich viel Schweiß vergoss. Am ehesten, so vermutete Antonina, existierte jene Sorte Liebe nur in einer anderen, tangitanischen Welt. Sie wusste, dass der Stiefvater, der Lehrer Wassili Iwanowitsch Jamron, auf seine Weise ihre Mutter liebte und vergötterte. Jedoch nicht ein Mal in all den Jahren des gemeinsamen Lebens hatte er ein zärtliches Wort gesprochen, hatte gesagt: »Ich liebe dich.« Das Einzige, was Antonina ihn manchmal über ihre Mutter äußern hörte, war: »Ich fürchte sie.« Und wirklich, die Mutter besaß einen strengen und fordernden Charakter, und sie duldete sich gegenüber weder Einwände noch Kritik.

Antonina fühlte, dass es Zeit war, aus dem Zustand herauszukommen. Er war quälend, schmerzhaft, beschwor solche inneren Leiden herauf, das Gefühl nicht wieder gutzumachender Schuld, der eigenen Nichtsnutzigkeit, dass es großer Kraft bedurfte, um all das zu ertragen. Eben in solcher Verfassung schieden viele ihrer Stammesgenossen aus dem Leben. Tschuktschen und Eskimos, die im Stande waren, unglaubliche physische Anstrengungen zu bewältigen, die Kälte und Hunger zu ertragen wussten, die einem rasenden wilden Tier Aug in Auge gegenübertraten, die mit dem stürmischen Meer, mit dem Packeis kämpften – diese Tschuktschen und Eskimos hielten den seelischen Qualen und den Gefühlen tiefer Reue nicht stand. Die für immer fremd und innerlich erkaltete Welt zu verlassen, dünkte sie der beste Ausweg. Oftmals nahmen sie in das andere Leben ihre Angehörigen mit – die Ehefrau und die Kinder. Den tangitanischen Funktionären und Psychiatern bereitete das unerklärliche Phänomen schweres Kopfzerbrechen, jedoch außer Erörterungen über den besonderen Stoffwechsel der arktischen Ureinwohner und die Asymmetrie ihrer Großhirnhälften konnten sie nichts Tröstliches beisteuern.

Antonina machte gerade das Chefarztzimmer sauber, als Robert zum wiederholten Mal anrief. Mit ersterbendem Herzen nahm Antonina den Hörer.

»Na, endlich!«, rief Robert aus. »Geht es dir schlecht?«

»Es ist schon besser«, antwortete sie leise unter dem strengen und unwilligen Blick des Chefarztes. »Ich werde allmählich gesund.«

»Sehr gut!« Robert verhehlte nicht seine Freude. »Ich möchte dir sagen, es fällt mir schwer, aber ich will sagen ...«

»Die Leitung darf nicht so lange besetzt werden«, bemerkte der Chefarzt barsch. »Dies ist immer noch eine medizinische Einrichtung und keine Privatwohnung.«

»Ich kann nicht lange sprechen«, sagte Antonina in den Hörer.

»Ich liebe dich sehr!«, schrie Robert beinahe ins Telefon. »Warte auf mich!«

Antonina glaubte Tränen in seiner Stimme zu hören. »Gut«, erwiderte sie ruhig, mit Mühe an sich haltend, und legte langsam den Hörer auf.

»Pass auf, du setzt dir noch eine Laus in den Pelz wegen deiner Gespräche mit Amerika«, sagte, unverhohlen drohend, der Chefarzt. »Dudykin interessiert sich schon für dich.«

»Ich weiß«, sagte Antonina. In diesem Augenblick wollte sie mit dem Chefarzt des Kreiskrankenhauses aber auch gar nichts zu tun haben. Noch vor ungefähr drei Monaten war Roman Nikolajewitsch Schlakow ein gewöhnlicher, rangloser Arzt im Dorf Ljurän gewesen, unweit vom Kytryner Meerbusen. Auch er litt am Alkoholismus, aber er war gewitzt und erfahren in dieser Angelegenheit. Für medizinische Zwecke erhielt er monatlich zehn Liter Spiritus. Um nicht gleich den ganzen Vorrat zu vertrinken, vergällte er den Spiritus mit Äther. Für die Rückführung der Flüssigkeit in einen für die innerliche Anwendung tauglichen Zustand musste dieselbe mit Geduld neu destilliert werden, ein Gerät dafür besaß Schlakow. Es kam auch vor, dass der Doktor gewöhnlichen Selbstgebrannten herstellte. Im Tausch dafür erhielt er von den örtlichen Jägern leckere Stücke von Meereswild – Leber, Flossen, außerdem Landwild und Fisch. Im Sommer brachten ihm die Frauen Beeren und Pilze.

Schlakow war als Fachmann so durchschnittlich, dass er nur an so anspruchsloser Stelle wie im Dorf Ljurän tätig sein konnte. Sein hauptsächlicher Lebenstraum war es gewesen, sich irgendwie am Platze zu halten, Geld für ein Häuschen anzusammeln und, mit einer soliden arktischen Rente versehen, glücklich in die Kiewer Gegend zurückzukehren. Die von Gorbatschow initiierte Perestroika indes durchkreuzte seine Pläne. Vor allem verflüchtigten sich infolge der Geldreform seine sämtlichen Ersparnisse, und dann lag sein Heimatdorf plötzlich im Ausland. Schlakow verfiel in Mutlosigkeit, und von Zeit zu Zeit erschien er sogar angetrunken im Dienst. Plötzlich aber reiste Frantow an und offerierte ihm den Chefarztposten im Kreiskrankenhaus, etwas, woran zu denken Schlakow nie gewagt hätte. Die Sache dabei war die, dass fast alle Fachkräfte des Kreiskrankenhauses Tschukotka verlassen hatten und niemand mehr da war, der die Arbeit machte. In Ljurän blieb nur noch die eingeborene Arztgehilfin zurück.

Als heimlicher Trinker hegte Schlakow nach einer sonderbaren Gesetzmäßigkeit eine Abneigung, ja Verachtung für diejenigen, die offen tranken, und bisweilen sogar rügte er sie laut. Antonina Tamirak jedoch verstand sich auf eine würdige

Abwehr, die Hauptsache aber war, dass sie im Krankenhaus unersetzlich war. Gewöhnlich zeigten Alkoholiker eine eher nachlässige Arbeitseinstellung und ersannen dutzende von Gründen, um Anschläge auf ihre Muße abzuwehren. Antonina aber arbeitete stets gewissenhaft. Nur im extremen Rauschzustand, wenn sie sich nicht mehr auf den Beinen halten und nur liegen konnte, setzte sie aus. Sobald sie jedoch nach einer Alkoholphase zum Normalzustand zurückkehrte, schuftete sie mit verdreifachter Energie, kratzte überall den Schmutz weg, und sogar die gelblichen Klosettbecken in der Toilette erhielten wieder einen matten und viel versprechenden Glanz.

Nachdem aus Amerika die offizielle Einladung für Antonina Tamirak eingetroffen war, erschrak sie, als sie hörte, wie viele Papiere sie zusammentragen musste, damit ihr die örtlichen Behörden die Reisegenehmigung erteilten.

Vor allem hatte sie eine medizinische Überprüfung zu durchlaufen. Viele Fachärzte gab es einfach nicht im Kreiskrankenhaus des Kytryner Meerbusens, und so wartete Antonina mehrere Wochen lang eine Gelegenheit ab, um in die Guwreler Bucht zu fahren, wo noch immer das Militärkrankenhaus in Betrieb war.

Dort auch unterzog sie sich der psychiatrischen Untersuchung. Der Militärpsychiater nahm sie gründlich in Augenschein, führte verschiedene unverständliche Tests mit ihr durch und fragte ohne Umschweife: »Trinkst du?«

»Wie alle.«

»Was heißt, wie alle? Gerätst du in eine Alkoholphase? Wie viele Tage dauert so etwas?«

»Bis der Schnaps alle ist.«

»Nein, antworte mir genau: eine Woche, zwei, drei?«

»Allerhöchstens eine Woche.«

Seinen Befund steckte der Militärpsychiater in einen großen

Umschlag aus braunem Papier, klebte ihn zu und sagte bei der Übergabe: »Ja nicht aufbrechen!«

Alle diese medizinischen Untersuchungen waren aber nur der Anfang. Der Erhalt eines Auslandspasses stand noch bevor. Antonina füllte tagelang Antragsformulare aus, dann lief sie zu Wassili Dodschijew, um ein Foto machen zu lassen. Dann kam an den Tag: Antonina wohnte illegal in der Kytryner Bucht, da sie hier gar nicht korrekt gemeldet war.

An einem der Tage erreichte sie es, in der Kreisadministration empfangen zu werden. Am Tisch saß in wichtigtuerischer Pose Frantow, der ehemalige Abwasserzuständige des Kreises. Nunmehr konzentrierte sich in seiner Person all jene Macht, die früher zwischen Partei und Staat geteilt gewesen war. Antonina fühlte sich völlig ratlos. Plötzlich fiel ihr etwas ein.

»Ich war doch schon in Amerika!«, rief sie.

»Wann?« Frantow zeigte sich verwundert.

»Mit dem Ensemble«, beharrte sie.

»Ach, das!« Frantow winkte leicht ab. »Das war eine Gruppenreise. Da wurden die Dokumente nach einer Liste ausgestellt. Du aber fährst individuell, auf eine private Einladung. Darum dieses Verfahren.« Frantow sah auf die Uhr. »Überhaupt, ich bin in Eile, meine Tochter hat heute Geburtstag ...«

»Glückwunsch«, sagte Antonina mechanisch und verließ das Dienstzimmer.

Der Winter hatte im Kytryner Meerbusen schon Einzug gehalten. Das Meer war noch eisfrei, aber der Uferkies war bereits überfroren und rutschig. Man hatte wenig Kohle angeliefert, der Winter aber drohte kalt zu werden, namentlich für diejenigen, die vom zentralen Kesselhaus beheizt wurden. Der Tanker war überhaupt nicht gekommen. Strom gab es erst bei Einbruch der Dunkelheit. Man benutzte Petroleumlampen und Kerzen. Manch einer erinnerte sich an die alten steinernen Fettlampen und bastelte solche aus Blechdosen. Der riesige, teilweise mit Marmor aus der Gegend verkleidete Quader des Kulturhauses glich, im Dunkel versunken, einem Küstenfelsen.

In dem kleinen Laden des Ortes gab es an Lebensmitteln nur frisch gebackenes Brot sowie »Rama«-Margarine, für die im Fernsehen beharrlich zusammen mit Pampers, Slipeinlagen und Antischuppenmitteln Reklame gemacht wurde. Die Regale waren leer. Das große Kaufhaus am Platz hatte man wegen Warenmangel überhaupt geschlossen. Die Straßenbeleuchtung war seit langem abgeschaltet, und die Wohnhäuser mit den wenigen erhellten Fenstern versanken im matten Mondlicht.

Bei vielen der zweigeschossigen Holzhäuser waren die Fenster mit Brettern vernagelt, neben den Häusern lagen abgerissene Kabel herum, häufte sich Müll, glitzerten vereiste Schmutzwasserpfützen.

Alles das wirkte so niederschmetternd, dass man am liebsten wie ein Wolf geheult oder aber sich betrunken hätte, um in süßes Vergessen zu sinken.

Antonina zündete in ihrem Kämmerchen die von Wassili Dodschijews geschickten Händen gefertigte Fettlampe an und setzte sich aufs Bett. Zum ersten Mal war sie gegen die unsichtbare Macht der Bürokratie geprallt, gegen diese papierene Wand, die sich als weitaus fester erwies als eine Felswand, und man brauchte viel Kraft, um sie zu stürmen. Jeder Beamte berief sich auf ein Papier, eine Weisung, und nicht selten bekundete er dabei Bedauern oder gar Anteilnahme. All das klang aber so sehr nach Heuchelei, dass Antonina nur mühsam den Brechreiz unterdrückte.

Nur ein Blinder und Naiver konnte dahinter die starke Hand der so genannten Organe nicht spüren. Immerhin wurde Antonina Robert Carpenters Brief zugestellt, er enthielt aber nichts Besonderes, nur das Bedauern darüber, dass die Begegnung nicht stattgefunden hatte, die Hoffnung auf künftige Treffen sowie Wünsche für die Gesundheit, und erst am Schluss stand da: »Vergiss mich nicht.«

Oft holte Antonina das schon tüchtig zerknitterte Blatt Papier wieder hervor und las noch einmal die mit Sorgfalt geschriebenen russischen Worte. Und obwohl der Brief keinen einzigen grammatischen Fehler enthielt, spürte man doch einen gewissen Akzent, etwas nicht Greifbares, das davon zeugte, dass den Brief jemand geschrieben hatte, für den diese Sprache nicht die Muttersprache war.

Aber selbst nachdem sie endlich alle nötigen Papiere in einem Aktendeckel versammelt und das Paket nach Anadyr geschickt hatte, von wo es nach Moskau gehen würde, wo der Auslandspass ausgestellt werden sollte, war Antonina doch nicht sicher, dass alles gut enden würde. Sie hatte getan, was sie konnte.

Robert erschien unverhofft. Er stand plötzlich in der Tür zu dem Kämmerchen, als sich Antonina soeben vor dem Nachtdienst noch ein wenig hinlegen wollte.

»Du hast Gäste, Tonja!«, hörte sie Frantows betont süßliche Stimme. In ihrem kleinen Zimmer hatten neben Robert, Frantow und Antonina kaum noch Mischa Melenski und eine unbekannte, ziemlich junge Frau Platz.

»Meine Schwester Susan!«, stellte Robert sie ihr vor.

»Sehr angenehm.«

Antonina reichte zeremoniös die Hand.

»Sehr erfreut.«

»Auch ich freue mich ...«

Seltsam: Woher konnten alle diese Amerikaner so gut Russisch? Das Englische beherrschten in der Sankt-Lorenz-Bucht außer Mischa Melenski noch die Englisch-Lehrerin und die nebenberuflich tätige Leiterin des Kreisheimatmuseums.

»Gehen wir gemeinsam zum Abendessen!«, verfügte Frantow.

Er war in gehobener Stimmung. In der Bucht von Guwrel hatte das amerikanische Flugzeug mehrere Tonnen Güter der humanitären Hilfe ausgeladen. Zudem noch Ausrüstung für die Wal-Beobachtungsposten. Inmitten der allgemeinen Armut verfügte der Tschuktschische Kreis plötzlich über unabsehbare Reichtümer. Mehl, Armeezwieback, ganze Paletten von Militärverpflegung, Zucker, Butter, Margarine, Trockenmilch, Eipulver, lagerfähige Kartoffeln, Trockengemüse, Kondensmilch, Fruchtsäfte, Marmeladen, Fleisch- und Gemüsekonserven – alles dies kam säuberlich verpackt.

Während des Abendessens wurde Frantow hin und wieder ans Telefon gerufen, alle baten ihn um einen Anteil. Es baten ihn die Nachbarn, besonders der Guwreler Kreis, und sogar das Bezirkszentrum Anadyr.

»Wir müssen zunächst die Eingangsverbuchung für die gesamte Fracht vornehmen«, antwortete Frantow wichtigtuerisch.

»Warum Sie?«, fragte Robert unerwartet.

»Wer sonst? Wir sind hier jetzt die örtliche Staatsmacht. Nach dem Putsch wurde ich durch Verfügung des Verwaltungsoberhauptes des Tschuktschischen Autonomen Bezirks hier als Chef eingesetzt ... Kommissarisch, bis zu den Wahlen.«

»Die gesamte Fracht ist an Herrn Michail Melenski adressiert«, präzisierte Robert. »An den Vorsitzenden der Genossenschaft ›Nuwukan‹.«

»Wie denn das?« Frantow zeigte sich verwirrt. Er fiel auf einmal in sich zusammen, schrumpfte, als habe man die Luft aus ihm herausgelassen.

»Es war der Wunsch der Organisationen, die diese humanitäre Hilfe geschickt haben, nicht wahr, Susan?« Robert wandte sich seiner Schwester zu.

»Ganz genau so.« Susan nickte.

»Aber das ist gar nicht üblich«, murmelte Frantow, immer noch verwirrt.

»Ich möchte nichts Schlechtes weder über Sie persönlich

noch über die Verwaltung sagen, der Sie vorstehen«, fuhr Robert fort, »aber die Erfahrung der Europäer und anderer Spender besagt, dass ein Großteil der humanitären Hilfe in Ihrem Lande ausgeräubert wird. Gerade von Regierungsorganen, von Beamten ... Ich denke, Mister Melenski wird unsere bescheidene Gabe an die tatsächlich Bedürftigen ausgeben.«

Bei Frantow meldete sich plötzlich Zahnschmerz.

»Besonderes Augenmerk haben wir auf Kindernahrung gerichtet, auf die Schulspeisung«, fügte Susan hinzu.

Für den Kreischef, der zu werden Frantow sein Leben lang gestrebt hatte, gab es nichts Angenehmeres und Genussvolleres als die Verteilung staatlicher Güter verschiedener Art. Die einfachen Leute sahen in solch einem Menschen einen wahren Wohltäter und liebedienerten vor ihm. Und da kam nun so ein Melenski, halb Tschuktsche, halb weiß der Teufel was, plötzlich in den Besitz unübersehbarer Reichtümer und würde dies alles verteilen, nicht im Namen der Kreisverwaltung, sondern im ganz eigenen Namen. Nein, da lief etwas verkehrt.

»Außerdem«, fuhr Susan, ohne die verschlechterte Stimmung des Hausherrn des Kreises zu bemerken, fort. »Wir haben vor, in Ulak eine neue Bäckerei zu bauen.«

»Warum gerade in Ulak?«, fragte Frantow irgendwie hilflos. »Die Bäckerei dort ist doch noch ganz in Ordnung ...«

»In diesem Fall lassen wir uns von dem Gedenken an unseren Großvater leiten, der lange in Keniskun gelebt und gearbeitet hat. Das liegt achtzehn Kilometer südlich von Ulak, schon an der Pazifikküste. Jedoch, soweit wir wissen, ist Keniskun nicht mehr bewohnt, es gibt dort nur einen Grenzposten, und deshalb kam uns die Idee, die Bäckerei in Ulak zu bauen, dort, wo der engste Freund unseres Großvaters, der Schamane Mletkyn, gelebt hat. Außerdem haben wir Kenntnis davon, dass die Wände der Bäckerei vom Pilz befallen sind. Das ist etwas Gefährliches.«

Susan sprach flüssig, ohne zu stocken, ganz als halte sie einen Vortrag, und Frantow, dem man den fetten Bissen buchstäblich aus dem Mund geklaubt hatte, dachte gehässig: Alles wissen sie, sogar dass der Pilz drin ist.

»Gut, soll es also in Ulak eine Robert-Carpenter-Bäckerei geben«, sagte Frantow, nur mit Mühe seine Gereiztheit verbergend.

»Wir wollen die Bäckerei nicht nach unserem Großvater nennen«, erwiderte Robert schmunzelnd. »Sie soll einfach nur an ihn erinnern.«

Sowjetischen Büchern zufolge war der amerikanische Händler ein gehöriger Schurke gewesen, der die hiesigen Menschen gründlich ausgenommen hatte. Besonders bildkräftig hatte ihn Tichon Sjomuschkin in seinem Roman *Brand in der Polarnacht* geschildert. Aber auch andere sowjetische Schriftsteller und Historiker, die über das vorrevolutionäre Tschukotka geschrieben hatten, waren mit schwarzer Farbe für ihn nicht sparsam umgegangen. Was für Zeiten sind angebrochen, dachte Frantow verwundert, alles ist auf den Kopf gestellt! Die Nachfahren des amerikanischen Plünderers wollen in Ulak eine Bäckerei bauen, und ein entlassener Leiter einer Agitkultbrigade, heute, genau genommen, ein Mann auf dem Level eines Kolchosvorsitzenden, erhält die Verfügungsgewalt über riesige Reichtümer. Und all das an der gesetzlichen Staatsmacht vorbei …

Tief in seinem Innern jedoch begriff Frantow, dass es für ihn von Vorteil war, seine Überheblichkeit zu bezwingen.

»Von amerikanischer Seite wird meine Schwester, Susan Canishero, die Verteilung der Güter der humanitären Hilfe beaufsichtigen«, sagte Robert Carpenter und versetzte Frantow damit den letzten Stoß.

Mehrere Tage lang wurden die Hilfsgüter mit Geländewagen und Bulldozern aus der Guwreler Bucht zum Kytryner Meerbusen transportiert.

Unverhofft schnell traf auch mittels Extrapost Antonina Tamiraks Reisepass mit den nötigen Visa und Stempeln ein, und am Tag vor Weihnachten flogen Antonina und Robert nach Nome.

Man stellte Bedürftigenlisten auf, im ansonsten verödeten Warenlager des Handelszentrums teilten freiwillige Helfer die Lebensmittel auf und transportierten sie zu den umliegenden Siedlungen und Nomadenlagern.

Frantow saß in seinem Arbeitszimmer wie stets würdig und adrett gekleidet, in schwarzem, offiziellem Anzug und Krawatte. Wehmütig blickte er auf das Packeis, das den Kytryner Meerbusen in Fesseln hielt. Ihm war elend zu Mute. Im Vorzimmer zeigte die Sekretärin unverhohlene Langeweile, sogar Telefonanrufe aus Anadyr waren selten geworden. Öfter rief Dudykin an, aber diese Gespräche waren nicht eben abwechslungsreich, und in seinen peniblen Fragen lauerte die heimliche Hoffnung auf irgendeinen Fehler, der gemacht wurde, auf groben Diebstahl oder gar eine Schlägerei wegen der Lebensmittelzuteilungen. Aber alles verlief erstaunlich organisiert und ruhig. Selten einmal erschien Melenski bei der Administration, erörterte etwas in den Arbeitszimmern, kam auch bei Frantow vorbei. Meistens ging es ihm um eine Transportmöglichkeit. Aus Anadyr war die Anweisung ergangen, bei der Verteilung der humanitären Hilfe jegliche Unterstützung zu gewähren.

Als Frantow gemeldet wurde, dass einige Einheimische die Hilfsgüter gegen Wodka und Selbstgebrannten eintauschten, fasste er wieder ein wenig Zuversicht und bestellte Melenski zu sich.

»Das habe ich vorhergesehen«, erklärte Melenski ruhig. »Auch das ließe sich verhindern, wenn die Tangitan nicht den Wodka für Lebensmittel verkauften.«

»Schließlich möchten diese Tangitan auch von den amerikanischen Lebensmitteln kosten«, erwiderte Frantow grinsend. »Die Hilfsgüter werden unter den Einheimischen gratis verteilt. Und wer Lohn erhält, kann sie im Laden kaufen. Die Preise sind übrigens lachhaft.«

Frantow legte alles daran, um seinen Hass auf diesen Menschen zu verbergen, der in seinen Augen völlig unverdient allein die Verfügungsgewalt über unglaubliche Reichtümer erlangt hatte.

7

Wenn vor den Augen eines Menschen etwas Unerwartetes, eine Katastrophe geschieht, und wenn der Mensch dieses Geschehen nicht abwenden, sondern ihm nur hilflos und staunend zusehen kann, dann glaubt er, sich gleichsam von sich selbst abzukoppeln und die Vorgänge wie von außen zu verfolgen. So empfand es Päljat, als der riesige, vermeintlich für ewig unzerstörbare Block, dieser unerschütterliche Fels der Kommunistischen Partei mit einem Mal zerbrach, das gesamte Bauwerk unter sich begrabend, und als unter den Trümmern des ideologiegetränkten Imperiums plötzlich die Marodeure regsam wurden und hervorkrochen, nicht nur im übertragenen, sondern im unmittelbaren Wortsinn. Im Kreiskomitee der KPdSU in Guwrel verschwanden aus sämtlichen Arbeitszimmern die Wanderfahnen, die Ehrenwimpel, alle rotsamtenen Fahnentücher mit der Goldstickerei, die noch gestern als Heiligtum gegolten hatten und vor denen man ehrfürchtig erschauert war. Aus den vergoldeten Bilderrahmen wurden die Porträts der Politbüromitglieder entfernt, aus den Bibliotheksregalen die Prachtausgaben der Klassiker des Marxismus-Leninismus, die Folianten mit den Werken der zeitgenössischen Politiker geräumt. Dasselbe geschah auch in anderen Parteiorganisationen des Kreises. Aber nicht das war das eigentlich Frappierende, sondern vielmehr, dass diejenigen, die sich noch gestern als standhafte Kämpfer für eine lichte Zukunft, als kompromisslose Diener der Partei, als ihre treuen Söhne gesehen hatten, die die lautstärksten Sprecher auf Parteiversammlungen gewesen waren, die Hüter der kommunistischen Moral – dass diese Leute sich nun als Erste von dem

System abwandten, welches sie herangezogen und ernährt hatte. Mit erstaunlicher Giftigkeit fielen sie über die Partei, ihre Organe, ihre Anführer her, wo sie doch gestern noch selbst ihre Sekretäre und Instrukteure gewesen waren.

In den Tagen des Putsches hatte Päljat zwar nicht das Vorgehen des Staatlichen Notstandskomitees unterstützt, aber er hatte die Mitglieder des Bezirkssowjets darum gebeten, nichts Übereiltes zu tun, die Parteiorgane nicht zu zerschlagen.

Als einer der grimmigsten Ankläger der Kommunisten in Anadyr gebärdete sich Wiktor Alexandrowitsch Basarow, vormalig Sekretär der Parteiorganisation des Seehandelshafens und nunmehr Haupt der Verwaltung des Tschuktschischen Autonomen Bezirks. Basarow, nicht eben groß gewachsen, aber derb und kräftig, von quadratischer Statur, bis zuletzt durch keine besonderen Talente auffällig, hatte plötzlich den Sprung auf den politischen Olymp getan.

Eine bestimmte Sorte Mensch spürt das Nahen ihrer Sternstunde voraus, jenes Moments, da sie in vollem Umfang ihre Ambitionen verwirklichen kann. Zu ihr gehörte Basarow, der noch gestern das Bollwerk eines moralisch und ideologisch gefestigten Anführers im Seehafen verkörpert hatte. Sein erster Schritt nach dem Parteiaustritt allerdings erregte einiges Kopfschütteln: Dieser einstige Initiator so genannter »Disziplinarverfahren«, die von moralisch unbeständigen Kommunisten gefürchtet waren, ließ sich als Erstes scheiden und ehelichte eine blutjunge Krankenschwester aus dem Bezirkskrankenhaus.

Ein wenig früher als andere hatte er erkannt, dass Tschukotka für ihn der Brückenkopf zur Eroberung wirklicher Gipfel der Politik war. Hatte nicht Jelzin die Losung ausgegeben: »Nehmt euch so viel Souveränität, wie ihr könnt!«? Hatte nicht das benachbarte Jakutien eine Verfassung angenommen, wie sie eher einem unabhängigen Staat ansteht denn einem Bestandteil Russlands? Also entfaltete Basarow eine Bewegung, die den Bezirk vom Gebiet Magadan loslösen sollte. Anfangs zielten Tschukotkas neue Anführer darauf ab, nicht mehr und nicht weniger als eine autonome Republik zu schaffen.

Diese neue Freiheit verhieß der örtlichen Beamtenschaft einen unbeschränkten Raum für bürokratische Eigenmächtigkeit, vor allem aber eine unreglementierte Verfügungsgewalt über nicht geringe Mittel aus dem Staatshaushalt, von denen sich Russlands entlegenste Peripherie nährte.

In dieser Angelegenheit war Tatja Tublina, Leiterin der Bezirksfinanzabteilung, Basarows Beraterin, eine herzige Blondine mittleren Alters mit nettem Gesicht, aber mit der Figur eines Champions im klassischen Ringkampf.

Unterdessen verschlechterte sich Tschukotkas wirtschaftliche Lage. Die Sowchosen, früher von der Regierung großzügig subventioniert, zerfielen. Die Gold fördernden Betriebe machten dicht. Das Iultiner Bergbau- und Aufbereitungskombinat wurde liquidiert und sogar die Wohnsiedlung aufgegeben, nachdem man dort alle Bewohner ausgesiedelt hatte. Anfangs, als die Lohnzahlungen über mehrere Monate ausblieben, waren die Menschen noch nicht sehr beunruhigt, sie liehen sich Geld, wo sie nur konnten, schlugen sich durch in der Erwartung eines künftigen großen Happens. Als aber die Lohnrückstände ein Jahr erreichten und noch mehr, wurde klar, dass sie dieses Geld kaum irgendwann würden bekommen können.

Dafür eröffneten in Anadyr gleich mehrere Kneipen.

In einer derselben, in einem kleinen Extraraum, der mittels einer Sperrholzwand abgeschlagen war, auf die man Rentiere mit unnatürlich großen Geweihen gemalt hatte, saßen Wiktor Alexandrowitsch Basarow, Tatjana Tublina und zwei Obersten der Miliz. Sie führten in aller Diskretion ein Gespräch.

Die im Hinterstübchen der Kneipe Versammelten fühlten sich ein wenig unwohl, wie Anfänger in Sachen Verschwörung. Sie alle hatten in der Vergangenheit ein wohlgeregeltes Leben gehabt, wo immer klar war, wie es der Dichter sagte: was gut ist und was schlecht. Jetzt spürten alle, dass sie, wenn sie nicht Acht gaben, alles verlieren konnten, zumindest vieles. Zuallererst war da der üppige und einigermaßen stetige Geldfluss – die Versorgung Tschukotkas, die noch weitgehend vom Staat her kam. Nicht so großzügig wie in sowjetischen Zeiten, aber noch immer recht reichlich. Wer diesen Zustrom von Geld und Waren kontrollierte, würde der große Gewinner sein. Dann gab es da noch die Kredite für die Goldförderung. Auch kein kleiner Happen. Noch dazu in harter Valuta.

»Mehr als hundertfünfzig Millionen Dollar«, verkündete, die Stimme ein wenig senkend, Basarow.

»Eine Menge Geld«, bestätigte die Tublina, und von der Bewegung ihres massiven Körpers knarrte kläglich der Stuhl. »Aber Gelder aus dem Staatshaushalt unterliegen der Kontrolle der Zentrale. Um eigene Mittel zu akkumulieren, die man dann für notwendige Maßnahmen einsetzt, braucht man einen Fonds. Vorerst nennen wir ihn so: ›Fonds für die Entwicklung Tschukotkas‹. Offiziell dient er der Finanzierung sozialer Programme ... Wir sind berechtigt, sogar Steuern dorthin umzubuchen ...«

Noch ein weiterer Gesprächsteilnehmer war zugegen. Der aber saß nicht am Tisch, sondern in der Ecke, im Schatten. Solomon Pak, ehemaliger Chef des Anadyrer Seehafens, ein Kollege Basarows und Vater des Kneipeninhabers. Pak hatte es bereits geschafft, mithilfe seiner zahlreichen Verwandtschaft das gesamte Netz des Kantinen- und Gaststättenwesens im Bezirkszentrum an sich zu reißen. Keimzelle seines neuen Imperiums war das Restaurant ›Whän‹ gewesen, am Tage eine Art Mensa für die Studenten des Lehrerbildungsinstituts, der medizinischen Fachschule und des Kultur-Colleges. Erst in den Abendstunden verwandelte sich der kahle, ungemütliche Raum in ein Restaurant und galt bis vor kurzem als Schlemmerlokal und Lasterhöhle Nummer eins im Bezirkszentrum. Als der wirtschaftliche Verfall einsetzte und der Seehafen seine Arbeit so gut wie einstellte, verließ Pak eilig seinen Chefposten und kandidierte für das Amt des Bürgermeisters von Anadyr. Dank Basarows Unterstützung erwiesen sich die Wahlen als reine Formalität. In Paks Händen befand sich jetzt die Dienststelle für die Genehmigung privater Unternehmertätigkeit, darunter auch für die Eröffnung neuer Verkaufsstellen, Cafés und Imbissstuben. Binnen kürzester Frist eröffneten im Bezirkszentrum dutzende kleiner Läden, beinahe in jedem Hauseingang. Die großen Geschäfte indessen gelangten unter die Kontrolle der Familie Pak.

»Vielleicht hätten wir doch Dudykin dazuladen sollen?«, meldete sich Pak aus der dunklen Ecke zu Wort.

»Der ist gehörig durcheinander«, vermeldete Basarow. »Als er erfuhr, dass die Moskauer das Dserschinskij-Denkmal vom Sockel gezerrt haben, bekam er einen Herzanfall und musste ins Krankenhaus eingeliefert werden. Jetzt hat er eine neue Idee – er will einem weismachen, Melenski führe Geheimverhandlungen über den Verkauf Tschukotkas an Amerika.«

»Nun ja, Melenski ist ein Glückspilz«, bemerkte Pak mit neidischem Unterton. »Ein anderer an seiner Stelle würde sich vergolden: so viel Mangelware für umsonst aus Amerika zu erhalten! Und er verteilt das kostenlos!«

»Genau genommen«, wandte Basarow sacht ein, »ist das sogar positiv. Er vermindert die soziale Spannung in den Dörfern. Das erhöht unsere Chancen.«

»Aber diese ganze humanitäre Hilfe ist doch wie heiße Umschläge für einen Toten!«, ereiferte sich die Tublina. »Die Leute in den Dörfern sterben wie die Fliegen bei Frost, das ist kein Geheimnis. Und wenn du den Tschuktschen noch so viel humanitäre Hilfe zukommen lässt, sie versaufen alles, tauschen es gegen Wodka und Selbstgebrannten. Wenn die Amerikaner helfen wollen, sollen sie lieber in den ›Fonds für die Entwicklung Tschukotkas‹ Valuta einzahlen.«

Basarow seufzte. »Es ist das angeborene Elend dieser Einheimischen. Die Wissenschaft hat bislang kein Mittel gegen den Alkoholismus finden können.«

»Bei uns in Anadyr gibt es aber auch Tschuktschen, die nicht trinken«, sagte einer der Milizobersten. »Demnach lässt sich diese Krankheit besiegen.«

Basarow runzelte die Stirn. Tschuktschen und Eskimos, die das Trinken aufgegeben hatten, bereiteten der Bezirksadministration unverhofft neuen Kopfschmerz. Sie verlangten nämlich Geld für die Behandlung ihrer Stammesgenossen – für die Kodierung, für das Einsetzen von »Torpedos« und für sonstige Entzugsmethoden ... Der Gesundheitsetat des Bezirks war ohnehin fast ausgetrocknet. Es reichte nicht einmal für die einfachsten Arzneimittel. Hingegen prosperierte die kommerzielle Apotheke am Ort. Dort war praktisch jedes Medikament erhältlich. Die Apotheke gehörte Alewtina Gorkina, der ehemaligen Chefpharmazeutin im Bezirkskrankenhaus und Ehefrau eines der hier anwesenden Milizobersten. Basarow beabsichtigte, Oberst Gorkin an die Spitze des neu einzurichtenden Fonds zu stellen. Das Krankenhaus selbst befand sich in beklagenswertem Zustand. Als man dem amerikanischen Professor, dem Ethnografen, der dorthin geriet, statt Toilettenpapier ein säuberlich zerschnittenes Exemplar der tschuktschischsprachigen Lokalzeitung *Murgin nutänut* anbot, war er höchst erstaunt und glaubte zunächst an einen Scherz.

»Bald wird es im Bezirk Gouverneurswahlen geben«, verkündete Basarow. »Zwar ist bis dahin noch viel Zeit, aber man sollte auch nichts schleifen lassen. Es gilt, die Hauptsache zu begreifen – demokratische Wahlen haben nichts mit sowjetischen Wahlen gemein. Heutzutage will der Wähler umworben sein. Daher sind alle Anstrengungen zu machen, man muss

Lebensmittel nach Tschukotka holen, koste es, was es wolle, und dabei hilft uns der Fonds.«

So wurde auch gleich noch eine neue Aktiengesellschaft für Handel und Versorgung des Tschuktschischen Autonomen Bezirks gegründet. Als Hauptaktionär fungierte der Staat, repräsentiert von der Tublina. Selbstsicher umriss sie das Projekt und sagte abschließend: »Um einem empörenden Voluntarismus vorzubeugen, wie ihn Melenski im Tschuktschischen Kreis an den Tag gelegt hat, indem er die Hilfsgüter an uns vorbei verteilt hat, vorbei am Staat, gehen wir in die Bezirksduma mit dem Antrag, diese Art bourgeoiser Wohltätigkeit zu verbieten. Überhaupt wäre es ideal, die humanitäre Hilfe in Valuta zu erhalten, wir selbst könnten dann die nötigen Lebensmittel kaufen.«

Die Anwesenden nahmen keine formale Abstimmung vor, gaben aber durch stummes Nicken und Lächeln ihrer Billigung Ausdruck.

Eine Reise durch Tschukotka zur Winterszeit hält unterwegs große Hindernisse bereit. Schneestürme können einen wochenlang, ja für einen ganzen Monat in irgendeinem Kreiszentrum festsetzen.

Basarow saß entspannt am Fenster der Maschine und blickte auf die eintönige Fläche der verschneiten Tundra hinunter. Aus einer Höhe von mehreren tausend Metern deutete nichts darauf hin, dass es hier irgendwelche Lebewesen gab, geschweige denn Menschen. In der weißen Einöde schimmerten dann und wann die blauen Schalen gefrorener Seen, von deren Oberfläche der Wind den Schnee gefegt hatte, schwarze Felsen sowie spärliches Buschwerk entlang den Ufern für lange Monate erstarrter Flüsse. Dennoch, auf seine Weise liebte Basarow dieses Land. Die seltsame Anziehungskraft der Polarwüste spürte er sogar, wenn er weit weg in den Urlaub flog, an warme Meere, in dichte Wälder und grüne Felder. Die malerische Landschaft der Ferienorte, die Anhäufung von Steinhäusern in den Großstädten, die gemütlichen Datschensiedlungen rings um Moskau begeisterten nur für kurze Zeit, sie ergötzten Auge und Seele, dann aber träumte einem wieder die Tundra, gegen Morgen glaubte man das Heulen des Frühlingsschneesturms zu hören und die Brandung an der Küste des Eismeers.

So gelang es denn Basarow kein einziges Mal, den ihm zustehenden Urlaub bis zu Ende zu genießen, stets kehrte er vorfristig zurück und fuhr dann entweder zum Fischfang oder streifte in der Umgebung des Heiligen-Dionysios-Bergs umher, sammelte Pilze und Torfbeeren.

Sogar die winterliche Tundralandschaft, die sich unter dem Flugzeug ausbreitete, war ihm lieb und nah. Wenn sich Basarow laut über seine Liebe zum Tschuktschenland ausließ, war er einigermaßen aufrichtig, er zählte sich auch nicht zu jenen »Bezwingern des Nordens«, die diesen Norden weniger bezwangen und erschlossen, als dass sie vielmehr den eigenen Wohlstand organisierten, Geld anhäuften für Haus und Auto. Als es nämlich zu Ende ging mit den Privilegien des Nordens und mit dem großen Geld, zogen diese Zugereisten wie ein Vogelschwarm im Herbst gen Süden, und von ihrer lauthals erklärten Liebe zum Norden blieb keine Spur mehr übrig. Basarow hatte zwar in zwei auf Tschukotka verbrachten Jahrzehnten nicht einmal richtig auf Tschuktschisch grüßen gelernt, aber das hinderte ihn nicht, im Umgang mit greisen Rentierzüchtern und Walfängern einen familiär-leutseligen Ton anzuschlagen. Er hielt sich für einen Sachverständigen der Kunst von Tschuktschen und Eskimos, er unterstützte trotz gekürzter Haushaltmittel das Ensemble »Ergyron«, welches allerdings die authentische Kunst der Nordvölker so verunstaltete, dass von den uralten Tänzen und Liedern vom Beringmeer nur noch kaum erkennbare Andeutungen blieben.

Trotz des Winteranfangs herrschte klares Wetter, und die

Maschine unternahm vom Meer aus den Landeanflug, sauste über den zugefrorenen Süßwassersee Estichet hinweg und setzte auf die Landebahn auf, die noch während des Zweiten Weltkriegs mithilfe der Amerikaner gebaut worden war. Jetzt hatte man im Flughafen von Guwrel eine neue Zoll- und Grenzabfertigung eingerichtet.

Zur Winterszeit sah die Guwreler Bucht noch prächtiger aus als im Sommer. Schnee bedeckte die nicht beseitigten Müllhaufen, die Gerümpelplätze, Schrotthalden, und der Fjord, umgeben von steilen Bergkuppen, machte einen bezaubernden Eindruck.

Der kurze Wintertag ging zu Ende, aber etwas beunruhigte Basarow, etwas fehlte im gewohnten Erscheinungsbild der Hafensiedlung, die noch unlängst als die besteingerichtete auf der Tschuktschen-Halbinsel gegolten hatte.

Basarow saß neben dem Fahrer des Geländefahrzeugs und starrte auf die Konturen der Häuser, die stufenförmig die Steilküste hinanstiegen. Zwischen den Häusern blitzten seltsame Feuerchen, die Lichtreflexe spiegelten sich in blinden Fenstern. Und plötzlich, als es bis zum Ufer nur noch etwa hundert Meter weit war, flammte in dutzenden von Fenstern das elektrische Licht auf und überflutete die verschneite Deschnjow-Uferstraße.

»Ihrer Ankunft zu Ehren!«, meinte achtungsvoll der Kraftfahrer. »Schon einen Monat lang wird uns der Strom nur für zwei Stunden am Tag angeschaltet, und auch das nicht immer. Die Leute müssen das Essen auf offenem Feuer kochen, wie in alten Zeiten. Viele haben sogar Fettlampen angeschafft, die kaufen sie bei den Eskimos in Nowoje Tschaplino.«

Bamburin, das Haupt der örtlichen Administration, war ungewöhnlich nüchtern und geschäftig. Dienstfertig trug er Basarows Reiseköfferchen in das für besonders wichtige Gäste bereitgehaltene Appartement. Dort war bereits der Tisch gedeckt.

Beim Abendessen klagte das Haupt der Kreisadministration über den Mangel an Dieselkraftstoff, Kohle und Lebensmitteln. »Wir wissen nicht, wie wir über den Winter kommen sollen. Dank sei Melenski dafür, dass er unseren Kreis an der amerikanischen humanitären Hilfe beteiligt hat. Mehl, Zucker und Kondensmilch wurden in die Dörfer ausgefahren. Etwas Graupenvorräte von früher sind auch noch da. Wir werden nicht verhungern, aber wir könnten erfrieren.«

»Gibt es denn keinen Ausweg?«, fragte Basarow.

»Einzig das Militär kann helfen«, erwiderte Bamburin.

»Sieh an!«, rief Basarow aus und wandte sich an alle Anwesenden. »Und da gibt es einige, die verlangen den Abzug der Soldaten von Tschukotka! Na, toll, sage ich! Man muss mit dem Militär arbeiten. Ich rede mit denen ... Aber ich möchte auch daran erinnern, dass die Präsenz von Truppenteilen der russischen Armee an der Grenze zu den Vereinigten Staaten von Amerika eine politische Notwendigkeit ist.«

»Das stimmt.« Bamburin nickte. Er hatte große Lust zu trinken, beherrschte sich aber, nahm nur einen kleinen Schluck und stellte das Glas wieder hin, so wie es der hohe Gast tat. Bamburin verstand sehr wohl, dass das Militär die sicherste, zuverlässigste Wählerschaft darstellte. Auf wen der Kommandeur wies, für den würden die Soldaten stimmen. »Ich wollte noch wegen der humanitären Hilfe nachfragen ... Sie war sehr großzügig. Es gab hier so manches Gerede ...«

»Was für Gerede?«

»Von einem Verkauf Tschukotkas ... Dass eben nicht nur Melenski Gespräche geführt habe, sondern auch jemand von ganz oben. Es soll sich um zwei Varianten handeln: nach Variante eins wird Tschukotka als Ganzes verkauft, nach Variante zwei ohne die Russen, nur mit den Urbewohnern ... Sodass viele Russen, vor allem solche, die schon lange hier leben, unzufrieden sind.«

»Womit unzufrieden?«, fragte Basarow.

»Na ja, eben ...« Bamburin stockte. »Sie würden wohl auch gern verkauft werden ...«

»An wen?«

»An die Amerikaner ... Na ja, gut, das sind einfache Leute, aber unter denen, die sich das wünschen, sind auch ehemalige Parteimitglieder. Zeiten sind angebrochen, die versteht man nicht.« Bamburin seufzte.

Basarow kannte Bamburin lange, und er durchschaute ihn: Auch er würde sich gern, wie er es delikat ausgedrückt hatte, »verkaufen lassen«.

»Das alles ist Unsinn!«, widersprach Basarow entschieden. »Dummes, leeres Geschwätz! Wer braucht schon das bettelarme Tschukotka?«

»Und die wertvollen Bodenschätze?«

»Über die wird mehr geredet, als dass es sie in Wirklichkeit gibt.«

»Außer Gold hat man wohl noch Erdöl gefunden.«

»Die haben in Alaska genug eigenes Erdöl«, meinte Basarow.

Am Morgen, vor dem Abflug, unternahm Basarow einen Rundgang zur Schule, zur technischen Berufsschule, zum Heim für behinderte Kinder. Die ungepflegten, rotznasigen, grau gekleideten Kleinen bedrückten Basarow. In ihren Blicken nahm er ein Flehen wahr und den Ausdruck unausgesprochenen, unbewussten Leidens. Die Heimdirektorin, üppig, grellblond und mit blinkenden Goldzähnen, beklagte sich über die Knappheit der Unterhaltsgelder, über die monatelangen Gehaltsrückstände bei Erziehern und Lehrern.

»Sogar ich habe sechs Monate lang kein Gehalt bekommen«, jammerte sie.

Warum aber wirkte sie, wie alle Kader im Lande, so gesund und wohlgenährt? »Man sieht es Ihnen gar nicht an«, konnte sich Basarow nicht enthalten zu bemerken.

In Kytryn fegte ein böiger Schneesturm über die Landebahn. Die Abholenden hatten sich in warme Schals gehüllt, außer Melenski, der saisongerecht eine schöne Fellkuchljanka und eine dichte Stoffkamlejka trug.

Frantow tänzelte im Frost in seinen modischen Schuhen, die zwar mit Fell gefüttert waren, aber doch von dem eisigen, wie mit Messern schneidenden Wind leicht durchdrungen wurden.

Auf einmal durchfuhr es Basarow: Warum eigentlich bestand im Kreiszentrum die gesamte Obrigkeit nur noch aus Zugereisten, warum gab es hier kein Gesicht, das sich von den weißen abhob und die örtliche Bevölkerung repräsentierte?

Unter der Sowjetmacht hatte man sich immerhin noch irgendwie bemüht, Eskimos und Tschuktschen in die Verwaltung hereinzuholen. Mit gemischtem Erfolg: Manch einer war rasch dem Alkohol verfallen, diejenigen aber, die sich behaupteten, hatten sich in so eingefleischte Bürokraten verwandelt, dass sie jegliche Achtung seitens ihrer Stammesgenossen eingebüßt hatten. Im täglichen Leben suchten diese Aufgestiegenen die Russen nachzuahmen, machten Schluss mit der nationalen Kleidung, der Sprache, dem Essen. Mit ihrer Unnatürlichkeit, ihrer Nichtsnutzigkeit und Hohlheit machten sie einen seltsamen Eindruck.

Sie aßen in dem Taligur gehörenden Café zu Abend. Das Gespräch bewegte sich hauptsächlich um die humanitäre Hilfe sowie um die Gerüchte über einen Verkauf Tschukotkas. Melenski, der unverhofft zum Verteiler der Güter der amerikanischen humanitären Hilfe geworden war, stand nun unbestritten im Mittelpunkt. Sogar Frantow umschmeichelte ihn jetzt.

»Zu mir kommen die Leute mit Gesuchen«, erzählte Melenski lachend. »Sie sagen es rundheraus: Wir wollen Staatsangehörige der Vereinigten Staaten von Amerika werden.«

»Ein Mangel an Patriotismus«, präzisierte Taligur.

»Aber es gibt auch etliche, die nicht Amerikaner werden wollen«, bemerkte Melenski. »Sie bitten um Hilfe beim Umzug, solange dazu noch die Möglichkeit besteht. Sie wollen wissen, ob Tschukotkas neue Herren es erlauben, den Norden zu verlassen, oder ob man sie zwingen wird, die amerikanische Staatsbürgerschaft anzunehmen.«

»Und wie verhält sich die einheimische Bevölkerung?«, fragte Basarow.

»Denen ist das im Großen und Ganzen alles schnuppe.« Melenski schmunzelte. »Die Leute denken so: Uns wird keiner von hier irgendwohin aussiedeln. Und welche Machthaber wir über uns haben, ist doch egal. Da hat es die Sowjetmacht gegeben, die hat sich wenigstens um uns gekümmert. Die neuen Demokraten dann haben alles zunichte gemacht, haben sogar die Kindergärten und die Kantinen in den Siedlungen geschlossen. Jetzt musst du für alles zahlen. Der Arzt kostet Geld, das Lernen kostet Geld, und die Preise sind so gestiegen, dass die meisten Bewohner in den Dörfern nicht mal mehr ein Telefon haben wollen.«

»Lieber kaufen sie für das Geld eine Flasche«, warf Taligur ein.

»Ja«, bestätigte Melenski. »Lieber kaufen sie eine Flasche. Die heutigen Machthaber sind bei der örtlichen Bevölkerung nicht beliebt. Die Menschen haben endlich gesehen, wie ihre arktischen Landsleute drüben leben, und begriffen, dass alle Redereien von der ärmlichen Lage der Eskimos jenseits der Beringstraße nur Propagandamärchen sind. Sie wollen vor allem ein normales menschliches Leben führen. Wie aber die Machthaber heißen – Sowjetmacht, Demokratie, Amerikaner –, das ist ihnen im Grunde ganz gleich. Umso mehr als es, seit der neuen Verfassung, den Einheimischen fast unmöglich ist, in die höheren Etagen der Macht zu gelangen. Womit sollten sie ihren Wahlkampf bezahlen? Und im Bezirk sind sie deutlich in der

Minderheit. Lediglich auf der dörflichen Verwaltungsebene haben sie eine Chance.«

»Du malst ein finsteres Bild, Michail«, bemerkte Frantow.

»Ich male kein Bild, sondern ich sage, wie es ist«, gab Melenski scharf zurück. »Falls es Einwände gibt, sprich bitte zur Sache.«

»Melenski hat Recht«, brachte Basarow das Gespräch zum Abschluss.

Bereits zuvor war verabredet worden, dass eine Fahrt zu den heißen Quellen stattfinden sollte. Früher einmal waren die heißen Quellen von Ljurän eine wahre Oase in der Tundra gewesen, nicht nur wegen des Thermalbades, sondern auch wegen des Gewächshauses und der Vogelfarm. In einem kleinen, vergleichsweise komfortablen Hotel konnte man übernachten. Gerne fuhr man aus dem Kreiszentrum mit angesehenen Gästen hierher, mit Touristen und Exkursionsteilnehmern. Einmal war ein japanisches Fernsehteam gekommen, die steckten ihre Geräte in das heiße Wasser, um die Radioaktivität zu messen. Wie Augenzeugen später berichteten, rannten die Japaner danach so erschrocken davon, dass ihnen die Geländefahrzeuge kaum folgen konnten.

Nachdem Basarow gebadet, sich mit frisch gefallenem Schnee abgerieben und ausgiebig Tee getrunken hatte, rief er Melenski, um mit ihm durch die Tundra zu streifen. Anfangs gingen sie schweigend. Der Mond schien, und das Sternenfeld wirkte besonders hell leuchtend. Der Schnee war noch weich, noch nicht vom Frost getrocknet, und machte die Schritte lautlos.

»Tja, Melenski, eine ganz neue Zeit ist angebrochen«, begann Basarow das Gespräch. »Gestern noch befanden wir uns in voller Abhängigkeit von der Partei, der Sowjetmacht und der Gebietsverwaltung. Jetzt haben wir die Freiheit. Für Menschen mit Initiative ist das eine sehr günstige, vorteilhafte Zeit. Heute liegen die Dinge so: Wer heute nicht Däumchen dreht und die Chance nutzt, der wird die Politik vor Ort bestimmen. Überlege selbst, hättest du dir gestern noch überhaupt vorstellen können, allein über solche Reichtümer zu bestimmen?«

»Die Hilfsgüter werden von den Amerikanern selbst verteilt«, wandte Melenski ein. »Um genau zu sein, macht dies Susan Canishero.«

»Ach, übrigens, ihr Familienname hört sich weder eskimoisch noch amerikanisch an ...«

»Ihr Mann ist Japaner hawaiischer Herkunft.«

»Weißt du, Michail, es gibt viel ungutes Gerede über deine Beziehungen zu den Amerikanern. Dudykin hat überhaupt schwer wiegende Beanstandungen.«

»Die soll er mal für sich behalten«, versetzte Melenski schmunzelnd.

»Aber er kann dir schaden.«

»Ich habe nichts zu fürchten. Alles passiert in Übereinstimmung mit den geltenden Gesetzen.«

Basarow wusste nicht, wie er zur Hauptsache kommen sollte. Früher hatte er geglaubt, Melenski bis ins Innerste zu kennen. Aber an ihn heranzukommen, war schwierig. Übrigens gab es das öfters auch mit den äußerlich so treuherzig wirkenden Tschuktschen und Eskimos. Tief drinnen blieben sie unzugänglich, und der Teufel mochte wissen, was in ihrer Seele vorging. Wie oft war das vorgekommen: Alles schien klar, abgemacht, dann aber – solch ein Eigensinn! Als hätte dieser Nachfahre polnischer Schlachtschitzen diese Eigenschaft von den Tschuktschen und Eskimos angenommen. Dudykin hatte irgendwo ausgegraben, dass ein »Melenski« unter jenen polnischen Aufständischen vom Ende des neunzehnten Jahrhunderts war, die von der zaristischen Regierung in die Kolyma-Region verbannt wurden.

»Ich suche Leute, die bei den bevorstehenden Wahlen auf meiner Seite stehen«, unternahm Basarow, sich räuspernd, einen Vorstoß. »Meinerseits werde ich natürlich mit allen Mitteln diejenigen, die sich mir gegenüber loyal verhalten, dabei unterstützen, auf ihren Posten zu bleiben.«

»Gibt es denn solche, die nicht loyal sind?« In Melenskis Frage schwang leiser Spott.

»Es gibt alle möglichen Leute«, erwiderte Basarow und seufzte. »Besonders unter den alten Parteikadern. Kurz, unter Päljats Leuten. Die klammern sich immer noch an das Alte, obwohl längst allen klar ist – dies ist die Zeit grundlegender Reformen, eine Rückkehr zu Früherem gibt es nicht.«

»Vielleicht stimmt das ja auch so.« Melenski sprach langsam. »Aber das ist irgendwo da oben. Wir beide jedoch, Sie und ich, stehen auf tschuktschischem Boden ...«

»Übrigens ist das irgendwie unangenehm. Ich sage zu dir ›du‹, und du wendest dich an mich per ›Sie‹.«

»Ich bin es so gewohnt«, entgegnete Melenski und fuhr fort: »Meiner Ansicht nach sind diese Machtspiele jetzt nicht wichtig. Es geht darum, die Menschen zu retten. Gestern hat sich in Ljurän Kotgyrgyn erhängt. Ein junger Mann nach heutigen Maßstäben, noch keine vierzig Jahre alt. Kotgyrgyn hat länger als ein Jahr keinen Lohn bekommen, seine kranke Frau liegt fast die ganze Zeit im Krankenhaus des Kreiszentrums. Nachdem in Ljurän wegen Geldmangel der Kindergarten geschlossen worden war, musste Kotgyrgyn die kleinen Kinder zu sich nehmen. Kinder wollen essen, sie weinen ... Da hat Kotgyrgyn denn aufgegeben ... So geht es den meisten Menschen in den Dörfern hier. Es ist traurig, dass die humanitäre Hilfe aus dem Land kommt, das wir am lautesten beschimpft und sogar als Verursacher aller unserer Übel hingestellt haben. Aber diese humanitäre Hilfe kann nicht ewig währen. Es ist auch beschämend, so ausgehalten zu werden. Viele Leute hier begreifen das. Ganz allmählich wächst unter der einheimischen Bevölkerung das Bewusstsein dafür, dass man auf sich selber bauen muss. Man darf nicht länger auf den Tangitan hoffen ...«

»Was schlägst du vor?«

»Zuallererst müsste man die nationale Wirtschaft wieder in Gang bringen. Was heißt das? Den Wal- und Robbenfang wieder beleben, um für Tschuktschen und Eskimos vollwertiges tierisches Eiweiß sicherzustellen. Das würde die Notlage der örtlichen Bevölkerung augenblicklich entschärfen. Das Eiweiß der Meerestiere ist eins der nahrhaftesten. Viele Tangitan verabscheuen ohne Grund das Fleisch von Robben und Walrossen. Sie meinen, wenn Tschuktschen und Eskimos das essen, ist das etwas Schlechtes. So eine Art kulinarischer Rassismus. Nun ja, Robbenfleisch riecht manchmal ein bisschen nach Fisch. Aber eben nach Fisch, nicht nach Scheiße. Übrigens, Walrosse fressen keinen Fisch, sie ernähren sich von Mollusken, und ihr Fleisch ist reicher an Nährstoffen als alle anderen tierischen Eiweiße. Darum auch sind die Küstenbewohner trotz jahrelanger Alkoholvergiftung noch nicht völlig degeneriert. Man könnte kleine Betriebe errichten, die Wurst, Würstchen und Fleischgerichte herstellen. Das Fett der Meerestiere ist auf dem Weltmarkt gefragt, ebenso besteht Nachfrage nach Robbenfellen, Walrosshäuten, von den Stoßzähnen ganz zu schweigen ...«

»Die Rettung der örtlichen Bevölkerung liegt demnach bei Walrossen und Walen?«

Melenski, der aus Basarows Einwurf Spott heraushörte, erwiderte geradezu aggressiv: »In vieler Hinsicht – ja! Sie sind doch in Alaska gewesen. Ist Ihnen nicht der krasse Unterschied in der physischen Erscheinung unserer und der dortigen Einheimischen ins Auge gefallen? Es liegt an der Ernährung. Kurz, dies sind die Prioritäten, die ich sehe. Erstens, größtmögliche Förderung der Wirtschaft vor Ort, um eine vollwertige Ernährung der örtlichen Bevölkerung zu sichern. Zweitens, eine strenge Begrenzung des Alkoholkonsums in den Siedlungen bis hin zum völligen Alkoholverbot, begleitet von Therapien gegen diese Krankheit. Dann die Förderung des Wohnungsbaus. Sind Sie mal in Intschoun gewesen? Nein? Dort stehen baufällige Blöcke, die älter sind als ein halbes Jahrhundert! Die stehen da, seit man zu Beginn der Fünfzigerjahre die Menschen aus den Jarangas ausgesiedelt hat. Eine Jaranga wurde jedes Jahr ausgebessert und geflickt, aber bei diesen Häusern passierte nichts. Wenn man schon im Norden Wohnbauten errichtet, dann nicht vierstöckige Betonklötze, die eine Menge Heizenergie fressen, sondern dem rauen Klima angepasste Behausungen. Umso mehr, als entsprechende Häuser in Alaska und in Kanada schon lange gebaut werden ...«

Basarow vermochte Melenskis leidenschaftlichen Monolog nicht zu unterbrechen. Er wusste selbst, dass alle diese Nöte Tschukotkas längst nach einer Lösung verlangten. In sowjetischer Zeit hätte es bloß einen Beschlusses der übergeordneten Organe gebraucht, dann wären die Mittel geflossen.

Laut sagte er: »Alles schön und gut, aber woher das Geld nehmen?«

»Der Staat schuldet der einheimischen Bevölkerung einiges, in erster Linie für die langjährige Ausbeutung der Bodenschätze. Im Tschauner Kreis gibt es keinen einzigen Fluss mehr, in dem noch Fische leben, die Goldförderer jedoch haben den Herren des Landes keine Kopeke gezahlt. Außerdem sollte man die Leute nicht behindern. Tschejwun aus Nunakmun beispielsweise hat in Pinakul eine Jagdhütte bauen wollen – zwei Jahre lang haben sie ihn wegen aller möglicher Papiere von einer Behörde zur anderen gejagt, und das in seinem Heimatland! In Ulak wurde die Fertigung von Fellbooten wieder aufgenommen, und prompt erschien eine Inspektion, die Nachweise über die Seetüchtigkeit dieser über Jahrhunderte erprobten Wasserfahrzeuge verlangte.«

Das, wovon Melenski sprach, war Basarow nicht neu. Dass sich Tschuktschen und Eskimos auf Grund der ewigen Probleme mit den Badehäusern und der Warmwasserversorgung monatelang nicht reinigten, dass sie tranken, darbten, sich erhängten, erschossen, all das gehörte schon zum Alltag. Aber Basarow konnte sich einfach nicht vorstellen, dass das Leben hier anders aussehen konnte, obwohl er seiner leitenden Stellung gemäß versuchte, es zu verbessern, meist erfolglos. Natürlich, man musste aktiv sein, und die Leute mussten sehen, dass man aktiv war. Wenn nicht alles gelang, wer konnte etwas dafür? Aber jetzt ging es ja um etwas anderes. Darum, wer hier regieren würde. Wer die Finanzströme kontrollieren, die Süße der Macht genießen, die Zeichen der Aufmerksamkeit, des Gehorsams, der Dankbarkeit empfangen würde für die Gnaden, die er, als oberster Chef von Tschukotka, austeilen würde. Auch im fernen Moskau würde man ihn respektieren und loben, wo er sich doch des schwierigsten Kreises von Russland annahm, dieser entlegensten, romantischen, von heroischer Geschichte umwehten Peripherie. Dazu ein Volk von gestern noch Wilden, welches unter der väterlichen Fürsorge von Tschukotkas neuem Chef unter schwierigsten Bedingungen seinen Weg sucht ... Und dann vom Brückenkopf Tschukotka aus weiter, noch größere Herausforderungen warten ...

Michail Melenski bläst sich ganz unnötig auf. Die humanitäre Hilfe kommt nicht ewig. Die Kapitalisten sind ja nicht auf den Kopf gefallen und können sehr gut rechnen. Natürlich wäre es gut, hier im Kreis einen Verbündeten zu haben wie Melenski. Einen Mann mit untadeligem Ruf, der unter den Einheimischen wirkliche Autorität genoss, der ihre Sprache sprach, ihre Nöte kannte. Aber dieser Idealismus, diese Romantik – lauter Dinge aus vergangenen Zeiten. Das fand man fast nur noch unter den Kommunisten. Freilich wurden es Jahr um Jahr weniger, aber es gab sie noch. Sogar hier, auf Tschukotka, wohin durchaus nicht die besten Söhne der Partei geschickt worden waren.

Auf ihrem Rückweg ins Hotel schwiegen beide. Basarow

bereute schon seine Offenheit und dachte, dass er wohl eher sein Bündnis mit Frantow festigen musste, der in dem alten Verwaltungsapparat eine kräftige Stütze im Kreis besaß.

Am frühen Morgen, nach dem Teetrinken, fuhren Basarow und seine Begleiter in das Dorf Ljurän. Einstmals hatte Ljurän als Mustersiedlung gegolten, und natürlich hatte der Ort den Namen Lenins getragen. Hier hatten in der Tat die besten Walfänger des Kreises gewohnt, und die größte Rentierherde im Bezirk hatte hier geweidet. Der Staat leistete den Ljuränern großzügige Hilfe, umso mehr, als die heißen Quellen ein attraktives Förderobjekt waren. Hierher vor allem wurde die Technik geliefert, hier wurden die modernsten Tierfarmen gebaut. Hier siedelten sich die meisten vom Festland Zugereisten an – Mechaniker, Materialversorger, Bauarbeiter – und, das sei gesagt, sie verdienten nicht schlecht.

Trotz der frühen Stunde strichen zwischen den Häusern bereits Schatten umher, die es noch nicht geschafft hatten, auszunüchtern. Am Rande des Ortes, näher zum Steilhang am Meer, hatten zwei Jäger, beide in weißer Kamlejka, Hunde vor einen Schlitten gespannt. Melenski erkannte den einen davon, Sergej Enankëujas. Der stattliche junge Mann, der sich gegen seine von der jahrelangen Trinkerei blassen Stammesgenossen deutlich abhob, hatte jüngst eine wahre existenzielle Erschütterung durchgemacht: Er hatte seinem jüngeren Bruder die Frau entführt. Enankëujas war nicht nur ein anerkannter Walfänger, sondern auch der allernüchternste Mensch in Ljurän. Er trank überhaupt niemals und lehnte es auch kategorisch ab, selbst erlesene Weine irgendwo in Monte Carlo, in London, in Buenos Aires zu kosten, dort, wo die Sitzungen der Internationalen Walfangkommission stattfanden, deren Mitglied auch ein tschuktschischer Jäger war.

»Willkommen, was führt die Obrigkeit her?«, fragte Enankëujas.

»Wir machen uns mit der Lage vor Ort bekannt«, antwortete Frantow.

»Als ob Sie nicht wüssten, was hier los ist.« Enankëujas machte eine ausholende Geste, so als weise er auf die mit Brettern vernagelte Kantine, auf den geschlossenen Kindergarten, auf die einstige Schneiderwerkstatt. Und auf die kleine Ansammlung von Ortsbewohnern, die sich an der Leichenhalle des Dorfkrankenhauses eingefunden hatten, um Kotgyrgyn zu beerdigen. »Dahin haben wir es gebracht«, sagte er.

Die Menschen, die sich versammelt hatten, um ihren Dorfgenossen auf seinem letzten Weg zu begleiten, blickten mit unverhohlenem Hass auf die Gruppe gut gekleideter, satter Tangitan-Funktionäre.

8

Jeden Morgen, sofern es das Wetter erlaubte, und ganz gleich, wie schlecht es ihm nach den Zechgelagen des Vorabends auch ging, nahm Arkadi Pesterow das schon betagte, von seinem Großvater stammende Fernglas und stieg den Felsen Eppyn hinauf, von wo aus sich der Blick über die Weite der Beringstraße auftat. Ein wenig abseits der kleinen, mit Steinen umfriedeten Stelle, des symbolischen Grabs des letzten Ulaker Schamanen Mletkyn, hockte er sich auf einen der zur Seite gerollten großen Steine mit den Spuren der Krallen und Zähne von Hermelinen. Die Tiere selbst bekam Pesterow nur von fern zu Gesicht, Hermeline sind scheu. Überdies galt es als höchst ungebührlich, neben Gräbern zu jagen. Die moosbewachsenen großen Steine hatten äußerlich nichts mehr mit jenen mehr oder weniger glatten Steinen gemein, die, an langen Riemen hängend, die Dächer der Jarangas festgehalten hatten. Arkadi Pesterow gehörte bereits jener Generation an, die eine echte Jaranga nur aus der Tundra kannte.

Pesterow nannte sich jetzt »Beobachter«, so stand es in dem mit Melenski geschlossenen Vertrag. Obgleich im tiefen Winter keine Meeressäuger am Kap Deschnjow vorbeischwammen, hielt es Arkadi Pesterow für seine Pflicht, hier auf den Felsen Eppyn heraufzukommen und zu dem öden, über und über mit Eisträmmern bedeckten Horizont hin Ausschau zu halten.

Hier, hinter den Ruinen des alten Leuchtturms, ließ Pesterow in Gedanken noch einmal sein bisheriges Leben Revue passieren, er dachte an seine drei Ehefrauen, die ihn zu guter Letzt als einsamen Hagestolz in der geräumigen Dreizimmerwohnung zurückgelassen hatten, jedoch rief er sich nur die schönsten Augenblicke in Erinnerung. Gut war es ihm in der sorglosen Kindheit ergangen, als er zunächst in einer Jaranga gelebt hatte und später im Hause seines Großvaters, des berühmten Walrossbeinschnitzers Wukwutagin. Wie auch seine Altersgenossen war er am Ufer der Lagune entlanggetrabt, hatte Kormorane mit einer Riemenschleuder erlegt, mit einem Eplykytet Enten gefangen, mit einem roten Lappen als Köder Butte und Kaulköpfe geangelt. Beim Eintritt in die erste Klasse ging er schon in das neue, zweigeschossige Schulhaus.

Die Schulzeit flog rasch vorüber. Im Anschluss besuchte Arkadi das Anadyrer Lehrerbildungsinstitut, wurde jedoch von dort weg zum Militärdienst einberufen. Das erste Jahr diente er im Fernen Osten, danach kam die Anordnung heraus, dass Wehrpflichtige aus der örtlichen Bevölkerung ihren Militärdienst in der Heimat abzuleisten hätten. So geriet Arkadi wieder nach Ulak zur Grenzwache. Von dort schickte man ihn bald nach Keniskun, bald auf die Große Diomedes-Insel. Nach der Entlassung aus dem Wehrdienst wurde der junge Mann im Kreiskomitee des Komsomol angestellt, später delegierte man ihn an die Chabarowsker Parteischule. Nach zweijährigem Studium kehrte Arkadi nach Tschukotka zurück, und der Erste Sekretär des Bezirkskomitees der Partei, Wladimir Petrowitsch Parussow, machte ihn zu seinem Assistenten.

Diese Zeit in der obersten Parteiführung Tschukotkas hatte Arkadi Pesterow als einen einzigen Festtag in Erinnerung. Der Erste Sekretär war die Nummer eins im Bezirk gewesen. Ihm ordneten sich alle unter – die Miliz, die Staatsanwaltschaft, die Direktoren von Betrieben, Schulen, Lehrerbildungsinstituten, ferner Schiffskapitäne, Piloten und Kraftfahrer. Arkadi Pesterow begleitete ihn auf allen Fahrten durch den Bezirk, in das Gebietszentrum Magadan, und er reiste mit ihm sogar nach

Moskau, zu Plenarsitzungen der Parteiführung. Am meisten aber liebte Arkadi die Dienstfahrten durch sein Tschukotka. Vor dem Abflug setzte sich Arkadi dann ans Telefon, ließ sich mit den Parteisekretären vor Ort verbinden und besprach alle Details von den Hotelzimmern bis zum Menü der Festessen. Dabei bestellte er Delikatessen wie schwach gesalzene feine Lachsfleischstreifen aus dem Bauch, gedörrte Störrücken, gefrorene Maränen und Lachsforellen geschabt, frisches Rentierfleisch, kräftig gefrostete Ringelrobbenleber. Letztere Delikatesse war eigens für Pesterow bestimmt. Es gab keine köstlichere Zuspeise zu einem guten Kognak als blutige, süßlich schmeckende Ringelrobbenleber.

Natürlich waren solche Fahrten Dienstreisen, aber für das Dienstliche waren die Abteilungsleiter zuständig. Arkadi Pesterow hingegen oblag es, Wladimir Petrowitsch von den Alltagssorgen zu befreien und Bedingungen für eine fruchtbare ideologisch-politische Leitungstätigkeit zu schaffen.

Solche Fahrten waren im Grunde ein mehrtägiges Picknick. Im Sommer verbrachten sie die meiste Zeit in den Fischereistützpunkten, im Winter in gemütlichen, gut möblierten und mit Teppichen ausgelegten speziellen Gästeappartements.

Und natürlich gab es auch Frauen. In dieser Hinsicht war die zwanzig Kilometer von der Guwreler Bucht entfernt gelegene Eskimosiedlung Nowoje Tschaplino berühmt. Der dortige Schuldirektor, ein gewisser Laba, pflegte für sein Kollektiv eigens blutjunge allein stehende Lehrerinnen mit gefälligem Äußeren und ansprechender Figur auszuwählen. In Nowoje Tschaplino wurde unbedingt übernachtet. Man traf am Vormittag ein, machte sich mit den Angelegenheiten der Wirtschaft vertraut, stattete der Schule einen Besuch ab, klärte ab, wie es um den Unterricht in der Eskimo-Muttersprache bestellt war, warf einen Blick in die Bibliothek und in das Internat. Abends gab es im örtlichen Kulturhaus, einem altersschwachen Gebäude, durch das die kalten Winde aus der

Tassik-Bucht pfiffen, eine Vorführung künstlerischen Laienschaffens. Unterdessen bereiteten Laba und die von ihm auserkorenen Lehrerinnen den abendlichen Schmaus zu – Pelmeni und schwach gesalzenen Blaurückenlachs, der an den Küsten der Insel Matlju gefangen wurde. Laba hielt zu jeder Jahreszeit einen Vorrat an ganz guten Weinen bereit – georgische, bulgarische, ungarische. Auf den Tisch kamen nur erlesene Fruchtbrände und Markenwodka aus dem feinen Geschäft »Russische Weine« in der Moskauer Gorki-Straße. Das Gelage konnte bis in die Morgenstunden dauern. Die Pärchen zogen sich zwischendurch in die Lehrerinnenwohnungen zurück und erschienen danach wieder bei Tisch. Der einzige Einheimische in einer solchen Versammlung war Arkadi Pesterow.

Dieses süße Leben hielt so lange an, bis Parussow krank wurde und Tschukotka verließ. Arkadi Pesterow wurde darauf zum Direktor des Ateliers für Walrossbeinschnitzarbeit in Ulak ernannt. Es war dies jene Zeit, da die Obrigkeit dieser Kunst besonderes Augenmerk widmete. Das rührte daher, dass irgendjemand in Moskau auf die Idee gekommen war, dem amerikanischen Künstler Rockwell Kent, der in der Hauptstadt zu Gast weilte, einen von der Ulaker Künstlerin Janku bemalten Walrossstoßzahn zu schenken. Der gerührte Amerikaner schickte einen Dankesbrief, der irgendwie bis in die ferne Peripherie der Sowjetunion gelangte. Die Lokaljournalisten und danach auch die zentralen Zeitungen machten daraus eine große Geschichte. Janku wurde in den Künstlerverband aufgenommen, danach zum »Verdienten Künstler der Republik« ernannt.

Gleichzeitig wurden auch anderen Ulaker Walrossbeinschnitzern hohe Ehrentitel zuerkannt, und die Regierung beschloss den Bau einer neuen Werkstatt sowie eines Wohnhauses für die Walrossbeinschnitzer. Arkadi Pesterow ging mit Begeisterung an die neue Aufgabe. Er verfügte noch über nützliche Bekanntschaften und nutzte sie weidlich. Das unter Parussows Fittichen angenommene großspurige Auftreten hatte er nicht abgelegt. Er genierte sich nicht, angeheitert auf Sitzungen zu erscheinen, er krakeelte im Hotel, aber vorerst ließ man ihm das durch. Bei alledem war er hinreichend klug und verständig, auf seine Weise belesen, er kannte genauestens die einheimischen Menschen, hatte die Muttersprache Tschuktschisch nicht vergessen.

Seine Sternstunde war das Gastspiel jenes berühmten Musikers, des Violoncellisten, Lenin- und Staatspreisträgers, Professors am Moskauer Konservatorium (so hatte es auf den Plakaten gestanden) – Mstislaw Rostropowitsch. Das war ein Jahr vor der erzwungenen Emigration des Musikers gewesen, denn als Strafe für seine Freidenkerei und seine freundschaftlichen Beziehungen zu dem in Ungnade gefallenen Alexander Solschenizyn durfte Rostropowitsch nur in den entlegensten Regionen des Riesenlandes auftreten.

Das Konzert in Ulak dauerte beinahe vierundzwanzig Stunden, mit kurzen Pausen für Erholung und Essen. Wobei, wenn Rostropowitsch ausruhte, die einheimischen Tänzer und Sänger mit Schellentrommeln auf die Bühne des Kulturhauses gingen. Zu guter Letzt schenkte der berühmte Walrossbeinschnitzer Tukkaj dem Violoncellisten sein Porträt in Form der Märchengestalt eines Pilikän mit seinem Instrument.

Wie sich später herausstellte, wurde Mstislaw Rostropowitsch vom KGB beschattet. Die Ehren, die man in Ulak dem Abtrünnigen der sowjetischen Gesellschaft erwies, wurden als unpassend eingeschätzt. Arkadi Pesterow verlor sein Amt, dafür erhielt er eine Zeit lang von dem berühmten Musiker Grußkarten und Telegramme von allen Enden der Welt.

Kurz vor seinem Renteneintritt bekleidete Pesterow nun den Posten eines Ingenieurs für Meeresjagd und Fischfang im Sowchos, und in angetrunkenem Zustand erinnerte er sich gern an sein stürmisches Leben.

Pesterow konnte immerhin behaupten, er sei in gewissem Grade ein Opfer des früheren Systems, nun, nicht ganz ein Dissident, jedoch immerhin einer so bedeutenden und prominenten Persönlichkeit wie Mstislaw Rostropowitsch nahe stehend, die jetzt wieder ausgiebig auf den Seiten der zentralen Presse zu sehen war und über die Fernsehbildschirme flimmerte.

Pesterow versuchte mit dem Trinken aufzuhören, aber es gelang ihm nicht recht. Manchmal, in Zeiten des Geldmangels, dauerte die Nüchternheit über Wochen, ja auch über Monate an, sobald aber die Rente kam, ging er als Erstes eine Flasche kaufen, und wenn nicht in den Laden, dann zu Doktor Miljugin.

Trotz allem war das Leben interessanter geworden, jedenfalls persönlich für ihn, Arkadi Pesterow. Vielleicht lohnte es sich, es noch einmal zu versuchen? Das Aufhören …

Da auf der See nichts Besonderes zu sehen war, drehte sich Pesterow herum und richtete das Fernglas in die Tundra, auf das Südufer der zugefrorenen Lagune. Sein feines Ohr vernahm Motorengeräusch, und sofort wusste er, dies waren Motorschlitten der Marke »Buran«.

Sobald diese Fahrzeuge aufgetaucht waren, hatten einige Ulaker sie gekauft. Aber sie gingen schnell kaputt, blieben plötzlich stehen, zu ganz unpassender Zeit und an ganz unpassendem Ort. Wenn einen der Schneesturm erwischte und der Motor verreckte, reduzierten sich die Hoffnungen auf einen glücklichen Ausgang der Reise auf ein Minimum. Etwas anderes war da ein Hundegespann. Mit Hunden konnte man so einen Sturm in einer Schneehöhle abwarten und sich zwischen die Tiere kauern. Am problematischsten aber war der Kraftstoff. Nicht nur wurde er fast täglich teurer, meist war er gar nicht erhältlich, wie in diesem Winter. Auf Schneefahrzeugen konnten heutzutage nur wohl situierte »neue Tschuktschen« umherkutschieren wie Wladimir Tschejwun, gebürtiger Nunakmuner, der die gesamte Küste der Bucht von Pinakul auf Lebenszeit gepachtet hatte.

Pesterow eilte nach unten. Das erste Schneefahrzeug fuhr Wladimir Tschejwun, das zweite Gefährt steuerte sein Busenfreund Wassili Dodschijew, offiziell freiberuflicher Fotograf im Kreiszentrum, der sich aber außerdem in vielen Bereichen betätigte: als Schiedsrichter bei Sportwettkämpfen, als Beisitzer im Gericht, als obligatorisches Mitglied aller Wahlkommissionen.

Auf einem angehängten Polarschlitten saß Susan Canishero, die Oberverwalterin der amerikanischen humanitären Hilfe.

Da in Ulak das im alten Internat eingerichtete kleine Hotel seit langem geschlossen war, hatte man den Gast bei Tatjana Putschetegina einquartiert, die Tür an Tür mit Arkadi Pesterow wohnte. Gleich am ersten Abend hatte Pesterow, von Neugier getrieben, bei der Nachbarin geklopft.

Susan, in eng anliegenden Jeans, trank soeben Tee mit der Gastgeberin und ihrem Mann, dem Leiter der Polarstation. Pesterow erhielt einen Platz neben ihr, und sie wurden miteinander bekannt gemacht.

»Susan interessiert sich sehr für ihren Großvater, der vor der Sowjetmacht Händler in Keniskun gewesen ist«, teilte Tatjana mit. »Nur wissen wir ja so wenig über ihn.«

»Aber mein Großvater war mit ihm bekannt«, sagte Pesterow. »Er ist öfters bei ihm in Keniskun gewesen. Er hat ihm seine Erzeugnisse aus Walrossbein verkauft, außerdem Ringelrobbenfelle und Fellhausschuhe.«

»Und was hat Ihr Großvater erzählt?«, fragte Susan.

»Nun ja, heute darf man offen darüber sprechen ... Carpenter betrieb den Handel für die Gesellschaft von Olaf Svensson. Im Winter mietete er mehrere Schlitten, lud die Ware auf und ging entlang der Eismeerküste auf Handelsreise. Später übernahmen sowjetische Händler diese Gewohnheit und nannten das ›Transporthandel‹. Aber der Amerikaner hat nicht einfach verkauft, sondern er hat die Leute nach ihrem Bedarf ausgeforscht: welche Waffen sie brauchten, wie viele Patronen, Fangeisen, was für Stoffe, Nadeln, Garne, wie viel Zucker, Tee ... Kaffee haben die Tschuktschen nicht getrunken ... Alles das hat er in ein dickes, schwarzes Buch eingetragen und dann die Bestellungen an Olaf Svensson geschickt. Svensson brachte bereits im folgenden Sommer auf seinem Schoner die bestellte Ware, und die war stets von ausgezeichneter Qualität. Überdies gab Carpenter tüchtigen Jägern, verlässlichen Eigentümern, Rentierzüchtern bereitwillig Kredit. Mit einem Wort, die alten Leute hatten Carpenter in guter Erinnerung, auch Svensson ...«

»Und was können Sie über Mletkyns Freundschaft mit meinem Großvater sagen?«, fragte Susan.

»Viel weiß ich darüber nicht, obwohl ich auch um mehrere Ecken mit dem berühmten Schamanen verwandt bin. Aber ein näherer Verwandter von ihm ist Terkië ... Er ist zwar krank, seine Beine sind gelähmt, aber wenn Sie möchten, dann gehen wir hin und sprechen mit ihm, ja?«

»Sehr gern!«, erwiderte Susan lebhaft.

»Nur sollte man lieber nicht ohne eine Flasche zu ihm kommen«, sagte, die Stimme senkend und mit einem schrägen Blick zur Putschetegina, Pesterow.

Da der Laden geschlossen war, mussten sie zu Doktor Miljugin gehen. Noch vor kurzem, zu sowjetischen Zeiten, hatte Schwarzbrennerei als strafbares Vergehen gegolten. Jetzt nannte man so etwas privatunternehmerische Tätigkeit unter marktwirtschaftlichen Bedingungen. Selbstgebrannten stellten in Ulak auch das Haupt der Dorfadministration her sowie der Schuldirektor. Aber Doktor Miljugins Erzeugnis galt als das beste, der gesamte Apothekenvorrat an Aktivkohle ging für das Filtern des Feuerwassers drauf. Eine Halbliterflasche Wodka kostete so viel wie im Laden – sechzig Rubel. Doktor Miljugins kristallklares Getränk hieß beinahe offiziell »Doktorowka« und wurde weitaus höher bewertet als der Selbstgebrannte »Pädagog«, das Erzeugnis des Schuldirektors.

Als die Gäste kamen, bereitete Terkiës Frau, die beleibte und stets lächelnde Etgëukej, schon die Ringelrobbenleber mit der besonderen, im Herbst eingesäuerten Kräuterwürze Tschipät zu. Der Hausherr saß unterdessen in einem sauberen Hemd auf dem Bett und ließ die kraftlosen Beine herunterhängen, die in Fellstrümpfen steckten.

Bevor das Hauptanliegen zur Sprache kam, wurde getrunken und gespeist. Terkië gefiel es, dass die Besucherin nicht die Nase rümpfte wie manche Tangitan, wenn man sie auf echt Tschuktschisch bewirtete, und dass sie beim Trinken sogar mit den Männern mithielt.

»Solche Menschen gefallen mir«, rief Terkië begeistert aus.

»Auch Sie sind mir sympathisch«, erwiderte Susan.

Allerdings, irgendwelche besonderen Details über den Schamanen Mletkyn offenbarte Terkië nicht. Dafür spielte er zunächst auf der Ziehharmonika, dann sang er, und danach brüstete er sich als langjähriger Oppositioneller. »Die Bolschewiki haben mich vier Mal ins Gefängnis gesteckt! Sozusagen den größten Teil meines Lebens habe ich in Folterkammern und bei der Zwangsarbeit zugebracht. Das, was ich von der Sowjetmacht erdulden musste, würden sich Solschenizyn und die Dissidenten nicht mal träumen lassen. Ich kenne den Archipel Gulag in- und auswendig!«

Terkië scheute sich weder vor Arkadi Pesterow noch vor seiner Frau und seinen Töchtern so zu reden, die doch alle genau Bescheid wussten, weswegen dieser angebliche Freiheitskämpfer in Zuchthäusern und Lagern gesessen hatte. Im nüchternen Zustand war Terkië ruhig und vernünftig, sogar ein aktiver Leser der Dorfbibliothek. Aber wenn er getrunken hatte, konnte er buchstäblich sein menschliches Antlitz verlieren und tierisch werden. Das erste Mal saß er ein kurz nach der Hochzeit mit Etgëukej, und danach geriet er immer wieder außer

Rand und Band. Allein bei Zwangs-Entziehungskuren verbrachte er zusammengerechnet sieben Jahre. In den Lücken zwischen den Haftzeiten zeugte Terkiё sechs Töchter. Wenn er saß, schickte er seiner Frau weitschweifige Briefe voller Liebesbeteuerungen und Reuebekenntnisse. Wenn er nach Hause kam, führte er zunächst ein vorbildliches Leben, dann aber fing die Trinkerei erneut an, und mit ihr Schlägereien und Rowdytum. Das letzte Mal hatte Terkiё gesessen, weil es ihm auf irgendeine Weise gelungen war, die Grenzsoldaten zu berauben, im Kommandeurszimmer hatte er vor der Nase des Wachpostens den Safe aufgebrochen.

»Mich interessiert mehr der Schamane Mletkyn«, sagte Susan schließlich. »Er ist doch Ihr Verwandter gewesen, nicht wahr?«

»Meine Mutter, Naulik«, begann Terkiё zu erklären, »war eine leibliche Schwester von Tuar, der Frau von Mletkyns Sohn Giwёu. Unter der Sowjetmacht hat man über eine solche Verwandtschaft besser geschwiegen. Weder meine Mutter sprach darüber noch mein Vater Kulil. Mein Vater hat bei dem berühmten Ulaker Bäcker Pawlow das Brotbacken gelernt!«

»Dann war Ihr Vater also Bäcker!«, rief Susan aus.

»Nicht ganz«, berichtigte sich Terkiё. »Er hat sich mehr um den Ofen gekümmert und um die Wasserversorgung, aber mit dem Brotbacken wusste er gut Bescheid. Sie haben dort auch ein gutes Dünnbier gebraut. Große Tiere, die aus Kytryn herkamen, haben es gelobt.«

»Und Sie selbst wurden in einer Jaranga geboren?«

»Ja, wo sonst!«, antwortete Terkiё voller Stolz. »Ungefähr bis ich siebzehn war, habe ich dort gelebt.«

»Erzählen Sie mir, wie so eine Jaranga gebaut war«, bat die Amerikanerin.

Terkiё starrte Susan verwundert an und bemerkte: »Ich habe gehört, dass Sie vorhaben, eine Bäckerei zu bauen, aber doch nicht eine Jaranga.«

»Nein, nein«, erwiderte Susan verlegen. »Ich finde es einfach interessant. Ich wüsste gern, wie mein Großvater gelebt hat.«

»Nach dem, was erzählt wird«, sagte Terkië, »wohnte er in einer besonderen Jaranga. Diese befand sich in Keniskun, neben den Ruinen der alten Lagerhäuser. Sie war sehr groß und bestand sozusagen aus drei Teilen. In dem einen Teil gab es ein Zimmer mit einem Fenster und einem Ofen, dort wohnte Carpenter, daneben hing ein Fellpolog für die Frau und die Kinder, und ein geräumiger Tschottagin diente als Verkaufsraum mit Regalen für die Waren. Über der Feuerstelle hing stets ein großer Teekessel, für die Kundschaft. Ich selbst habe ihn ja nie gesehen, aber mein Vater ist als Junge öfters in Carpenters Laden gewesen, hat dort süßen Tee getrunken und Schiffszwieback, bestrichen mit Melles, gegessen.«

»Womit bestrichen?«, erkundigte sich Etgëukej neugierig.

»Mit Melles. Das ist ein amerikanisches Wort«, erklärte Terkië. »So wie ›soap‹ Seife ist und ›cow‹ eine Kuh ... Früher hat es in unserer Sprache viele amerikanische Wörter gegeben, und dann haben die Bolschewiki sie gegen russische ausgetauscht.«

»Melles, das ist bestimmt Melasse, Sirup«, mutmaßte Susan.

Terkië warf Pesterow einen viel sagenden Blick zu, und der füllte bereitwillig die Gläser neu.

»Ich hebe mein Glas auf die Freundschaft zwischen Tschukotka und Alaska«, sprach Terkië feierlich. »Es sei Ihnen gedankt. Sie sind im schwersten Augenblick zu Hilfe geeilt.«

»Und Ihre Jaranga, war die auch mit Walrosshaut gedeckt?« Susan ließ nicht locker.

»Wir sind nicht so reich wie die Gemalkoty, die eine Abdeckung aus Zeltplane hatten«, antwortete Terkië.

»Und hingen Steine daran?«

»Da hingen Steine dran.« Terkië nickte. Er war spürbar im Rausch, befand sich aber noch in einem Stadium, in dem er Lust zu singen bekam. Er zog den Blasebalg auseinander und lauschte auf den Klang des Instruments. »Was bei den Russen gut ist, das sind die Lieder«, sagte er träumerisch. »Hören Sie:

Dahin durch die trostlose Steppe,
Wo Gold in den Bergen man gräbt,
Sein Schicksal verfluchend, sich schleppte
Ein Mensch, von Verzweiflung durchbebt ...«

Terkië sang gedehnt, mit halb geschlossenen Augen. Als das Lied zu Ende war, begann er sogleich das nächste, über den Fuhrmann, der unterwegs erfroren war.

»Der Fuhrmann, das ist so etwas wie unser Kajur«, erklärte er herablassend dem Gast. »Nur hat er nicht Zughunde vorgespannt, sondern Pferde. Oje, wie war ich erschrocken, als ich zum ersten Mal im Leben solch ein Pferd zu Gesicht bekam!«

Susan jedoch interessierten ganz andere Dinge. Sie wollte wissen, wie die Jarangas niedergerissen wurden, wohin man die großen Steine gebracht hatte, die die Dächer aus Walrosshäuten gehalten hatten.

»Sie haben sicherlich beobachtet, wie die Jaranga des Schamanen Mletkyn abgetragen wurde?«

»Das habe ich mit eigenen Augen gesehen!«, erwiderte Terkië lebhaft. »Die Jaranga war ziemlich groß. Als der Bulldozer die Wände zusammenschob, kamen plötzlich in heimlichen Winkeln versteckte Geisterdarstellungen zum Vorschein, hölzerne und steinerne Idole, große Schellentrommeln, heilige Gefäße. Das hat man dann angezündet.«

»Und es ist alles verbrannt?«

»Jawohl!« Terkië seufzte bekümmert. »Die Geister tanzten im Feuer wie lebendig, sie schienen sogar zu heulen und in einer unbekannten Schamanensprache zu sprechen. Mletkyns jüngster Sohn, der Komsomolze Giwëu, der später seine Frau umgebracht hat, meine Tante Tuar, hat gelacht ...«

»Und diese großen Steine, die das Dach hielten, sind nicht zersprungen, nicht zerbröckelt?«

»Die sind stabil. Denen ist nichts passiert. Sie sind nur schwarz geworden. In Ulak hat es sie haufenweise gegeben, zuerst wusste man gar nicht, wohin damit. Sie haben sie zum Heiligen Stein gebracht. Und dann, als die neue Bäckerei gebaut wurde, legte man daraus das Fundament.«

»Und waren sie schwer, die Steine?«

»Man hat möglichst schwere drangehängt, ja. In Ulak gibt es manchmal solchen Südwind, dass es nicht nur Walrosshäute heruntergerissen hat, sondern auch die Blechplatten von der Schule.«

»Konnte denn ein Mensch allein einen solchen Stein anheben?«, fragte Susan weiter und verwunderte die Gesprächspartner mit ihrem seltsamen Interesse für die Details der hier an der Küste längst vergessenen alten Wohnstätten.

»Klar, das konnte er«, antwortete Terkië und sagte, an Pesterow gewandt: »Vergiss du nicht nachzuschenken!«

Arkadi Pesterow befürchtete, Terkië könnte bald völlig hinüber sein. Der Landsmann war im Rausch, wurde aber immer lebhafter. Er schwelgte in Erinnerungen an sein Leben in der Jaranga, kam immer wieder auf seinen Vater Kulil zu sprechen, den Gehilfen des Bäckers Pawlow, und erwähnte seine Schulfreunde Petka Pawlow und Wladik Leontjew.

»Prima Kerle waren das, Tangitan zwar, aber geschenkt! Beide haben sie auf Tschuktschisch gequasselt wie waschechte Luorawetlan, sind auf die Jagd gegangen, mit Zughunden herumkutschiert. Leontjew besaß sogar ein eigenes Gespann. Wladik ist später Wissenschaftler geworden, Schriftsteller ... Vor kurzem ist er an Kehlkopfkrebs gestorben. Er hat viel geraucht. Als er bei uns in Ulak war, hat er immerzu gehustet. Und Petka war Mechaniker auf Polarstationen, er hat sogar in der Antarktis überwintert, und dann ist er irgendwohin verschwunden ...«

»Noch einmal zu den Steinen.« Susan nahm wieder ihren Faden auf. »Hat man sie im Ganzen für das Fundament der Bäckerei genommen, oder wurden sie zerspalten, zerkleinert?«

»Wozu zerkleinern? Sie wurden als Ganzes unterlegt, nur noch mit Zement befestigt. Die Bäckerei hat eine Brigade von Armeniern gebaut. Leute aus den Bergen. Das Fundament hält bis in die Ewigkeit. Die Wände sind, wie sich gezeigt hat, vom Pilz befallen. Ein Jammer!«

»Also muss eine neue Bäckerei gebaut werden«, zog Susan den Schluss.

»Wer wäre dagegen! Neues ist immer besser als Altes!«, stimmte Terkië zu.

Pesterow hatte es jetzt eilig, mit Susan aufzubrechen: Ihr Gastgeber näherte sich jenem Zustand, in dem jederzeit ein unerklärlicher Zorn in ihm aufwallen und losbrechen konnte. Terkië schrie seinen Gästen noch etwas hinterher, Susan verstand so etwas wie »good bye«, aber Pesterow nahm sie bei der Hand und zerrte sie buchstäblich von dem Hause fort.

Als sie an der Bäckerei vorbeikamen, aus der es nach frisch gebackenem Brot duftete, verlangsamte Susan den Schritt und fragte ihren Begleiter: »Als die alten Jarangas zerlegt wurden, hat man da irgendetwas Ungewöhnliches gefunden?«

»Oh, vieles hat man gefunden!«, rief Pesterow aus. »Am meisten natürlich Geisterdarstellungen, Idole, dann alte amerikanische Grammofone mit großen Schalltrichtern, völlig unbrauchbare Waffen, Winchestergewehre, uralte Bogen, Pfeile, Speere, Kriegerrüstungen aus Walrossbeinplatten und sogar Schätze!«

»Schätze?« Susan blieb wie angewurzelt stehen.

»Einer davon war ziemlich groß.«

»Gold?«

»Ach, was – Gold!« Arkadi machte eine wegwerfende Handbewegung. »Nein, Geld. Eine ganze Kiste mit sowjetischem Geld! Ungültiges, das nicht mehr im Umlauf war. Die Kinder haben es sich genommen und damit gespielt.«

Susan fragte, ihre Erregung dämpfend: »Und ernsthaftere Funde gab es nicht?«

»Wohl nichts Bemerkenswerteres.«

»Gold, Diamanten ...«

»Woher sollten Tschuktschen Gold haben?« Pesterow schmunzelte. »Oder gar Diamanten? Diamanten haben die Jakuten.«

»Von meinem Großvater weiß ich«, fuhr Susan vorsichtig fort, »dass vor der Revolution Goldsucher aus Alaska hierher gekommen sind, und der eine oder andere hat sogar etwas gefunden.«

»Vielleicht hat es so etwas gegeben«, meinte Pesterow.

Als Assistent des Ersten Sekretärs der KPdSU in Anadyr hatte er seinerzeit Zugang zu Informationen über die Bodenschätze im Bezirk gehabt, die aber als geheim gegolten hatten. Zwar hatte er nie ein Papier über die Geheimhaltung solcher Informationen unterschrieben, jedoch sagte ihm sein Gefühl, dass er nicht berechtigt war, einer Ausländerin selbst das spärliche Wissen mitzuteilen, über das er verfügte.

»Es gibt hier Gold«, fuhr Susan fort. »Ich kenne die tschuktschische Sage vom Goldenen Riesen. Ein Goldener Riese fiel auf die Beringstraße, dabei gerieten seine Beine nach Alaska, sein Körper aber und der Kopf auf die Tschuktschen-Halbinsel ...«

»Wissen Sie was?« Pesterow schmunzelte. »Solche Sagen sind, genauso wie die Tschuktschenwitze, Erfindungen der Tangitan. Ein Goldener Riese! Die Bolschewiki haben sogar eine Legende darüber erfunden, wie Lenin Tschukotka besucht hat!«

»Also gibt es kein Gold hier?« In Susans Stimme schwang leise Enttäuschung mit.

»Das habe ich nicht gesagt … Ich weiß einfach nichts darüber. Vielleicht gibt es Vorkommen, vielleicht auch nicht. Wenn ich ehrlich sein soll, bringt das Gold Tschukotka nur Schaden. Im westlichen Teil, wo sich die Goldminen befinden, sind die Flüsse derart verschmutzt, dass es darin kein Leben mehr gibt. Nicht einmal die Zugvögel lassen sich auf dem Wasser nieder. Die Tundra ist von Traktoren, Geländefahrzeugen, Bulldozern zerwühlt. Die Rentiermoosweiden sind vernichtet. Für unseren Kreis ist es ein großer Segen, dass hier keine industrielle Goldförderung stattfindet.«

Pesterow schwieg von jenen Goldsuchern, die nicht ohne Erfolg ihr Gewerbe in den Mündungen der Tundraflüsse, auf den Kieslagunen betrieben. Ihn beschäftigte vielmehr, wie er den Gast dazu bringen konnte, noch eine Flasche zu spendieren. Die Wirkung der bei Terkië getrunkenen verflüchtigte sich zunehmend, und in seinem Innern kam eine nervöse und trostlose Stimmung auf.

Tatjana Putschetegina lud den Nachbarn zum Teetrinken ein. Pesterow nahm ohne Begeisterung an: In jenem Hause wurde kein Tropfen getrunken. Man begnügte sich mit gewöhnlichem Tee, der freilich auf besondere Weise gebrüht und mit Tundrakräutern gewürzt war.

Am Tisch saß auch der Ehemann der Putschetegina, der Leiter der Polarstation, ein außerordentlich schweigsamer und eher missmutig wirkender Mensch.

Susan wühlte in ihrem Gepäck, nahm eine Flasche Whisky heraus und platzierte dieselbe feierlich neben der großen Schüssel voller Eierkuchen und dem Glas mit Torfbeerenkonfitüre auf dem Tisch.

»Eigentlich trinken wir keinen Alkohol«, brummte in tiefem Basston der Hausherr.

»Aber es verpflichtet doch niemanden dazu«, wandte Pesterow mit Eifer ein. »Soll die Flasche nur dastehen, gewissermaßen als Dekoration.«

Die Gastgeber widersprachen nicht sonderlich, und dem findigen Pesterow fiel ein, irgendwo gelesen zu haben, dass es sehr gesund sei, einem kräftigen süßen Tee Whisky beizufügen. Man probierte es, und wirklich, es schmeckte nicht schlecht.

Tanja Putschetegina erzählte vom Atelier für Walrossbeinschnitzarbeit, dass die meisten Künstler sich auf den Kommerz geworfen, das Kollektiv verlassen hätten und jetzt eigenständig arbeiteten.

»Zu meiner Zeit war so etwas nicht möglich«, erklärte Pesterow entschieden und schenkte eine gute Portion Whisky in seine leere Tasse, ohne zuvor Tee einzugießen. Er war angeregt, in ihm erwachte sogar das einstige Bedürfnis, den Frauen zu gefallen, umso mehr als Susan Canishero eine junge und sehr attraktive Frau war. Man spürte, dass in ihr das Blut der Nuwukaner Schönheiten pulsierte, welches sich mit dem großväterlichen, tangitanischen gemischt hatte. Gut wäre es, die Amerikanerin zu sich in die Junggesellenwohnung zu locken. Aber der Gedanke daran, in welchem Zustand sich die Zimmer befanden, besonders die Bettwäsche, die gänzlich fehlte, veranlasste Arkadi, sich zu gedulden.

Mit derlei Gedanken begab er sich vor dem Schlafengehen noch einmal hinaus, um frische Luft zu schnappen.

Ulak sank allmählich in Schlaf. Nacheinander erloschen die Lichter, und Stille, gedämpft durch dichten Schneefall, legte sich über die Siedlung.

Gedanken, die zu solcher Stunde kamen, brachten Ärger und Wehmut. Wie verpfuscht war doch sein Leben! Und alles wegen der Flasche, wegen der krankhaften Passion für das »Feuerwasser«. In lichten Momenten stelle sich Pesterow vor, was aus ihm hätte werden können. Mindestens Vorsitzender des Kreisexekutivkomitees, vielleicht sogar Chef der Exekutivbehörde des Bezirks. Und das hätte die Mitgliedschaft im Obersten Sowjet des Landes bedeutet, Reisen nach Moskau zu den Sitzungen. Jeder hätte zu ihm aufgeschaut. Einer wie

Frantow hätte sich eher die Lippen zerbissen als ihn einen Saufbold geschimpft, wie das letzten Sommer vorgekommen war.

Er hätte einen höheren Posten erklimmen können, so wie Tewljanto, Otke, Rultytegin, nach denen jetzt Straßen im Bezirkszentrum benannt waren. Zwar hatten auch sie an der krankhaften Neigung zum Alkohol gelitten, aber man nahm es irgendwie hin, sah es ihnen nach, kaschierte es geschickt. Oder aber Pesterow stellte sich vor, an Päljats Stelle zu sein. Der war ein ergebener Kommunist, Absolvent der Parteischule, aber das alles brauchte heutzutage kein Mensch. Was unter heutigen Gegebenheiten zu tun war, darüber stand in den Werken der Begründer des Marxismus-Leninismus nichts geschrieben, deren füllige Bände Päljat immer wieder gelesen und exzerpiert hatte. Unter heutigen Gegebenheiten, so zeigte sich, stand man am besten da, wenn man sich laut und deutlich von den kommunistischen Ideen lossagte, wenn man Planwirtschaft, Kollektivismus und demokratischen Zentralismus in Grund und Boden kritisierte.

So etwas, sagte sich Pesterow, hätte er nicht ausgehalten, und wäre er noch dazu Abstinenzler gewesen, hätte er deswegen ganz bestimmt zu trinken angefangen.

Also befand er sich in einer recht glücklichen Lage: Den Parteiausschluss konnte er heute zu seinen Gunsten auslegen, als moralisches Leiden unter dem totalitären Regime. Wie aber ein neues Leben beginnen? Würden die Kräfte dafür reichen? Vor allem – würde es sich lange halten, das neue Regime? Irgendwie fiel es schwer zu glauben, dass die allgewaltige, mächtige Partei zerplatzt war wie ein bunter Luftballon.

Bisweilen hatte Pesterow einen Traum – dieses Bild erstand vor ihm zumeist in morgendlichen Katerstunden, wenn der Kopf unerträglich schmerzte und er sich aus der schnöden Welt zu gern ins Nichts davongemacht hätte, wenn kein Geld da war, den Katzenjammer zu ertränken: Ein Summen wird hörbar, und am Horizont, über den flachen Hügeln hinter der Lagune, erscheint ein schwarzer Punkt, wächst zusehens. Ein Hubschrauber ist im Anflug. Keiner von den Grenzern, sondern einer von den zivilen, die zu Zeiten der Sowjetmacht im Kreiszentrum stationiert gewesen sind. Er landet auf dem eigens eingerichteten, durch grell angestrichene leere Fässer markierten Platz, und ihm entsteigen der Erste Sekretär des Bezirkskomitees der KPdSU Kobez, der Vorsitzende des Kreissowjets Jedinow sowie der allgegenwärtige Dudykin. Majestätisch und drohend trägt Dudykin die rote Samtfahne der kommunistischen Parteiorganisation des Tschuktschischen Kreises, die Gerüchten zufolge in den Wirren der letzten Zeit jemand gestohlen haben soll.

Kobez versammelt die Kommunisten im Kulturhaus und fragt Furcht einflößend: Wer ist freiwillig aus der Partei ausgetreten? Wer hat das Parteibuch zurückgegeben? Wer hat geschrien, dass mit der Macht der Kommunisten in Russland für immer Schluss sei? Wer hat die Politik der Kommunistischen Partei inhuman genannt? Wer hat zur Auflösung der Kolchose gerufen, zur Verteilung der Rentiere in Privatbesitz? Wer, schließlich, hat die Amerikaner gelobt und gesagt, dass die dortigen Eskimos besser leben als die Urbewohner des sowjetischen Tschukotka? Und wer hat die humanitäre Hilfe aus den Händen der politischen und ideologischen Feinde entgegengenommen, hat die Gerüchte über einen Verkauf von Tschukotka an die USA verbreitet?

Ja, sann Pesterow vor sich hin, bei einer solchen Wendung der Dinge würde mit manch einem hart ins Gericht gegangen werden. Zuallererst mit den einstigen Kadern von Partei und Staat, die sich heute Demokraten und Marktwirtschaftler nannten.

Doch auch in solcher Lage glaubte sich Pesterow in gewissem Vorteil. Die Partei hatte er nicht freiwillig verlassen: Man hatte ihn ausgeschlossen. Dass ihm ein Fehler passiert war mit dem Empfang von Mstislaw Rostropowitsch, bei wem kam das nicht vor! Woher hätte er wissen sollen, dass der Musiker mit Solschenizyn befreundet war? Immerhin handelte es sich um einen Staats- und Leninpreisträger! Eine vollständige Rückkehr zum Alten würde es ohnehin nicht geben. Zu weit waren die neuen Machthaber schon gegangen, und auch die Bolschewiki hatten genügend verzapft, was man ihnen ankreiden konnte. Das Bild, das sich da abzeichnete, war wenig lustig.

Von Pesterow begleitet, stieg Susan auf den Hügel, der Ulak überragte, um ein Panoramafoto der Siedlung zu machen. Von den Ruinen des alten Leuchtturms führte ein Kettchen von Tierspuren bis zum Rand des Steilhangs, wo im Schnee große Steine zu sehen waren, die ein gerades, leicht gestrecktes Viereck bildeten, eine Art Einfriedung.

»Hier wurde Mletkyn bestattet«, erklärte Pesterow. »Das war ein erstaunlicher Mensch. Als junger Mann lebte er einige Jahre in Amerika, er sprach gut Englisch und konnte Russisch lesen und schreiben. Das hatte ihm Wëip beigebracht, der Ethnograf Bogoras, den die zaristische Regierung zur Zwangsarbeit nach Tschukotka verbannt hatte. Mletkyn brachte aus Amerika ein Barometer mit, chirurgische Instrumente, Arzneien. Ich habe ihn nicht mehr gesehen, aber vieles über ihn gehört. Er soll Wunder vollbracht und Kranke geheilt haben ... Mletkyn selbst lebte von der Jagd, fuhr wie alle aufs Meer hinaus, fing Ringelrobben, war äußerlich ein einfacher Mensch. Die Bolschewiki jedoch fürchteten ihn. Anfangs wollten sie ihn auf ihre Seite ziehen, holten ihn sogar nach Moskau. Dort wurde er von Michail Kalinin empfangen, das wäre in Amerika sozusagen der Präsident. Mletkyn aber weigerte sich strikt, der Sowjetmacht zu dienen. Da hat ihn der Vorsitzende des Tschuktschischen Revolutionskomitees, Choroschawzew, niederträchtig von hinten erschossen. Der Schamane wurde an der Stelle hier beigesetzt, sein Körper mit den großen Steinen umstellt. Nach althergebrachter Sitte wird der Tote, bevor man ihn auf die Erde zur ewigen Ruhe legt, nackt ausgezogen und seine Kleidung in kleine Stücke zerschnitten. Damit er ja nicht wieder aufsteht und sich anzieht. Als aber nach ein paar Tagen Mletkyns Söhne Giwëu und Kmol zur Grabstätte kamen, war der Leichnam verschwunden. Auch die Kleidung war weg. Alles machte den Eindruck, als sei er aufgestanden, habe sich angekleidet und sei fortgegangen. Kundige Leute behaupteten, genau so sei es geschehen. Aber er war in den Himmel fortgegangen, er war aufgefahren in das Sternbild der Trauer, das neben dem Polarstern ist.«

Pesterow warf einen Blick zum Himmel und sagte: »Vielleicht schaut er jetzt von dort oben auf uns.«

Susan Canishero erstaunte und erschreckte sogar ein wenig die unerwartete Parallele zu Tod und Auferstehung Christi. Aber das war wohl eher eine zufällige Übereinstimmung.

Der tote, unheildrohende Anblick der endlosen Eiswüste, die sich vor ihr ausbreitete, beunruhigte sie. Diese trostlose Eintönigkeit erstreckte sich bis zum Scheitelpunkt des Planeten und darüber hinweg, bis hin zu den Küsten Grönlands und der kanadischen Arktis.

Bestimmt war auch Großvater Robert Carpenter auf diesen Hügel gestiegen und hatte aufs Meer hinausgeschaut in der Hoffnung, die lang ersehnten weißen Segel von Olaf Svenssons Schoner zu erblicken. Aber das war im Sommer gewesen. Im Winter hatte er sich wohl kaum hierher begeben.

Susan blickte sich noch einmal nach allen Seiten um, dann setzte sie sich auf einen der großen Steine, der die Spuren von Tierzähnen trug. »Was für Tiere kommen hierher?«, fragte sie.

»Hermeline«, antwortete Pesterow. »Äußerst scheue Geschöpfe. Sie haben ein wunderbares Fell, weiß wie Schnee. Nur das Schwanzende ist schwärzlich. Die russischen Zaren ließen ihre Pelzmäntel nur aus Hermelin fertigen. Bei uns nähte man das Fell auf den Rücken einer festlichen Kuchljanka. Die Tiere, die hierher zum Schamanenfriedhof kommen, sind so gut wie heilig, man darf sie nicht töten. Vielleicht leben in ihnen die Seelen Verstorbener, womöglich auch die von Choroschawzew, Mletkyns Mörder.«

»Wurde Choroschawzew auch umgebracht?«

»Nein, er starb eines natürlichen Todes. Aber bestattet wurde er auf dem Hügel der Herzensbesänftigung, wo gewöhnliche Leute liegen. Choroschawzew war der Erste in Ulak, der auf die neue, tangitanische Weise bestattet wurde, in einer hölzernen Kiste. Sie haben ihn darin vernagelt und in der Erde vergraben. Auf das Grab haben sie einen kleinen Pfahl mit einem fünfzackigen Blechstern gestellt. Später hat man auf die neumodische Art, in Kisten, das heißt in Särgen, auch die Hiesigen begraben, zuerst die, die Kommunisten geworden waren, und danach alle anderen.«

Hinter Arkadi Pesterows Erzählen ließ sich eine geheime, einem Außenstehenden verborgene, tiefere Geschichte erraten, die der Gegenwart ihren Stempel aufgedrückt hatte: das Verhältnis zwischen Urbewohnern und Zugereisten. Was sollen Menschen empfinden, denen man das irdische Glück, eine lichte Zukunft versprochen, denen man eingeredet hatte, sie lebten in der allergerechtesten Gesellschaft, in einer freundlichen Welt, die man dann aber dem Schicksal preisgegeben hatte? Die man zuerst von ihrer Vergangenheit losgerissen und danach ihrer Zukunft beraubt hatte? Würden sie eines Tages wieder Vertrauen fassen zu denen, die sie Tangitan nannten? Ja, sie nahmen dankbar die humanitäre Hilfe an, konnten aber nicht begreifen, warum diese von jener Seite gekommen war, die stets als die feindliche gegolten hatte. Und sie verheimlichten nicht ihr Misstrauen, es könne ein Zweck dahinter stehen, irgendein geheimer Vorteil für die Tangitan.

Alles das spürte Susan Canishero. Und sie schämte sich ein wenig, weil in ihrem Plan, eine neue Bäckerei zu bauen, die heimliche Hoffnung steckte, den großväterlichen Schatz zu finden.

Für den Fall, dass das versteckte Gold tatsächlich auftauchte, traf Susan Canishero in Gedanken schon eine Verfügung. Sie wollte es zur Verbesserung des Lebens dieser Menschen einsetzen, die von politischen Experimentierern dem Schicksal preisgegeben worden waren. Diese Idee hob sogleich ihre Stimmung und versöhnte sie mit der erzwungenen Verlängerung des Aufenthalts in Ulak.

Während der Tage, da der Schneesturm tobte, besuchte Susan das Atelier für Walrossbeinschnitzarbeit, die Polarstation, einige Male war sie in der Schule, und den Schülern der höheren Klassen gab sie sogar eine Englischstunde. Manchmal glückte es ihr, den Bruder in Anchorage anzurufen, der offenbar ernstlich in Antonina Tamirak verliebt war, denn er sprach mehr von ihr als von gemeinsamen Zukunftsplänen.

Susan erwachte jeweils früh und horchte dann sofort auf das Heulen des Windes draußen. Durch die dicht mit Raureif bedeckten Fensterscheiben war nichts zu sehen. Das ganze große Holzhaus, in dem es eine Reihe von Wohnungen gab, bebte, knarrte und stöhnte unter dem Druck des Windes. Dieser endlose Sturm und das Heulen konnten einen um den Verstand bringen.

Dann und wann versuchte Susan sich vorzustellen, wie wohl der Großvater in seiner Jaranga solch einen Schneesturm überdauert hatte, an der Küste, in Keniskun. Aus Erzählungen der Ulaker wusste sie, dass jene Siedlung nie mehr als fünf Wohnstätten gehabt hatte und am Ende des Zweiten Weltkrieges gänzlich verödet war, weil alle Keniskuner nach Ulak hatten umziehen müssen. Die hiesigen Bewohner hatten sich augenscheinlich längst an derlei Unwetter gewöhnt, und selbst bei grimmigstem Sturm, wenn man sich buchstäblich nur kriechend fortbewegen konnte, fand der Schulunterricht statt, öffnete zur festgesetzten Zeit der halb leere Laden, wurde in der

Bäckerei Brot gebacken, und auf dem Wachtturm, von wo aus ohnehin nichts zu sehen war, stapfte der Grenzposten in seinem Pelzmantel und mit der MP über der Schulter umher.

Der Schneesturm ging jäh zu Ende. Eines Morgens hörte Susan nicht mehr das übliche Heulen jenseits der Hauswände und erschrak fast – war sie taub geworden? Sie hauchte gegen die Fensterscheibe, rieb mit dem Finger ein Guckloch frei und sah helles, bläuliches Licht, wie es das zu Zeiten gibt, wenn sich klarer Himmel in jungfräulichem Schnee spiegelt.

Ganz Ulak schien draußen zu sein. Die Menschen gruben die vom Schnee zugesetzten Türen und Fenster frei, bahnten Wege zur Hauptstraße, die vom Fuß des Leuchtturmhügels über die Kieslandzunge in die Ferne verlief, bis hinter die Häuser der Polarstation und zu der verlassenen Siedlung der Funker.

Tschejwun und Dodschijew, die beide wer weiß wohin verschwunden gewesen waren, erschienen bei Susan und drängten sie zur Eile.

Susan verpackte sorgsam zwei wertvolle Geschenke. Das erste, von Tanja Putschetegina, war ein mit Zeichnungen geschmückter Walrossstoßzahn, auf dem in einer Art Bilderfolge die alte tschuktschische Legende von der Geburt des ersten Menschen aus der Vereinigung der Urfrau mit einem Wal dargestellt war.

Das zweite Geschenk war ein Pilikän, ein dickbäuchiges Geschöpf mit großen Ohren und kurzen Beinen. Solche Figuren waren an den Küsten der Beringstraße verbreitet, diese aber erhielt ihren besonderen Wert dadurch, dass sie aus schwarzem Bein geschnitzt war. So verfärbt sich der Walrossstoßzahn, wenn er lange im Meerwasser liegt, und solch ein Werkstoff wird von Schnitzern wie Sammlern besonders geschätzt.

Es war dies das Geschenk von Arkadi Pesterow, und Arkadi

hatte regelrecht Tränen in den Augen gehabt, als er sich von ihr verabschiedete.

»Wir sehen uns bald wieder«, hatte Susan ihn zu trösten versucht und hinzugefügt: »Ich hoffe, dass wir schon im nächsten Sommer mit dem Bau der neuen Bäckerei beginnen.«

Noch lange stand Arkadi Pesterow auf dem Hügel neben der alten Schule und schaute der sich über die verschneite Lagune entfernenden Karawane nach. Zwei motorbetriebene Polarschlitten zogen einen gewöhnlichen tschuktschischen Schlitten hinter sich her, und auf ihm thronte Susan Canishero.

9

»Früher hieß das einfach Wahlen. Kein Mensch bezeichnete das als demokratische ›Willensbekundungen‹ und sonstiges schwer aussprechbares Zeug«, meinte Wassili Dodschijew. »Und es ging würdig zu und vor allem ruhig. Ohne Rummel und all den Quatsch. Die Biografie des Kandidaten, seine Daten, die Dauer der Parteizugehörigkeit, na, und manchmal der Familienstand. Das reichte!« Wassili Dodschijew sprach bedeutungsvoll, mit hochwichtiger Miene sah er seine Gesprächspartner unter dichten Augenbrauen hervor an.

Am Tisch saßen seine Nichte Lisa Dodschijewa, neben ihr Anna, die Telegrafistin im Kreisbüro für Fernmeldewesen, sowie deren Mann, der Wohnungseigentümer Wladimir Tschejwun. Ihn bezeichnete man als einen der »neuen Tschuktschen«, in Analogie zu den »neuen Russen«. Wladimir allerdings fehlte noch viel bis zu den echten »neuen Russen«, die, mit Goldketten behängt, in schicken Autos durch Moskau kutschierten. Nach tschuktschischen Maßstäben freilich war Wladimir Tschejwun ein begüterter Mann. Er besaß ein Motorrad der inländischen Marke »Isch«, eine Schaluppe, zwei Außenbordmotoren und eine »Dora« – ein seetüchtiges Gefährt mit Dieselantrieb und einer kleinen Kajüte. Außerdem verfügte er über eine eigene Walfangausrüstung, eine Hütte am Ufer der Bucht von Pinakul sowie über diese geräumige Dreizimmerwohnung in einem vierstöckigen Haus im Kreiszentrum.

Anna zerschnitt Kopalchen auf einer breiten Holzplatte und schob die Stücke den am Tisch sitzenden Gästen zu. Ihre Handgriffe ließen keinen Zweifel daran, dass sie in einer echten tschuktschischen Familie aufgewachsen war, in der sich noch die alten Sitten der Gastfreundschaft erhalten hatten, die ungeschriebenen Verhaltensregeln bei einem Mahl.

Wassili hatte eine Flasche Wodka mitgebracht, fühlte sich daher als Herr über das Getränk und schenkte behutsam ein. Niemand wurde betrunken, alle waren maßvoll heiter und angeregt, und das Gespräch bewegte sich um die Hauptsache – die bevorstehenden Gouverneurswahlen im Tschuktschischen Autonomen Bezirk.

»Vielleicht wird nach den Wahlen das Leben besser«, bemerkte Wassili Dodschijew hoffnungsvoll. »So viele Versprechungen. Früher hat so ein Kandidat nichts versprochen. Er hat nur geschworen, der Partei treu zu dienen.«

»Das hat auch genügt«, sagte Lisa. »Wahlbeteiligung an die hundert Prozent und Ja-Stimmen ebenso viele.«

»So wird das jetzt nicht laufen«, bemerkte der Gastgeber nachdenklich.

Wassili Tschejwun war wie die anderen Landsleute etwa zehn Jahre zuvor von Nuwukan ins Kreiszentrum umgesiedelt worden.

Er war ein recht guter Schüler gewesen und hatte von einem Jurastudium geträumt. Aber dann musste er zur Armee, und als er wiederkehrte, heiratete er schnell, und Kinder kamen. In der ersten Zeit war er in der von Michail Melenski ins Leben gerufenen Genossenschaft »Nuwukan« angestellt gewesen. Jedes Mal, wenn er an der Nunakmuner Landzunge vorbeifuhr, presste es ihm das Herz ab, und Tränen traten ihm in die Augen. Der Überlieferung nach war er mit dem berühmten Pakajka verwandt, dem Besitzer der gesamten Küste des Kytryner Meerbusens. Dessen große Jaranga hatte unmittelbar am Kap Kytrytkyn gestanden, dort, wo sich jetzt die Radarantenne des Flugplatzes drehte. In der Jugend hatte Wassili Tschejwun am Kap Enten geschossen und mit innerem Beben die großen runden Steine betrachtet, die noch am Ufer lagen. Solche Steine hatten, an langen Riemen hängend, die Walrosshäute gehalten, die die Jarangas überdachten. Außer diesen Steinen gab es keine menschlichen Spuren mehr am Kap. Dabei hatte hier einstmals das Leben gebrodelt. Pakajkas Nomadenlager hatte an dem Weg gelegen, der von den südlichen Kreisen der Tschuktschen-Halbinsel nach Norden, in Richtung Ulak, und weiter an die Küste des Eismeers führte. Die Ufer der Kytryner Bucht mitsamt Pinakul, das sich dem Kreiszentrum gegenüber befand, hatten als sein angestammter Besitz gegolten. Und erst kürzlich war herausgekommen, dass Tschejwun nach den neuen russischen Gesetzen als Pakajkas direkter Nachkomme den Grund und Boden beanspruchen konnte, auf dem sich jetzt der Flughafen und die Landebahn befanden, die Wohnsiedlung, die Grenzwache, die Bauabteilung und die Straßenverwaltung. Auf seinem Erbland standen heute Wohnhäuser, Werkstätten, Materiallager, Geschäfte, ein Steinkohledepot, ein Kraftwerk und das Verwaltungsgebäude des Kreises.

Tschejwun war natürlich klar, dass niemand ihm diesen Boden hergeben würde. Er träumte davon, wenigstens das Ufer und die Bucht von Pinakul als, wie es im Gesetz stand, »vererblichen Besitz auf Lebenszeit« zu bekommen. In sowjetischen Zeiten hatte man dort die Maschinen- und die Schlachtstation eingerichtet, die den örtlichen Kolchosen Hilfe leisten sollten. Hier wurden Schiffe und Motoren repariert, wurde das Fett von Meereswild aufbereitet, um dann in Fässern wer weiß wohin transportiert zu werden.

Als Tschejwun die Baugenehmigung für eine Hütte beantragte, stürzten sich die Bürokraten auf den Ärmsten wie ausgehungerte Wölfe. Sie jagten ihn die Etagen hinauf und hinunter, ließen ihn unzählige Male Papiere umschreiben, Beglaubigungen einholen, Kopien anfertigen, bei dem einen diese, bei einem anderen jene Unterschrift leisten. Es ist kaum zu glauben, aber der frisch gebackene Grundbesitzer musste fast zwei Jahre vergeuden, bis man ihm erlaubte, auf dem Boden, der seit Urzeiten seinem Geschlecht gehört hatte und der die großen und kleinen Herren von Tschukotka einen Dreck interessierte, einen Bau zu errichten, der nicht viel mehr war als ein Schuppen.

Aus diesem Grunde waren Tschejwun die neuen Wahlen nicht gleichgültig. Er hoffte, Basarow würde zumindest ein Wahlversprechen erfüllen: die angestammte Erde tatsächlich an die Gemeinden zurückzugeben und den Menschen das Recht auf Eigentum zuzuerkennen.

»So oder so sind wir von den Tangitan abhängig, das kann man nicht ändern«, äußerte er philosophisch. »Darum werde ich für Basarow stimmen.«

»Und was ist mit unserem Stammesgenossen Päljat?«, meldete sich Anna zu Wort.

»Der ist ein echter Kommunist«, erläuterte Tschejwun. »Etliche so genannte Kommunisten haben sich flink umgefärbt und zu Demokraten erklärt. Das waren gar keine echten Bolschewiki. Wer mehr gibt, dem lecken sie die Hände ... Aber Päljat, der ist zäh wie unsere Schamanen, wie Mletkyn. Um nichts auf der Welt wechselt er den Glauben. So ist er nun mal. Vielleicht stammt er von Schamanen her?«

Der ältere Sohn des Gastgebers schaltete den Fernseher ein. In Kytryn empfing man nur das erste Programm. Dort lief Reklame für Pampers.

»Toll, was man nicht alles erfindet! Jetzt gibt es Pampers!«, rief Dodschijew aus.

»Ich kann mich an Pampers gut erinnern«, sagte Tschejwun plötzlich. »Die habe ich als Kind gehabt. Meine Großmutter hat sie mir eingelegt.«

»Pampers? Woher? Etwa amerikanische?«, wunderte sich Lisa.

»Nein, unsere altherkömmlichen, tschuktschischen. Ökologisch, hygienisch getestet.«

»Na, jetzt flunkerst du!« Anna lächelte.

»Wirklich«, wiederholte Tschejwun mit Nachdruck. »Das ging so: Mein Kinderanzug hatte hinten eine spezielle Klappe an Riemchen. In die Klappe steckte meine Großmutter ein Büschel getrocknetes Heu, und fertig waren die tschuktschischen Pampers.«

Unterdessen erschien auf dem Bildschirm eine Dame, die unter Kopfschuppen litt. Sie wurde im Handumdrehen durch ein Wundermittel davon befreit. Das war uninteressant, weil es im örtlichen Laden nicht einmal gewöhnliche Toilettenseife zu kaufen gab. Längere Aufmerksamkeit widmeten sie dem etwas dümmlichen jungen Mann von der Gesellschaft MMM, der ein schnelles Reichwerden versprach. Er forderte die Zuschauer auf, »Partner« zu werden. Auch das war uninteressant, da es aber nur ein Programm gab, musste man alles über sich ergehen lassen.

»In Alaska kann man zwanzig und mehr Programme sehen«, verkündete Dodschijew.

»Welcher Fernsehapparat macht das mit!«, sagte Anna ungläubig.

»Das geht über Satellit.«

»Unser Fernsehen kommt auch über Satellit.«

»Als ich in Amerika war«, berichtete Wassili, »haben mir die dortigen Eskimos ein kleines Gerät mit einer Antenne gezeigt. Auf einem kleinen Bildschirm zeigt es die Position eines Schiffes. So etwas ist tausendmal besser als ein Kompass. Es nennt sich ›Navigator‹.«

»Was haben die Amerikaner nicht alles.« Tschejwun seufzte.

»Basarow hat allerhand versprochen, viel mehr als Päljat«, bemerkte Lisa Dodschijewa.

»Er hat mehr Geld«, erklärte Dodschijew.

»Päljat sagt: Ich mache Gesetze, die euch helfen werden zu leben.«

»Zum Kuckuck mit den Gesetzen!«, fuhr Tschejwun auf, sichtlich in Erinnerung an seine Laufereien durch die Amtsstuben. »Wir brauchen keine Gesetze, sondern Essen, Kleidung, Kohle, Solaranlagen, Benzin.«

»Aus Anadyr wird eine Maschine erwartet«, teilte Dodschijew mit. »Basarow kommt her. Er bringt Geschenke für die Wähler.«

Trotz der winterlich dunklen Jahreszeit zeigte sich in der Tagesmitte über jenem Hügel, auf dem die riesige Schüssel der Fernseh-Relaisstation stand, eine tief stehende, rote Sonne. Über die Hauptstraße des Kreiszentrums fuhr ein Bulldozer und räumte die Fahrbahn vom Flughafen bis zum Gebäude der Kreisadministration frei. Auf dessen Dach war die verschossene und vom letzten Schneesturm zerfetzte dreifarbige Flagge bereits ausgetauscht worden. Die Bäckerei hatte Anweisung erhalten, einen speziellen Brotlaib für die Begrüßung zu backen, und im Kreiskulturhaus waren, angeleitet von Margarita Gluchich, drei junge Mädchen dabei, nationale Kostüme anzuprobieren – ein tschuktschisches, ein eskimoisches und ein russisches. Zwischen ersteren beiden gab es keinen großen Unterschied, aber die erfinderische Margarita löste das Problem so, dass sie die Tschuktschin in einen Pelz-Kherker kleidete und das Eskimomädchen in eine farbenfrohe Kamlejka. Die Russin trug einen Schafpelz und auf dem Kopf einen Kokoschnik.

Zunächst hatte Frantow das Blasorchester der Grenzwache engagieren wollen, aber Taligur, der Kommandant, hatte ihm das ausgeredet. Erstens war Basarow einstweilen nur Kandidat, und zweitens waren im Jahr zuvor, als das Orchester im Frost gespielt hatte, zwei Musikern die Lippen angefroren. Auf den Messingmundstücken waren weiße Streifen zurückgeblieben.

Das Flugzeug erschien über dem zugefrorenen Meerbusen

und setzte weich auf die schneebedeckte, aber gut glatt gewalzte Landebahn auf. Es handelte sich um jene Jak-40, die Premierminister Tschernomyrdin nach seinem Sommerbesuch Tschukotka geschenkt hatte. Die Maschine rollte aus und kam nahe dem Flughafengebäude zum Stehen. Da eine Gangway nicht vorhanden war, wurde eine gewöhnliche Leiter angestellt, die Tür ging auf, und als Erster zeigte sich Wiktor Alexandrowitsch Basarow. Inzwischen stand die ganze auserwählte Schar der Abholenden schon bereit, vornan die drei jungen Mädchen mit dem Brotlaib auf hölzernem Tablett. Bevor Basarow die ihn Erwartenden begrüßte, nahm er das Brot, brach ein ordentliches Stück davon ab, stippte es in einen hölzernen Salznapf und schob es in den Mund. Dann reichte er das Tablett an Sarkissjan weiter, seinen Assistenten und Büroleiter. Erst danach schloss Basarow den vor Kälte zitternden Frantow herzlich in die Arme, mit den übrigen tauschte er einen Händedruck, dabei sagte er zu Melenski: »Solch eine schöne Kuchljanka, wie du sie trägst, müsste man auch für mich schneidern.«

»Kein Problem, das übernimmt Margarita Gluchich. Man muss nur schöne Felle finden.«

Ohne sich umzudrehen, warf Basarow nach hinten seinem Assistenten zu: »Bestellen Sie bei Margarita Sergejewna eine Kuchljanka für mich.«

»Wird gemacht!« Sarkissjan schrieb etwas in sein Notizbuch.

Margarita Sergejewna Gluchich, eine Eskimofrau aus Nuwukan, hatte mit einer Ausstellung von Eskimoschmuck und traditioneller Kleidung eine lange Reise durch die Arktis gemacht und war einige Tage zuvor wiedergekehrt. Der Fonds zugunsten der arktischen Ureinwohner hatte die Reise großzügig finanziert. So großzügig, dass Margarita Gluchich mit einem Flugzeug aus Nome zurückgekehrt war, das extra für sie von der Bank von Alaska und deren Präsident Willie Hansley gechartert worden war. Als sie ganz allein aus dem Flugzeug stieg, vom Piloten sorgsam am Arm geführt, erstarrten Grenzer und Zollabfertiger schier vor Staunen. So reisten sonst nur höchste Funktionäre.

»Unser Gouverneurskandidat möchte bei dir eine Kuchljanka bestellen«, sagte, auf Margarita zueilend, Sarkissjan.

»Warum nicht?«, erwiderte Margarita Gluchich und lächelte. »Wenn er gewählt wird, nun schön, dann schenke ich sie ihm.«

»Und wenn nicht?«, fragte Melenski herausfordernd.

»Dann bekommt er sie gegen Bezahlung«, antwortete Margarita. »Heutzutage ist echte Eskimo-Kleidung teuer. Wenn man in Nome auf der Straße jemandem begegnet, der ganz und gar nationale Kleidung trägt, dann ist das in der Regel kein Eskimo, sondern ein ziemlich gut betuchter Weißer.«

»Sie haben dich ganz schön verdorben, die Kapitalisten!« Sarkissjan hob scherzhaft drohend den Finger.

Aus dem Flugzeug wurde eine Riesenmenge hübsch gepackter Pakete ausgeladen, auf denen in großer Schrift geschrieben stand: »Geschenk vom Chef der Administration W. A. Basarow«. Die Fracht kam in ein gesondertes Auto, und die Karawane setzte sich durch die Tundra in Richtung Ljurän in Bewegung.

Im ersten Auto fuhren außer Basarow noch Frantow, Melenski und Sarkissjan. Im zweiten saßen die Mitglieder der Wahlkommission. Der Vorsitzende der Kommission, Gennadi Anatoljewitsch Ryschkow, hatte neben dem Fahrer Platz genommen. Genauso wie die Mitglieder war Ryschkow schon über viele Jahre unabsetzbar. Zwar kamen Wahlen nicht so häufig vor, aber Ryschkow, als Kommunist, leitete auch bei Parteikonferenzen die Wahlkommissionen. Kurz, auf ihn konnte man sich verlassen. Gleiches galt für Lisa Dodschijewa, die in tausend Kommissionen saß und es verstand, Protokolle aller Schwierigkeitsgrade in säuberlicher Schönschrift anzufertigen. Sie hatte sämtliche Formulierungen im Kopf, die in derlei Dokumente gehörten, und ihr Text war stets präzise und überzeugend.

Um die Wahrheit zu sagen, fürchtete sich Basarow ein wenig vor der Begegnung mit den Wählern hier vor Ort. Ljurän war ein schwieriges Dorf, die Bevölkerung gemischt. Zum einen lebten hier Einheimische, die sich unter der Sowjetmacht an die »Fürsorge von Partei und Regierung« gewöhnt hatten, zum anderen hatten sich in dem Dorf etliche zugereiste Pechvögel mit fragwürdigen Biografien verschanzt und sich mit hiesigen Frauen verheiratet. Die einen wie die anderen brausten gerne auf, sie nahmen es mit Recht und Gesetz nicht so genau, stellten ihre Obrigkeit gern bloß und drohten immer gleich mit Eingaben an die übergeordneten Instanzen. Früher konnte man so etwas noch übergehen, heute aber beeinflussten solche Leute womöglich die Wählerstimmung.

Die Menschen versammelten sich in dem baufälligen, lange nicht mehr geheizten Kulturhaus. Es fiel auf, dass die Tangitan sämtliche Sitzplätze eingenommen hatten, die Eingeborenen hingegen standen in den Gängen zwischen den Stühlen und hinten im Raum, wobei vor allem die Alten einfach auf dem Fußboden Platz genommen hatten. Viele waren sichtbar angeheitert, lachten laut und witzelten vor allem über die im Präsidium Sitzenden.

Der Vorsitzende des Dorfsowjets, den man jetzt Haupt der Administration nannte, erteilte Frantow das Wort. Frantow rückte seine elegante Krawatte zurecht und sagte: »Genossen Dorfbewohner!«

»Wieso Genossen! Was für Dorfbewohner!«, ertönten von mehreren Seiten empörte Stimmen. »Wir sind jetzt Herren!«

»Herren, Herren!«, dröhnte es durch den brechend vollen Saal.

Frantow zuckte die Achseln, blickte sich zu Basarow um und sprach nach kurzem Zögern weiter: »Meine Herren, also, und Freunde ... Wir sind zusammengekommen, um den Kandidaten für den Gouverneur zu unterstützen, unseren Landsmann Wiktor Alexandrowitsch Basarow ...«

»Herrn Basarow, Herrn!«, kam es aus den hinteren Reihen.

»Meinetwegen, Herrn Basarow«, mümmelte Frantow, der spürte, wie er die Gewalt über die Versammelten verlor.

»Eine Frage, bitte!«

»Fragen später! Jetzt spricht unser Kandidat.«

Basarow erhob sich, begann seine Rede aber nicht sofort. Er machte jenen Störenfried im Saal ausfindig, der am lautesten geschrien hatte, einen unansehnlichen betrunkenen Mann namens Tomtschin, dem man nicht ansah, ob er ein Hiesiger war oder ein Zugereister, und fragte: »Wollen Sie auf neue Art leben?«

»Nein!«

Basarow, auf eine so einmütige Ablehnung des neuen Lebens nicht gefasst, war zunächst verwirrt, straffte sich aber sogleich und fuhr fort: »Vielleicht ist das richtig.«

»Uns reicht das neue Leben!«, kam wieder dieselbe Stimme.

»Ich meine die völlige Abkehr von der Vergangenheit«, erklärte Basarow. »Von der Lüge, den unerfüllbaren kommunistischen Versprechungen ...«

»Hast doch selber alles versprochen!«

Dieser Kerl war unerträglich! Noch vor kurzem hätte Basarow die Versammlung einfach unterbrochen und die Ordnungskräfte angewiesen, den Störenfried aus dem Saal zu entfernen. Heutzutage aber ließ sich das nicht machen.

»Wir alle sind in dem einen oder anderen Maße Menschen aus der Vergangenheit«, sprach Basarow versöhnlich. »Vor uns jedoch steht in voller Größe eine schwierige Aufgabe ...«

»Der Aufbau einer neuen Gesellschaft!«, soufflierte der unermüdliche Tomtschin.

»Völlig richtig!«, fuhr Basarow fort, ohne sich von dem Widersacher weiter dazwischenfahren zu lassen: »Eine neue marktwirtschaftliche Gesellschaft, in der das Gesetz herrscht und eine neue Ordnung.«

»Genauso hat Hitler gesprochen, als er in Deutschland die neue Ordnung eingeführt hat.«

»Woher weißt du, was Hitler gesagt hat?«

»Aus seinem Buch *Mein Kampf*«, antwortete Tomtschin in herausforderndem Ton. »Ich habe es in Moskau in einem Fußgängertunnel am Roten Platz gekauft, sozusagen vor den Kremlmauern ...«

»Wir haben jetzt Demokratie: Man kauft das, was man will«, erdröhnte eine Bassstimme.

Frantow sah Basarows Verwirrung, stand auf und wollte schlichten: »Meine Herren, Genossen! Wir lassen uns nicht ablenken. Wir haben uns aus wichtigem Anlass versammelt. Es geht um die Nominierung des Kandidaten für den Posten des Gouverneurs des Tschuktschischen Autonomen Bezirks.«

»Und warum heißt das neuerdings so? Gouverneur?«, fragte erneut Tomtschin. »Ein solches Amt gibt es nicht in der Verfassung.«

»Nun, das Haupt der Administration, wo ist da der Unterschied!« Frantow schien die Geduld zu verlieren. Er mochte dieses Dorf nicht, und auch er war hier nicht beliebt.

»Oh, da ist ein Unterschied«, fuhr Tomtschin fort. »Wenn es Gouverneur heißt, müssen wir ihn mit ›Exzellenz‹ anreden.«

»Du bist ja mächtig gebildet, Tomtschin!«, rief Frantow ärgerlich aus.

»Dank sei der Kommunistischen Partei und der Sowjetregierung – die haben mir was beigebracht!«

Jetzt ertönten Stimmen, die Tomtschin zur Ordnung riefen, und die Versammlung wurde nicht weiter gestört.

Es wurde eine Bevollmächtigte gewählt, die Ärztin des Dorfkrankenhauses Wera Kawawnaut, eine junge Frau mit müdem Gesicht. Monoton las sie den Lebenslauf des Kandidaten herunter, dabei besonders betonend, dass er zwei Hochschulen absolviert hatte – die Sporthochschule und die Parteihochschule. Danach nahm Basarow wieder das Wort.

»Meine lieben Landsleute!«, begann er und erläuterte: »Warum nenne ich euch Landsleute? Deshalb, weil ich selbst schon fast zwanzig Jahre auf Tschukotka lebe. Ich bin sozusagen mit dieser rauen Erde verwachsen, habe sie für alle Zeit lieb gewonnen, ebenso wie das Volk von Tschukotka.«

Basarow versprach, die Versorgung der Siedlungen mit Lebensmitteln, Brennmaterialien und Kraftstoff zu regeln, auf dem Festland neue Schaluppen zu bestellen, Motoren in Japan zu kaufen, Schusswaffen für die Meeresjäger, den Lehrern, Ärzten, Mitarbeitern der kommunalen Wirtschaft die fast ein halbes Jahr lang geschuldeten Gehälter auszuzahlen ... All das wurde mit großer Aufmerksamkeit angehört.

Schließlich forderte der Versammlungsleiter dazu auf, Fragen zu stellen.

»Woher nehmen Sie das Geld für das alles?«, lautete die erste Frage.

»In erster Linie werden wir uns für eine finanzielle Unterstützung von Seiten des Staates einsetzen«, antwortete Basarow forsch. »Wir werden die Verteilung der Steuergelder neu regeln ... Früher, als der Tschuktschische Nationale Bezirk noch zum Gebiet Magadan gehörte, wurde ein beträchtlicher Teil unserer Gelder vom Gebiet vereinnahmt. Damit ist Schluss. Wir selbst werden das Geld bekommen und es für die Belange, die wir als vordringlich erachten, ausgeben.«

»Aber wir haben besser gelebt!«

»Jetzt sind unsere Hoffnung doch einzig die Amerikaner. Warum wird als Kandidat für den Gouverneursposten nicht Melenski aufgestellt, der uns und mehr noch unsere Kinder mithilfe der Amerikaner vor dem Hungertod gerettet hat?«

»Die Zeit kommt, da kann auch Melenski als Kandidat aufgestellt werden«, antwortete Basarow. »Die Demokratie entwickelt sich. Aber seien wir Realisten, Landsleute. Diese Wahl geht zwischen mir und Päljat. Wir sind die zwei gesetzlich registrierten Kandidaten für das Amt des Gouverneurs.«

»Und was ist mit dem Verkauf Tschukotkas an Amerika? Vielleicht wäre es sinnvoll, sich verkaufen zu lassen? Die Leute dort, Einheimische wie Zugereiste, leben viel besser als wir!«

»Es heißt, Tschukotka werde ohne die Russen verkauft. Was wird dann aus mir? Ich habe eine Hiesige zur Frau, wir haben Kinder ...«

»Einen Verkauf Tschukotkas wird es nicht geben!«, antwortete Basarow ärgerlich. »Russland wird nie erlauben, seine territoriale Integrität zu zerstören.«

»Fünfzehn Republiken haben sich losgelöst, wie soll man das verstehen? Warum war da nicht die Rede von territorialer Integrität? Unser benachbartes Jakutien schickt sich offenbar auch an, ein unabhängiger Staat zu werden.«

»Ich sage euch in voller Verantwortung: Tschukotka ist und bleibt ein Bestandteil des Staates Russland. Auf ewig!«

»Das heißt, wir werden immer beschissen leben!«, rief jemand von den weiter hinten Stehenden.

»Unser Präsident Boris Nikolajewitsch Jelzin ...«, setzte Basarow an, wurde aber durch eine neue Frage unterbrochen: »Stimmt es, dass er sogar mehr trinkt als wir?«

»Das gehört nicht zur Sache«, wehrte Basarow ab.

»Wieso nicht? Wenn ich trinke, gehört es zur Sache, aber wenn Präsident Jelzin trinkt, gehört es nicht dazu? Wo ist hier die Demokratie? Das soll mir mal einer erklären!«

»Wir sprechen jetzt nicht über den Präsidenten Jelzin, sondern über unseren Kandidaten für das Gouverneursamt Wiktor Alexandrowitsch Basarow«, schaltete sich Frantow ein. »Bitte fragen Sie zum Thema.«

»Ja, ich möchte zum Thema fragen!« Der Walfänger Enankëujas hob die Hand. »Wie steht es bei Basarow mit dem Trinken?«

»Alkohol ist für mich kein Thema«, antwortete der Kandidat selbst.

»Wie ist das zu verstehen?«

»Manchmal trinke ich, manchmal nicht. Ich sehe das gelassen. Noch nie im Leben bin ich betrunken gewesen.«

»Richtig zu beneiden«, seufzte jemand aus den hinteren Reihen.

»Das ist doch ein ernstes Problem«, beharrte Enankëujas. »In unserem Volk ist das sozusagen das Übel Nummer eins. Wie soll man es bekämpfen? Auf dem Festland, heißt es, gibt es neue Behandlungsmethoden. Wie steht es damit?«

Erfreut darüber, dass sich das Gespräch in eine konkrete Bahn bewegte, berichtete Basarow ausführlich, welche Therapien angewandt werden würden: das Kodieren, die Methode nach Doktor Schitschko, die psychologische Betreuung ...

»Man muss das Schnapsbrennen verbieten«, fuhr Enankëujas scharf dazwischen. »Vor allem Roman!«

»Roman, was denn, du brennst Schnaps?«, fragte Basarow erstaunt den neben ihm sitzenden Wirtschaftsleiter.

»Na ja, hin und wieder«, antwortete, leicht stotternd, Roman. »Freies Unternehmertum. Der Markt ...«

»Von wegen Markt, das ist Verleiten zum Alkoholismus«, schrie Enankëujas wütend und schritt zum Ausgang.

Mehrere Leute wollten sich ihm anschließen, aber Frantow hielt sie mit dem Ruf zurück: »Es erfolgt die Vergabe der humanitären Hilfe!«

Schlagartig schwenkte die Aufmerksamkeit auf die versprochene Hilfe um. Helfer schleppten große, mit Lebensmittelpaketen voll gestopfte Papiersäcke auf die Bühne. Die Menschen stürzten nach vorn, drängten gegen diejenigen, die näher zur Bühne saßen. Man hörte Ächzen, Schimpfworte, Flüche.

»Stellt Ordnung her!«, schrie Sarkissjan und sprang als Erster von der Bühne hinunter in die Menge, um die Ungestümsten und Dreistesten zu bändigen.

Basarow machte dem erschrockenen Frantow Vorhaltungen: »Das hätte alles im Voraus organisiert werden müssen! Weder vorbereitete Sprecher noch vorbereitete Fragen. Alles dem Selbstlauf überlassen.«

»Es fehlt der Apparat«, klagte Frantow, sich rechtfertigend. »Früher befasste sich mit solchen Dingen das Parteikomitee.«

»Jetzt vergiss das für alle Zeiten! Das ist vorbei, daran muss man sich gewöhnen.«

Der geknickte Frantow dachte ganz anders: Es würde noch eine ganze Weile dauern, bis sie gelernt hätten, so mit dem Volk zu arbeiten, wie das die Kommunisten getan hatten mit ihrem funktionierenden, erfahrenen Propaganda- und Organisationsapparat.

Unterdessen gab es an dem Tisch, an dem die humanitären Gaben ausgeteilt wurden, weitere Händel.

»Kultyn! Du bist schon das zweite Mal hier! Schämst du dich nicht?«

»Meine Familie ist so groß, vier Kinderchen! Dazu die Alten! Was in dem Paket ist, reicht nicht einmal herum!«

»Trotzdem, geh weg! Kinder kriegen nichts, nur die Erwachsenen.«

Ohne das Ende der Verteilung der humanitären Hilfe abzuwarten, fuhr die Autokolonne zurück ins Kreiszentrum. Lisa Dodschijewa und ihr Onkel Wassili verkrochen sich in eine Ecke des kleinen, mit Plane überdachten Lastwagens und dösten während der Fahrt über die holprigen Wege stumm vor sich hin. Ihre Arbeit würde erst demnächst beginnen.

Auf den Stimmzetteln für die Gouverneurswahl standen zwei Namen – Basarow und Päljat. Die hellgelben Blätter waren sorgsam zu Päckchen verpackt. In der Wahlkommission arbeiteten Lisa Dodschijewa, Wassili Dodschijew und als Vorsitzender Gennadi Anatoljewitsch Ryschkow. Auf einem Extrahaufen lagen mit Gummis zusammengehaltene Bündel von

Bleistiften, die noch angespitzt werden mussten. Zwei Anspitzmaschinen hatte die Administration zur Verfügung gestellt, eine weitere war ein Geschenk der Abteilung für Inneres. Wassili Dodschijew jedoch spitzte die Bleistifte auf seine Weise an, mit einem Jagdmesser. Er tat das so geschickt und behutsam, dass die Mine bei ihm, anders als in den Maschinen, niemals brach.

»Spart nicht mit Bleistiften!«, sagte Ryschkow. »Und wenn einer einen als Andenken mitnehmen will, soll er es tun.«

»Vielleicht wären Kugelschreiber besser gewesen?«, fragte Lisa schüchtern.

»Wo bekommen wir auf Tschukotka so viele Kugelschreiber her?«, erwiderte Ryschkow lächelnd. »Das geht auch ins Geld. Ein Bleistift ist etwas anderes als so ein teurer Kugelschreiber. Einen Bleistift kann man sogar mitgeben, als Andenken an das bedeutsame Ereignis.«

Jede Wahl stellte für Ryschkow ein bedeutsames Ereignis dar, und während seines langen Lebens auf Tschukotka hatte er viele Wahlen durchgeführt. Seit fünfundzwanzig Jahren war er auf dem Posten, ohne auch nur einen Zentimeter aufwärts zu rücken. Verheiratet war er mit einer Buchhalterin des Handelskontors. In sowjetischen Zeiten war er genau alle drei Jahre für mehrere Monate aufs Festland in den Urlaub gefahren, um nach der Rückkehr wieder von seinem Schreibtisch aus zu regieren. Während all dieser Jahre war er über den Meerbusen von Kytryn nicht hinausgekommen, hatte kein einziges Mal die heißen Quellen besucht. Er ging auch nicht in die Tundra nach Pilzen und Beeren zu suchen. Insgeheim fürchtete er sich vor Tschuktschen und Eskimos und mied möglichst den Umgang mit ihnen, ausgenommen natürlich die Angestellten in den Behörden und die Mitglieder der Wahlkommissionen wie Wassili Dodschijew und Lisa Dodschijewa. Ein lebendes Rentier hatte er nie gesehen, und wenn ihm ein Hundegespann begegnete, blickte er ihm lange nach, jedoch ohne jede Regung im Gesicht.

Eine Woche vor der Abstimmung rief Frantow Ryschkow zu sich und hieß ihn in dem Ruhesessel Platz nehmen, der neben seinem Chefschreibtisch stand.

»Sie haben einen Antrag für eine Wohnung in Rjasan gestellt?«

»Ja, das habe ich«, antwortete Ryschkow, und etwas in ihm erbebte leise – sollte sich sein Traum gar erfüllen? Vom Staat, an dessen Versprechungen niemand mehr glaubte, eine kostenfreie Wohnung im Zentrum Russlands, in der milden Klimazone, zu bekommen, nach den langen Jahren des Vegetierens in dieser von der Natur und vom Herrgott verfluchten Gegend mit dem unglaublich kurzen Sommer und dem langen Winter mit den endlosen Schneestürmen – dies war ihm wie ein unerfüllbarer Traum vorgekommen.

»Wie Sie wissen«, fuhr Frantow fort, »gibt es in Basarows Wahlprogramm auch einen Punkt, wonach er alle Anstrengungen unternehmen wird, damit verdiente Nordländer, die ein Vierteljahrhundert in der Arktis tätig waren, die Möglichkeit erhalten, den Rest ihres Lebens im milden Klima Mittelrusslands zu verbringen. Nun, also, für unseren Kreis wird die Zuweisung von zwei Wohnungen in einem Neubau in Rjasan erwartet. Zwar lässt sich ernsthaft darüber erst nach den Wahlen reden, der Zeitpunkt jetzt ist ungeeignet ... Aber nach den Wahlen könnte es Wirklichkeit werden.«

Ryschkow hatte verstanden. Er war nicht so stumpf und geradlinig, wie es auf den ersten Blick schien.

Wieder in sein Arbeitszimmer zurückgekehrt, in dem Lisa Dodschijewa die Stimmzettel sortierte, fragte er plötzlich: »Haben Sie nie den Wunsch gehabt, von hier wegzugehen und sich irgendwo auf dem Festland niederzulassen?«

Lisa wunderte sich über die Frage. »Wohin sollte ich gehen? Hier ist meine Heimat, sind die Gräber meiner Vorfahren.«

»Aber Ihr Vater, soviel ich weiß, war doch Ingusche?«

»Nur zur Hälfte. Seine Mutter war eine Eskimofrau, wie

auch meine Mutter. Beide stammten aus Nuwukan. Sodass wir uns als Eskimos fühlen und nicht als Personen kaukasischer Nationalität, wie das jetzt heißt.«

»Und Sie waren nie in der Heimat Ihrer Vorfahren?«

»Ich selbst nicht. In unserer Familie wurde erzählt, dass unser Großvater Mahomet Dodschijew kurz vor dem Großen Vaterländischen Krieg seine zahlreiche Familie in seine Heimat bringen wollte, nach Tschetscheno-Inguschetien. Sie waren bei der Verwandtschaft zu Gast, aber bald flehte ihn meine Großmutter an, in die Heimat zurückzukehren, da sie in solcher Hitze nicht leben könne. Nach dem Krieg dann hat Stalin die Inguschen aus dem Kaukasus ausgesiedelt. Seitdem, soweit ich mich erinnere, hat niemand mehr aus unserer tschuktschischen Verwandtschaft auch nur davon geträumt, in den Kaukasus umzuziehen.«

»Ich verstehe die Menschen hier nicht, wie kann man dieses Land lieben, wofür? Es ist genauso wie im Lied: Zwölf Monate Winter, das übrige ist Sommer. Keine Pflanzen, keine Kühe, keine Pferde, nur immer Meereswild.«

Ryschkow hatte hinzufügen wollen, dass er die Ureinwohner auch von ihrem Äußeren her nicht sonderlich mochte, bedachte aber noch rechtzeitig, dass Lisas Mutter und Großmutter ja reinblütige Eskimos waren. Er sah sich bereits als Inhaber einer gemütlichen Zweizimmerwohnung im warmen, stillen Rjasan. Ringsum Wald, Felder, grüne Wiesen …

»Was die Pflanzen betrifft, ist das nicht so. Besonders jetzt, wo man uns vom Festland kein Obst und Gemüse mehr herbringt. Wir machen Vorräte für den ganzen Winter. Wir konservieren das Grünzeug nach alten Rezepten, und es reicht bis zum Frühjahr. Und im Sommer haben wir stets Grünes auf dem Tisch, auch Beeren. Sogar Pilze werden seit einiger Zeit gesammelt. Allerdings mehr zum Verkauf an die Russen. Früher haben unsere Leute keine Pilze gegessen und auch nicht gesammelt. Dabei gibt es davon in der Tundra jede Menge.

Inzwischen haben wir auch gelernt, Pilze zu trocken und einzulegen. Tschuktschen und Eskimos, vor allem die in den Dörfern, können ohne importiertes Obst und Gemüse auskommen.«

Ryschkow war ganz in seine eigenen Gedanken versunken und hörte Lisa nicht mehr zu. Umso weniger, als es auf dem Rjasaner Kolchosmarkt sicher frisches Obst und Gemüse im Überfluss geben würde. Er überlegte, wie viele Stimmen Basarow brauchte. In der guten alten Zeit waren hundert Prozent so selbstverständlich, dass man irgendwelche Zehntelprozente an Nein-Stimmen gar nicht erst zuließ. Abweichungen wurden mit schlechtem Wetter erklärt, mit der Unpässlichkeit eines Wählers, aber keineswegs damit, dass er gegen den Kandidaten gestimmt hatte, der die Politik von Partei und Regierung verkörperte. Jetzt, in der Demokratie und angesichts eines weiteren Kandidaten, hätten hundert Prozent höchst verdächtig ausgesehen. Folglich mussten die Zahlen so ausbalanciert werden, dass sie natürlich und überzeugend wirkten. Das musste gut überlegt werden.

Der Wahltag wurde ein ruhiger, wolkenloser Tag im ganzen riesigen Tschuktschischen Kreis, der der Fläche nach einem großen europäischen Staat gleichkommt. Das erfreute Ryschkows Herz, denn es förderte den glücklichen Ausgang der Abstimmung.

Für den Wahltag war eine stattliche Menge an Spirituosen bereitgestellt worden, die aber nur in eigens bei den Wahllokalen eröffneten Büfetts verkauft werden durften. Außerdem lautete die Anordnung, belegte Brote mit Käse und Hackfleischwurst kostenlos auszugeben. Weil es für viele üblich war, mit der Familie zur Wahl zu gehen, gab es für die Kinder Konfekt, Gebäck, Fruchtbonbons und Chupa Chups.

Die Wahllokale öffneten um acht Uhr morgens. Es hatte Anträge gegeben, mit der Abstimmung eine Stunde später zu beginnen, aber viele der Meeresjäger fuhren am Vormittag zum Ringelrobbenfang aus. Die Telekommunikation funktionierte bestens, und schon nach einer Stunde trafen die ersten Meldungen ein. Bis Mittag hatten in den meisten Dörfern vierzig Prozent der Wähler ihre Stimme abgegeben. Freilich kamen auch unangenehme Nachrichten: In Neschkan war das Büfett so heftig gestürmt worden, dass dabei Mobiliar zu Bruch ging und bereits fertig belegte Brote zertreten wurden. In Ljurän musste die Miliz gleich drei Schlägereien stoppen. Ryschkow, der die Meldung erhielt, fragte als Erstes nach, ob die Festgenommenen noch zuvor gewählt hatten. Dies war der Fall, und der Vorsitzende der Wahlkommission fühlte sich beruhigt.

Im Großen und Ganzen aber lief es nicht schlecht. Sodass denn im gesamten Tschuktschischen Autonomen Bezirk die erste demokratische Wahl des ersten Gouverneurs erstaunlich organisiert und einträchtig vonstatten ging, ganz wie in den guten alten, sowjetischen Zeiten.

Nach drei Uhr nachmittags erhielt Ryschkow die Meldung, dass die Wahlbeteiligung bei über fünfzig Prozent gelegen habe. Er atmete erleichtert auf und eilte in sein Arbeitszimmer, um Tee zu trinken. Lisa Dodschijewa lud er mit dazu ein.

»Wir können davon ausgehen, dass wir beide diese neuen Wahlen erfolgreich durchgeführt haben«, sagte er zufrieden.

»Aber wir wissen ja noch nicht, wer gesiegt hat«, bemerkte Lisa.

»Nun, das ist sozusagen eher eine Frage der Technik.« Ryschkow zwinkerte geheimnisvoll, was so gar nicht seiner Art entsprach. Er korrigierte sich auch sogleich: »Volkes Wille ist Volkes Wille.«

Gegen Ende des Arbeitstages waren die Wahlen in fast allen Siedlungen abgeschlossen. Hier und da begann bereits die Stimmenauszählung, und die Ergebnisse wurden telefonisch übermittelt. Hier zeichnete sich ein alarmierendes Bild ab. Der

Tschuktschische Kreis war überwiegend ländlich, die Bevölkerung bestand im Wesentlichen aus Tschuktschen und Eskimos, und diese gaben natürlich ihrem Landsmann Päljat den Vorzug. So war es in der Mehrzahl der Dörfer geschehen.

»Setzt die Zahlen ins Protokoll und schreibt sie mit Bleistift!«, donnerte Ryschkow ins Telefon. »Hier wird alles kontrolliert, wir setzen dann die endgültigen Daten ein. Morgen fliegen Hubschrauber zu euch und holen Wahlzettel und Protokolle. Bis zur endgültigen Auszählung bleiben alle Angaben geheim! Lasst nichts davon verlauten, sonst kann man euch streng zur Rechenschaft ziehen!«

Lisa hörte dies mit und bemerkte, wie sehr alarmiert der Vorsitzende der Wahlkommission war. Sie begriff, dass die Dörfer Basarow nicht unterstützt hatten. Diese Tangitan hatten wirklich keine Ahnung. Sie glaubten, es genüge, die Einheimischen mit einer Büchse Kondensmilch, einem Kilo Graupen und einem Päckchen Margarine gütig zu stimmen, meinten, wenn sie ihnen im Wahllokal Alkohol ausschenkten und ein belegtes Brot gratis in den Mund schoben, würden sie wählen wie gewünscht. Weit gefehlt!

Lisa wusste, dass Anna, Tschejwuns Ehefrau, die Telefongespräche im Telegrafenamt mithörte, überdies verfügte Wladimir Tschejwun selbst über einen eigenen Funkempfänger, der auf seinem Küchenbüfett stand und stets auf jene Frequenz eingestellt war, auf der die Telefongespräche zwischen den Dörfern des Tschuktschischen Kreises geführt wurden.

In ihrer ersten Regung wollte sie Ryschkow dies alles mitteilen, aber nach kurzer Überlegung beschloss sie zu schweigen und ihre Landsleute nicht preiszugeben. Nach der Schließung der Wahllokale, als sie mit Ryschkow Tee trank, sah sie seine Erregung. Soeben hatte er in seinem Arbeitszimmer eine lange Beratung mit Frantow gehabt, der die Bezirkswahlkommission präsidierte.

Am nächsten Morgen flog der Hubschrauber die Dörfer und Nomadenlager ab und sammelte die versiegelten Umschläge mit den Stimmzetteln und Wahlprotokollen ein. Als Ryschkow sämtliche Papiere beisammen hatte, entließ er die Mitglieder der Wahlkommission nach Hause und schloss sich in seinem Arbeitszimmer ein.

Am Nachmittag des folgenden Tages rief er seine Mitstreiter wieder zusammen. In den letzten Tagen war er sichtbar schmal geworden, seine Augen lagen tief in den Höhlen, seine Stimme klang heiser.

»Nun, denn, Freunde«, sagte Ryschkow. »Ich wollte euch mit dieser Arbeit nicht belasten: Ihr habt alle Familie, häusliche Verpflichtungen, deshalb habe ich diese ganze öde Routinearbeit auf mich genommen. Ich habe alles überprüft und noch einmal berechnet.«

Ryschkow blickte über die Anwesenden hin und stockte bei Lisa Dodschijewa – sie lebte allein, ihre erwachsenen Kinder waren längst ausgeflogen, ihr Mann war gestorben. Ryschkow wandte rasch die Augen ab und fuhr fort: »Es ergibt sich folgendes Bild: Für Basarow haben gestimmt: siebenundsechzig Komma acht Prozent der zur Wahl erschienenen Wähler. Und für Päljat zweiunddreißig Komma noch was Prozent. Falsch ausgefüllte und folglich ungültige Stimmzettel gibt es zwölf Stück, sodass unser Kreis einmütig für Basarow gestimmt hat. Eines jedoch muss ich hervorheben: Auch sein Konkurrent Wladimir Michailowitsch Päljat hat eine beachtliche Stimmenzahl auf sich vereinigt, was für das große Vertrauen spricht, welches die Bevölkerung ihrem Landsmann entgegenbringt. Hier, bitte – die Stimmzettel und die Wahlprotokolle. Ihr könnt alles überprüfen und abzeichnen.«

Lisa griff sich ein paar Stimmzettel und bemerkte zu ihrem Erstaunen, dass diese überall mit Kugelschreiber ausgefüllt waren, mit feiner, dunkelblauer Linie. Es gab keinen einzigen Bleistifteintrag.

»Ich möchte euch allen im Namen der Bezirkswahlkommission und ihres Vorsitzenden Dank sagen. Ich habe heute mit Anadyr gesprochen, dort liegen bereits vorläufige Ergebnisse vor, aus denen sich schließen lässt, dass unser Kandidat Wiktor Alexandrowitsch Basarow mit erheblichem Vorsprung vor seinem Konkurrenten gesiegt hat. Nochmals vielen Dank für die geleistete Arbeit!«

Lisa Dodschijewa eilte nach Hause. Ein Schneesturm setzte ein. Der konnte bis Neujahr anhalten, jedoch besaß die Natur bereits nicht mehr die Macht, die ersten demokratischen Wahlen zum ersten Gouverneur des Tschuktschischen Autonomen Bezirks zu behindern.

10

Das Flugzeug aus Nome war auf dem internationalen Flughafen von Guwrel gelandet. Passagiere gab es nur zwei – Antonina Tamirak und Robert Carpenter. Grenzsoldaten kontrollierten ihre Papiere, Zollbeamte inspizierten das Gepäck – vier große Reisetaschen und drei Koffer, und erst danach durften sie in den Wartesaal gehen. Dort empfing sie Michail Melenski.

Er erkannte Antonina Tamirak zunächst nicht wieder. Vor ihm stand eine elegante Dame im Nerzpelz, in feinen halbhohen Fellstiefelchen, auf dem Kopf einen Pelzhut. Das Verblüffende aber war nicht die Kleidung der ehemaligen Krankenwärterin. Diese wundervolle Gesichtsfarbe, das dezente Make-up und das ebenmäßige, weiße Gebiss! Antonina Tamiraks Lächeln erinnerte nicht länger an eine blanke stählerne Klinge.

Antonina bemerkte die leichte Verwirrung ihres Landsmanns und fragte verlegen: »Was ist, bin ich verändert?«

»Das wäre zu wenig gesagt!«, rief Melenski. »Du bist eine richtige Amerikanerin geworden!«

»Na, bis zur Amerikanerin fehlt mir noch einiges«, erwiderte Antonina lachend.

Sie wurde gelöster, und auf ihrem Gesicht zeigten sich statt des ewigen schuldbewussten Ausdrucks Selbstsicherheit und Würde.

Auf ungeklärten Wegen hatte die Nachricht von ihrer Rückkehr die Runde gemacht, und zu ihrem Empfang versammelte sich eine ziemliche Menschenmenge, die in erster Linie schlicht aus Neugierigen bestand.

»Kakomej, Antonina! Eine richtige Ausländerin! Nicht wiederzuerkennen! Der Pelz kostet bestimmt eine Million Dollar! Und das viele Gepäck! Reich ist sie geworden! Und die Zähne, die Zähne! Wie bei einer jungen Walrosskuh!«

Das junge Paar wurde einstweilen in der Gästewohnung untergebracht, umso lieber, als Robert Carpenter diese mit Dollars bezahlte. Noch am selben Abend aber teilte Antonina Melenski mit, dass sie eine Wohnung kaufen wolle. Eine Zweizimmerwohnung.

»Ja, wirst du denn nicht mit deinem Mann in Amerika leben?«, frage Melenski erstaunt.

»Erst einmal hier«, antwortete Antonina. »In Kytryn. Manchmal auch in Amerika. Wieso, geht das nicht?«

»Jetzt geht das bestimmt auch so«, versetzte Melenski unsicher. »Und wo wirst du arbeiten?«

»Na hier, im Krankenhaus.«

»Als Krankenwärterin?«

»Was ist dabei?«, meinte Antonina achselzuckend. »Interessant – ein Leben lang hat man uns eingeredet, jede Arbeit in unserem Land sei ehrenvoll. Aber das war nur so gesagt. In Wirklichkeit gab es Arbeit, die Ansehen einbrachte, und solche, die nichts galt. In Amerika dagegen ist es keine Schande, als Krankenwärterin zu arbeiten. Hauptsache, der Mensch erhält sich durch eigene Mühe, stiehlt nicht, beraubt nicht seinen Mitmenschen oder den Staat.«

»Aber die Bezahlung ist einfach erbärmlich und kommt auch nicht regelmäßig.«

»Mir gefällt diese Arbeit. Denn ich sehe Dankbarkeit in den Augen der Menschen. Nicht Neid, Angst oder Schmeichelei, sondern Dankbarkeit.«

»Du bist seltsam geworden, Antonina«, versetzte Melenski nachdenklich.

»So war ich schon immer.«

Antonina zog sich in ihrem Kämmerchen um, schlüpfte in die in Alaska gekaufte Spezialkleidung und erschien draußen ganz in Hellblau, mitsamt Eimer, Schrubber und Wischlappen. Um sie zu sehen, lief nicht nur das gesamte Krankenhauspersonal zusammen, sondern auch alle Patienten, sofern sie nur gehen konnten. Einzig Oma Rosa, die Köchin des Krankenhauses, eine korpulente, alterslose Frau, meinte unverblümt: »Ein Dummchen bist du, Antonina, ein richtiges Dummchen. Ein Tschuktsche bleibt doch ein Tschuktsche!«

»Ich bin Eskimo, Oma Rosa. In meinen Adern fließt genau zur Hälfte das Blut Nuwukaner Eskimos und zur Hälfte das von Eskimos aus Unyin und Tschaplino.«

Chefarzt Schlakow schloss sich in seinem Arbeitszimmer ein und rief Frantow an. Er schilderte die Situation und fragte: »Was soll ich tun?«

»Ist sie nüchtern?«

»Stocktrocken.«

»Hast du nicht was Ordentliches frei?«

»Vakanzen gibt es jede Menge, aber ich kann ihr wohl schlecht die Stelle des Kreisgynäkologen anbieten.«

»Lass dir etwas einfallen«, brach Frantow das Gespräch ab und legte auf.

Schlakow starrte das verstummte Telefon an, saß eine Weile sinnend da und ging dann hinaus. Antonina scheuerte mit Inbrunst das verschossene Linoleum auf dem langen Flur. Die Türen zu den Krankenzimmern standen offen, und die Patienten sprachen mit ihrer Pflegerin, stellten Fragen nach dem Leben in Amerika.

»Warum gehen sie dort auf die Jagd, wo es auch so genug zu essen gibt?«, wunderte sich Roschitagin aus Neschkan.

»Unsere dortigen Stammesgenossen halten die traditionellen Speisen für sehr gesund. So wurden wir von Gott geschaffen, sagen sie, und darum ist unsere Nahrung das Meereswild und das, was in der Tundra wächst.«

»Sie glauben an Gott?«

»Ja«, antwortete Antonina. »Zuerst fand ich das komisch: In Nome gibt es sieben verschiedene Kirchen. Ich habe mich da gar nicht durchgefunden. Die Eskimos gehen mehr in die presbyterianische, aber wodurch sich die von den anderen unterscheidet, habe ich nicht verstanden. Vielleicht ist sie einfach nur größer.«

»Und wie ist es mit dem Alkohol?«

»In Nome kann man trinken, so viel man will. Dort gibt es bestimmt so viele Kneipen und Bars wie Kirchen. Aber in den Dörfern und Siedlungen herrscht strenges Alkoholverbot. Robert und ich sind auf die Sankt-Lorenz-Insel geflogen, nach Siwukak, auf die Kleine Diomedes-Insel, nach Inalik, dort trinkt niemand.«

»Hat es die Obrigkeit verboten?«

»Sie selbst haben es sich verboten. Wenn dort einer gesehen wird, der trinkt, oder schon wenn jemand eine Flasche ins Dorf mitbringt, bekommt er eine hohe Geldstrafe oder Gefängnis. Auch Tangitan, die in den Dörfern arbeiten – Lehrer zum Beispiel –, dürfen nicht trinken. Ich jedenfalls habe weder auf Siwukak noch auf Inalik einen Betrunkenen gesehen. Dagegen sieht es in Nome so aus wie bei uns in Kytryn.«

Schlakow rief Antonina in sein Arbeitszimmer und sagte: »Ich möchte dir eine andere Tätigkeit zuweisen, sagen wir, als Oberschwester.«

»Aber ich habe keine medizinische Ausbildung«, erwiderte Antonina.

»Das ist unwichtig.« Der Oberarzt winkte ab. »Wirst es schon lernen. Du kannst Spritzen geben, den Tropf anstellen. Was ist schon groß dabei?«

»Vielleicht ist nichts groß dabei, aber auf einen Platz, der mir nicht zukommt, gehe ich nicht«, sagte Antonina. »Spritzen geben und den Tropf anstellen, das mache ich ja nur, wenn kein anderer da ist ... Meine Aufgabe ist es, die Räume im Krankenhaus sauber zu halten und die Patienten zu betreuen. Mir gefällt das.«

»Und wie sieht das dein Mann? Er ist eine wichtige Persönlichkeit, hat einen hohen Posten inne, und seine Frau soll eine einfache Krankenwärterin sein, eine Reinemachefrau?«

»Erstens ist er noch nicht offiziell mein Mann«, erläuterte Antonina. »Zweitens sieht er darin, dass ich eine Reinemachefrau bin, nichts Anstößiges. Er weiß genau, wer ich bin und was ich tue. Sobald ich geschieden bin und auch Robert seine Scheidung durchhat, werden wir gesetzlich heiraten. Bis dahin befinden wir uns, wie man so sagt, in einer Lebensgemeinschaft.« Antonina schmunzelte.

Als diese Dinge Frantow erreichten, verspürte der jäh eine seltsame Erleichterung: Dieses Traumpaar hatte einen grundlegenden Defekt – es lebte in wilder Ehe! In guten alten sowjetischen Zeiten konnte man deswegen ein Disziplinarverfahren auf der Parteiebene einleiten, was mit einem strengen Verweis endete oder gar mit dem Ausschluss aus den Reihen der Partei.

Im nächsten Telefongespräch mit Basarow versäumte Frantow nicht, diesen davon zu unterrichten, und er wagte sogar zu fragen: »Was ist zu tun?«

»Wie meinst du das?«, fragte Basarow gereizt zurück.

»Na ja, sie leben ungesetzlich zusammen.«

»Was geht dich das an? Du kümmerst dich um die falschen Dinge, Herr Frantow!«

Frantow fühlte, wie ihm das Blut zu Kopf stieg, dann wurden ihm die Gliedmaßen kalt, aus seinen Händen trat Schweiß. Fast wäre ihm der Hörer entglitten. Ihm fiel ein: Basarow hatte vor ein paar Jahren seine Familie wegen einer jungen Frau verlassen und mit ihr über ein Jahr zusammengelebt, bis seine vorige Frau in die Scheidung einwilligte. Das war immerhin ganz zu Beginn der Perestroika gewesen, als die Partei in ihrer ganzen Macht die Nase noch gern in die intimsten, persönlichsten Angelegenheiten der Bürger, vor allem der Parteimitglieder steckte.

»Trotzdem, er ist Ausländer und sie russische Staatsbürgerin, dass es da nicht zu internationalen Verwicklungen kommt«, wandte Frantow schlaff ein.

»Du solltest lieber aufpassen, warum es in den Dörfern neuerdings so viele Schwarzbrenner gibt. Vor zwei Tagen sind eure Milizionäre mit zwei Autos nach Ljurän gekommen, haben sich betrunken, den Mädchen nachgestellt und anschließend in den heißen Quellen im Bassin Radau gemacht.«

Frantow, still geworden, konterte nur in Gedanken – er erinnerte Basarow daran, auf welche Weise er die Gouverneurswahlen gewonnen hatte, warf ihm Fahrlässigkeiten vor, zum Beispiel, dass das Bezirksoberhaupt an irgendeine Privatbank Riesensummen von Staatsgeldern für Nahrungsmittel gezahlt hatte, die dann gleich darauf Pleite ging. Der Chef der Bank war irgendwo auf den Cayman-Inseln untergetaucht, und Tschukotka durfte allein noch auf amerikanische humanitäre Hilfe hoffen.

Eine Zweizimmerwohnung wurde im Haus gefunden, in dem auch Michail Melenski und die Familie Tschejwun wohnten. Sie lag im ersten Stock. Das Küchenfenster ging auf jene Kuppe hinaus, auf der die Schüssel der Fernseh-Relaisstation stand, und die Zimmer blickten zur Hauptstraße, die natürlich Leninstraße hieß. Die Wohnung stand schon seit zwei Jahren leer, sie verlangte nach einer Renovierung, und allabendlich streiften Robert und Antonina Arbeitskleidung über, weißten und klebten Tapeten. Sogar die Sanitärtechnik konnten sie erneuern, denn es gab Baumaterial in Fülle. Das erklärte sich damit, dass in der Siedlung schon lange nichts mehr gebaut wurde, und die Lager des Baubetriebes waren voll. Auch die Zeit der Wartelisten für Schrankwände und Küchen war lange vorbei.

Die Wohnungseinweihung wollten sie erst zum Frühling hin feiern, wenn Robert noch fehlende Kleinigkeiten mitgebracht hätte – Lampen, Gardinen und jene besondere Bettwäsche, die man nach dem Waschen nicht zu bügeln brauchte.

Die Tage wurden spürbar länger. Antonina setzte sich gern am Morgen im großen Zimmer ans Fenster und schaute zu, wie es im Osten hell wurde und manchmal, wenn keine Wolken da waren, sich die Sonne zeigte. Mit den Wandlungen der Natur spürte auch sie in sich eine große Zuversicht wachsen, dann und wann dachte sie sogar über die Zukunft nach. Vielleicht lohnte es, noch einmal die Schulbank zu drücken und wenigstens eine mittlere medizinische Ausbildung zu absolvieren? Oder sie träumte davon, von Robert einen Sohn zu gebären. Der dann zu einem richtigen Menschen heranwüchse, der als Muttersprache Eskimoisch, außerdem Tschuktschisch, Russisch und Englisch spräche. Sie selbst sprach fließend nur Russisch, vom Englischen kannte sie lediglich ein paar umgangssprachliche Wendungen.

Auf dem Weg zur Arbeit ging sie bei der Fernmeldezentrale des Kreises vorbei. Der Chef hatte versprochen, ihnen Telefon zu legen, aber noch war nichts passiert. Anna, Wladimir Tschejwuns Frau, die dort tätig war, erklärte die Verzögerung damit, dass beim Abbruch von drei baufälligen Holzhäusern, die Anfang der Siebzigerjahre als hochkomfortabel gegolten hatten, versehentlich auch die Telefonkabel weggerissen worden waren. Nun mühte sich der Chef der Zentrale persönlich damit ab, die Kabelleitungen wieder zusammenzuflicken. So musste sich Antonina noch gedulden und jeweils aus dem Chefarztzimmer mit Robert telefonieren.

Schon in der frühen Dämmerung kehrte Antonina von der Arbeit zurück. Unter einer dünnen Schicht frisch gefallenen Schnees knackten kleine Eisschollen, die vom jüngsten Tauwetter übrig geblieben waren. Bis zum richtigen Sommer war es natürlich noch weit, aber die Natur stimmte sich deutlich auf Frühling ein, und wenn man an einem klaren Tag in der Sonne stand, spürte man die Wärme auf der Wange.

In den Fenstern der neuen Wohnung brannte Licht. Hatte sie vergessen, es auszuschalten? Vermutlich. Aber warum brannte es gleich in beiden Zimmern? Ob Robert da war? Aber er hatte doch gerade erst aus Anchorage angerufen und wollte frühestens in einem Monat eintreffen. Vielleicht war es die Nachbarin Anna? Aber Anna hatte keinen Schlüssel. Allerdings brauchte man keinen, um in die Wohnung zu kommen: Es genügte, kräftig gegen den Türflügel aus Holzspanplatte zu drücken, und er öffnete sich bereitwillig.

Antoninas Herz klopfte vor Aufregung, ihre Füße rannten ganz von selbst los. Sie rutschte aus und wäre zweimal fast hingefallen. Atemlos jagte sie die Treppe hinauf und blieb vor der Wohnungstür stehen.

In der Wohnung spielte Musik. Jemand hatte den Recorder eingeschaltet, Robert Carpenters erstes Geschenk. Es sang Olivia Newton-John, eine von Antoninas Lieblingssängerinnen. Sollte doch Robert hier sein? Auf der Arbeit hatte sie gehört, dass aus Anadyr eine Maschine gekommen sei, weil sie aber niemanden erwartete, hatte sie sich nicht sonderlich dafür interessiert.

Ja, das musste Robert sein, der sie überraschen wollte.

Als sie den vor ihr auftauchenden Mann erblickte, wurde sie fast ohnmächtig, und um nicht hinzufallen, stützte sie sich gegen die Wand, denn der Flur war winzig klein.

Der Mann war ihr letzter Ehemann, Nikolai Sotow, Schlosser im Atomkraftwerk von Bilibino. Er hatte getrunken, er grinste breit, unter seiner Oberlippe glänzte ein Goldzahn.

»Ha, darauf warst du nicht gefasst! Hast gedacht, dein Amerikaner ist gekommen, was? Immer hereinspaziert, meine Liebe ... Aber du bist ja nicht wiederzuerkennen. Eine wahre Schönheit! Ein amerikanisches Schneckchen!«

Sotow ging leicht wiegend, auf federnden Beinen. Einstmals

hatte eben diese Körperbewegung des seiner Kraft und seiner körperlichen Unwiderstehlichkeit gewissen Mannes die junge Eskimofrau gefesselt, und damals hatte sie gemeint, jenem wahren Tangitan begegnet zu sein, den sie in ihren Träumen vor sich sah, wenn sie Liebesgedichte las.

»Weshalb bist du hier?«, stieß sie aufstöhnend hervor.

»Wieso – weshalb?«, heuchelte Sotow Verwunderung. »Ich bin zu meiner Frau gekommen, meiner Gattin. Lange genug haben wir getrennt gelebt, wir sollten unser Nestchen bauen. Umso mehr, als ich sehe, dass es schon so gut wie fertig ist.« Sotow holte zu einer viel sagenden Handbewegung aus.

»Ich habe mehrere Ideen. Wenn du so gar nicht dein heimatliches Tschukotka verlassen möchtest, könnten wir auch hier leben. Oder wir verkaufen diese Wohnung und hauen ab, in mein heimatliches Wologda.«

»Die Wohnung gehört nicht mir«, presste Antonina hervor. Sie konnte immer noch nicht glauben, dass dies alles wirklich geschah. Es kam ihr eher vor wie ein Alkoholdelirium, wie der Zustand beim Übergang aus völliger Selbstvergessenheit zurück ins Bewusstsein, wenn einem alles Mögliche Teufelszeug vorgaukelte.

»Ach, was du nicht sagst.« Sotow kam auf Antonina zu und versuchte sie zu streicheln. »Ich hab das schon in Erfahrung gebracht: Die Wohnung läuft auf deinen Namen. Nach unserem Gesetz ist das gemeinschaftlich erworbenes Vermögen.«

»Geh weg! Geh augenblicklich von hier weg!«, schrie Antonina, die jetzt zu sich kam. »Ich will dich nicht mehr sehen!«

»Du drohst mir!« Sotow grinste schief. »Hast wohl vergessen, wie ich dir beigebracht habe, einen weißen Mann zu lieben!«

O ja, Antoninas Körper erinnerte sich noch an Nikolai Sotows eiserne Fäuste. So manches Mal hatte sich Antonina wochenlang nicht auf der Straße blicken lassen können, weil sie die Veilchen unter den Augen pflegen musste.

»Ich schlage dir eine friedliche Lösung des Problems vor.« Sotow senkte die Stimme. »Weder du noch ich brauchen Streit.«

Antonina tastete nach der Wohnungstür hinter sich und versuchte ins Treppenhaus zu entkommen. Aber Sotow war auf der Hut. Er packte die Frau um die Brust, zerrte sie gewaltsam ins Zimmer hinein und warf sie zu Boden.

»Du Eskimo-Hündin! Ich weiß noch, wie du mir gesagt hast, dass ›Hündin‹ bei euch kein Schimpfwort ist! Trotzdem bist du eine Hündin. Und ich nehme dich jetzt wie eine Hündin, mit dem Recht deines gesetzlichen Ehemanns.«

Antonina wollte Widerstand leisten, aber Nikolai Sotow war ein starker Mann. Er zerriss die Kleidung der Frau, und absichtlich grob, Mutterflüche ausstoßend, nahm er sie.

»Und jetzt«, sagte er, sich erhebend, »mach Abendbrot. Zu trinken habe ich mitgebracht.«

Antonina lag da wie betäubt, mit geschlossenen Augen und reglos.

»Was ist? Bist wohl sensibel geworden! Tu nicht so, steh auf!« Mit der Spitze seines Fellstiefels stieß er Antonina gegen den Kopf.

Im selben Augenblick sprang Antonina vom Boden auf, trat Nikolai mit aller Kraft gegen das Schienbein und stürzte aus der Wohnung. Einen Moment lang verharrte sie vor der Wohnungstür der Tschejwuns, lief dann aber weiter, zur Miliz.

Der Diensthabende, Gisatullin, hatte soeben Tee getrunken, seine persönliche große Tasse mit dem nicht mehr löslichen Braunton darin ausgespült und gähnte zufrieden: die richtige Zeit, sich auf der Liege auszustrecken und ein wenig zu dösen.

Ein Poltern an der Tür ließ ihn innehalten.

Draußen stand eine Frau. Gisatullin hatte Mühe, in ihr Antonina Tamirak zu erkennen. Sie trug eine zerrissene Felljacke, in ihrem Gesicht schwoll ein blauer Fleck, in den Mundwinkeln klebte geronnenes Blut. Das zerraufte Haar ragte in alle Richtungen. Noch gestern waren im Kreiszentrum alle Männer von dieser Frau entzückt gewesen, die mit ihrer Schönheit einen Amerikaner betört hatte, jetzt aber stand vor dem Milizionär eine gewöhnliche betrunkene Eskimofrau.

»Was ist los?«

Wie fast alle Milizionäre mochte auch Gisatullin am allerwenigsten Vorgänge wie diesen. Man musste herausbekommen, was passiert war, womöglich ein Protokoll aufsetzen, schreiben ... Mit dem Schreiben haperte es bei dem Sergeanten.

»Man hat mich vergewaltigt!«, schluchzte Antonina.

»Wer?«

»Mein Mann!«

Gisatullin setzte sich an seinen Tisch.

Er verstand erst einmal gar nichts. Antonina hatte doch diesen Amerikaner geheiratet. Und wie bei den meisten Leuten im Kreiszentrum, vor allem den Zugereisten, war seine erste Regung Neid und Hass gewesen: Warum muss ausgerechnet die solch ein Glück haben im Leben! Aber Robert war doch wohl abgereist ...

»Der Amerikaner?«

»Der Russe. Nikolai Sotow«, murmelte Antonina unter Tränen.

»Woher ist der denn aufgetaucht? Ich dachte, du hast den Amerikaner geheiratet. Ich begreife gar nichts.«

Stammelnd berichtete Antonina, was geschehen war.

»Wie kann ein rechtmäßiger Ehemann vergewaltigen?« Gisatullin runzelte die Stirn. »Das gibt es nicht. Du bringst da was durcheinander, Antonina. Hast du vielleicht getrunken? Wenn es so ist, geh lieber nach Hause, versöhne dich mit deinem Mann, leg dich zu ihm und mach, was sich für eine rechtmäßige Ehefrau gehört. Ohne Gewalttätigkeit. Sozusagen mit Vergnügen.«

Antonina schluchzte laut los, aber Gisatullin führte sie bereits vor die Tür, und dort wartete Nikolai Sotow. »Deine Frau?«, fragte der Milizionär fröhlich.

»Meine gesetzliche!«, dröhnte Sotow und zerrte die sich sträubende Antonina mit sich.

Die ganze Nacht über, bis zum Morgen, hörten die Nachbarn dumpfe Schläge und Stöhnen aus der Wohnung im ersten Stock, aber niemand interessierte sich und fragte nach, was dort los war: Streit und Schlägereien im Suff gehörten in Kytryn zum Alltag, darauf achtete niemand mehr.

Am frühen Morgen gelang es Antonina immerhin, sich zur Wohnung der Tschejwuns zu schleppen und die »Schnelle Hilfe« zu rufen.

Als Frantow von den Geschehnissen Meldung erhielt, reagierte er zunächst wie der Milizionär Gisatullin. Geschieht ihr recht, dachte das Haupt der Kreisadministration, die wird sich nicht mehr aufspielen. Dennoch rief er Melenski an.

»Irgendwas war in der Nacht zu hören, irgendwelcher Lärm«, erinnerte der sich. »Aber ich habe mich nicht darum gekümmert. Unser Hauseingang ist einigermaßen warm, oft kommen Penner dahin, um sich aufzuwärmen.«

»Die Angelegenheit könnte internationale Komplikationen nach sich ziehen.« Frantow lobte sich im Stillen für seine schöne Formulierung und fuhr fort: »Dein Freund Carpenter wird Spektakel machen. Andererseits wurde Antonina von ihrem gesetzlichen Ehemann geschlagen. Eine durchaus natürliche Reaktion eines gesunden Mannsbildes.«

»Ich wusste gar nicht, dass sie verheiratet ist.«

»Wie sich herausstellt, doch, mit diesem ...«, Frantow blickte in die vor ihm liegenden Papiere, »... Nikolai Sotow, seit anderthalb Jahren. Sie haben sich damals gleich wieder getrennt, Antonina kam von Bilibino zurück hierher, und seither hätten sie, wie sie sagt, keinen Kontakt gehabt.«

»Demnach haben sie faktisch nicht wie Mann und Frau zusammengelebt«, bemerkte Melenski.

Auch bei ihm selbst stand es mit den Familienangelegenheiten nicht zum Besten. Schon seit zwei Jahren, seit die Söhne das Elternhaus verlassen hatten und zum Studium weggefahren waren, lebte seine Frau Jelena Andrejewna in Anadyr. Die Moskauerin, vom Fach her Juristin, lebte nicht gern in Kytryn und versuchte daher ihren Mann wenn schon nicht nach Moskau, wo ihre Eltern eine geräumige Wohnung und eine Datsche in Kratowo hatten, dann wenigstens in die Hauptstadt von Tschukotka zu holen. Sie mochte die Freunde und die Landsleute ihres Mannes nicht, und auch ihren Mann kritisierte sie häufig wegen seines betonten »Tschuktschentums«, wie sie es nannte.

»Nach unserer Gesetzgebung gelten Ehegatten, solange sie nicht offiziell geschieden sind, egal, ob sie das Bett teilen oder nicht, als Mann und Frau. Zerwürfnisse zwischen ihnen gelten als gewöhnlicher Familienzwist. Antonina aber wollte ihren gesetzlichen Ehemann der Vergewaltigung beschuldigen! Vergewaltigung!«, wiederholte Frantow noch einmal viel sagend.

Unterdessen begab sich Nikolai Sotow, nachdem er eine Flasche Wodka geleert hatte, zum Krankenhaus, um seine Frau zu besuchen. Schlakow, der Chefarzt, besaß immerhin so viel Schneid und Geistesgegenwart, den Wutschnaubenden nicht in das Krankenzimmer zu lassen, in dem sich die vor Angst zitternde Antonina befand.

Nikolai Sotow kehrte in die Wohnung zurück und legte sich schlafen.

Antonina kam langsam wieder zu sich. Natürlich hatte sie überall blaue Flecke, vor allem im Gesicht, jedoch konnte sie keine Knochenbrüche an sich feststellen. Allmählich wichen Angst, Erniedrigung und Schmerz einem Gefühl von Zorn und Rachedurst. Nikolai Sotows Auftauchen war eine ernsthafte

Bedrohung für ihre Zukunft, ihre Liebe. Wenn sie nachgab, konnte sie sich für immer von ihren Glücksträumen verabschieden.

Leise verließ Antonina das Krankenzimmer.

Trotz der späten Stunde war es draußen noch hell. Unter den Füßen knirschte laut der Schnee. Noch ein paar Tage, dann würde die Sonne an Kraft gewinnen, und die obere Schneekruste würde antauen und Harsch bilden.

Die Fenster der Wohnung waren hell erleuchtet. Antonina verhielt kurz, stieß einen tiefen Seufzer aus und spürte plötzlich, dass sie vor Nikolai Sotow keine Angst mehr hatte. Sie musste ihn einfach aus der Wohnung werfen, die Tür hinter ihm zumachen und ihn nicht mehr hineinlassen. Er war längst nicht mehr ihr Mann. Kein Eintrag im Pass oder im Zivilstandsregister hatte für sie noch eine Bedeutung. Sie begriff auch, dass sie keinerlei Hilfe von der Polizei oder den Behörden zu erwarten hatte, dass sie ganz allein auf sich gestellt war.

Sie rannte in ihre Etage hinauf und stieß die Wohnungstür auf. Sie war unverschlossen. Aus dem Schlafzimmer drang lautes Schnarchen, durch die offene Tür roch es säuerlich nach einem lange nicht gewaschenen Körper, nach abgestandenem Schnapsdunst, vermischt mit Tabakrauch.

Der Recorder lief, und Olivia Newton-John flehte, man möge nicht aufhören, an die Liebe zu glauben.

Antonina fand in der Küche das kleine Steinhämmerchen mit dem hölzernen Heft, das sie von ihrem Stiefvater geerbt hatte. Gewöhnlich zerkleinerte sie damit im Mörser gefrorenen Seehundstran, Ringelrobbenleber oder Fleisch.

»Steh auf!«, schrie Antonina dem Schlafenden ins Ohr. »Mach, dass du wegkommst!«

Nikolai schlug die Augen auf und begriff offensichtlich nicht sogleich, wo er war. Allmählich wurde sein Blick klarer, er setzte sich im Bett auf und brüllte: »Bist du übergeschnappt? Los, wirf den Hammer weg!«

»Geh im Guten!«, schrie Antonina.

»Ich rühre mich nicht von der Stelle! Du bemühst dich umsonst.« Sotows Gesicht verzerrte ein Grinsen.

Da fühlte Antonina, wie glühender Zorn sie erfasste. Sie schwang das Hämmerchen und ließ es auf Sotows Kopf niedersausen. Sotow aber konnte noch ausweichen, und das Steinhämmerchen streifte nur seine Stirn und die Nasenwurzel. Aus der Nase quoll Blut.

»Du Eskimonutte, du!«, dröhnte er.

Seine Hände hielten ein wer weiß woher aufgetauchtes scharf geschliffenes Messer mit langer Klinge. Er stürzte sich auf die Frau und stieß ihr das Messer mit aller Kraft in den unvermutet weichen und nachgiebigen Leib.

Antonina brach augenblicklich zusammen und glitt langsam neben dem Bett zu Boden.

Das ist das Ende!, schoss es ihr deutlich durch den Kopf, und mit leisem Erstaunen in der Stimme sagte sie laut: »Das ist das Ende.«

Robert Carpenter hatte es geschafft, zur Beerdigung zu kommen. In der Vorfrühlingszeit, wenn das Tageslicht zunahm, hielt sich über Wochen ein klares, stilles Wetter. Umso bitterer war es für ihn, Antonina auf diesem letzten Weg zu begleiten und den Sarg in die gefrorene Erde zu senken.

Melenski tröstete Robert Carpenter, so gut er konnte. Er sagte ihm sogar, schönes Wetter am Tag des letzten Abschieds bedeute, dass der Verstorbene gegenüber den Lebenden keinen Groll hege.

Aber alle diese Worte lösten Robert Carpenter nicht aus der Erstarrung. Er saß in Michail Melenskis Arbeitszimmer und starrte dumpf in die Ferne, in die Tundra. Durch die Bläue des anbrechenden Winterabends ließ sich noch der Friedhof erkennen, auf welchem sie soeben Antonina Tamirak beerdigt hatten. Der Tee auf dem Tisch war längst kalt geworden.

Melenski hatte schon mehrmals den elektrischen Samowar wieder eingeschaltet und neuen Tee gebrüht, aber Robert rührte seine Tasse nicht an.

Außer Kummer und dem Gefühl des unwiederbringlichen Verlustes empfand er Mitleid mit diesen Menschen, die so schutzlos Willkür und roher Gewalt ausgesetzt waren. Wie konnten sie so leben? Was war das für ein Staat, dieses Russland, ja war es denn ein Staat?

Er erinnerte sich an die über CNN gesehenen Panzer auf Moskaus Straßen, an den Beschluss des Parlaments, an Jelzin auf dem Panzer, der den Befehl gab, das Feuer auf das Weiße Haus der Administration am Ufer des Moskwa-Flusses zu eröffnen, an die Stimme von Vizepräsident Ruzkoi, der die Militärflieger aufrief, den Kreml zu bombardieren.

Was sollte man sich noch wundern, wo sich die Gesetzlosigkeit in diesem Land auf solch hoher Ebene ereignete?

»Wie kann man in einem solchen Staat leben?«

Seine Frage war eher eine rhetorische, Melenski aber versuchte dennoch, darauf zu antworten.

»Man muss es eben ... Jetzt gibt es wenigstens die Hoffnung, dass wir irgendwann immerhin in einem Rechtsstaat leben werden.«

»Aber leben muss man *heute*!«, entgegnete Robert schmerzvoll. »Heute sterben bei euch die Menschen, man erschlägt sie auf der Straße, in Treppenhäusern, erschießt sie in Autos ... Und kein einziges Verbrechen wird aufgeklärt! Es gibt keinen einzigen großen, öffentlichen Prozess. Was ist bei euch los? Manchmal scheint mir, als habe es unter den Bolschewiki und Kommunisten mehr Ordnung gegeben.«

Melenski hörte Robert an, ihm selbst war bitter und elend zu Mute. Als er versucht hatte, mit dem Chef der Miliz zu sprechen, hatte der sich schützend wie eine Mauer vor Gisatullin gestellt und erklärt, der Dienst habende Milizionär habe streng nach Vorschrift gehandelt. »Wenn wir uns in jeden Familienstreit einmischen würden«, hatte der Milizchef wichtigtuerisch gesagt, »kämen wir nie zu unserer Arbeit.«

Melenski hatte fragen wollen, worin denn die Hauptarbeit der Miliz im Kreiszentrum bestand, sah aber ein, dass dies sinnlos gewesen wäre. Dieser schon ältere Mann mit den Schulterstücken eines Majors, aufgedunsen von einem Leben im Bürosessel, dachte nur daran, wie er ohne allzu große Anstrengung das Pensionsalter erreichen, eine Wohnung in Rjasan oder Tula ergattern und seinen Container mit dem Hausrat heil und unversehrt an den Ort seiner endgültigen, letzten Bleibe bringen konnte. Nur deswegen war er hierher ans Ende der Welt gekommen, hatte er das raue Klima und alle Unbequemlichkeiten erduldet, für nichts sonst. Und nun dieser idiotische Mord, durch den noch ein internationaler Skandal drohte.

Nikolai Sotow hatte man ins Gefängnis gesteckt, in eine kleine, von Tundrarasen umgebene Hütte am Rande des Kreiszentrums mit – wie es sich gehörte – vergitterten Fensterchen. Gewöhnlich saßen in dieser Besserungsanstalt Hiesige ein, Betrunkene, die an Schlägereien beteiligt gewesen waren, Rowdys. Ein Weißer war hier eine Seltenheit. Jetzt musste man auf eine Kommission aus dem Bezirk warten, auf Untersuchungsführer, vor Gericht auftreten …

»Gisatullin hat streng nach Vorschrift gehandelt«, wiederholte der Milizchef und gab durch Haltung und Miene zu erkennen, dass er nicht länger mit Melenski über diese Angelegenheit zu debattieren gedachte.

11

Die Wahlen für das Haupt der Kreisadministration standen bevor. Michail Melenski wollte sich daran beteiligen und ließ sich nicht ohne Mühe als Kandidat aufstellen.

Vor den Feiern zum Ersten Mai kam Wiktor Alexandrowitsch Basarow in die Lawrentija-Bucht geflogen. Melenski, der ihn vom Flugplatz abholte, sah mit Betroffenheit, wie sehr die Macht einen Menschen veränderte: Basarow hatte gleichsam auch an Körpergröße zugelegt. Zwar war, wie sich alsbald zeigte, das Schuhwerk des neuen Gouverneurs mit dickeren Absätzen versehen, aber diese Haltung, der Chefton, die Selbstsicherheit! Basarow verbrachte jetzt einen Großteil der Zeit in Moskau. Dort auch nahm er jene selbstgewisse Herablassung an, wie sie den frisch gebackenen Moskauer Politikern eigen war, die über die Leichen in den Korridoren des Weißen Hauses am Krasnopresnenski-Ufer, nahe der Brücke an der Kalinin-Straße, hinweg zur Macht gestürmt waren.

»Ich habe beschlossen, eine Fußballmannschaft zu schaffen«, erzählte Basarow. »Sie wird bei den Spielen in Moskau teilnehmen und unserem Autonomen Bezirk Ruhm eintragen. Der Bürgermeister von Moskau, Juri Luschkow, hat versprochen, zu uns nach Tschukotka zu kommen. Auch andere hoch gestellte Leute von der Präsidentenadministration, aus den Ministerien und den Komitees. Tschukotka braucht ein attraktives Image!«

Auf das Wort »Image« legte Basarow eine besondere Betonung.

»Aber Fußballer sind teuer«, wandte Melenski ein. »Vielleicht sollte man das Geld lieber den Kindergärten in den Dörfern geben?«

»Einen Kindergarten kann man nicht nach Moskau schicken«, schnitt Basarow barsch ab. »Aber eine Fußballmannschaft ›Spartak Tschukotka‹ – das klingt nach etwas.«

»Dann muss man aber noch gewinnen.«

Basarow blickte Melenski aufmerksam an. »Ist erst das Geld da, gibt es auch Gewinner.«

Von Kytryn aus flog Basarow weiter nach Wankarem. Dem Hubschrauber wurden ein wenig Hilfsgüter mitgegeben, auch Post. Über Wankarem fegte ein Schneesturm, und die Piloten drängten zur Eile. Basarow schaffte es aber, einen Blick in die Schule und auch in den Laden zu werfen, wo in den Regalen Gummistiefel der Größe achtundvierzig unheildrohend aufragten, dazu drei Büchsen Phosphorchlorid und eine kleine Pyramide aus Dosen mit koreanischen Schnellkochnudeln der Marke Doschirak.

Den in der Schule von Wankarem Versammelten sagte Basarow schroff: »Über das schwere Leben klagen, das können wir alle. Man muss gemeinsam mit dem Lande dulden. Allen geht es schlecht. Reformen sind im Gange, sie sind schwer durchzusetzen, es gibt viel Widerstand, vor allem in der Staatsduma.«

»Warum hat man uns dieses Jahr weder Kohle noch Lebensmittel geliefert?«

»Die Flotte ist weg«, parierte Basarow. »Die gesamte Fernostflotte wurde zerpflückt, vernichtet, verkauft. Es fehlen die Transportmittel. Bevor man etwas gefunden hat, ist das Meer schon wieder zugefroren.«

»Was, zum Kuckuck, sollen die Reformen, wenns uns schlechter geht als je zuvor?«

»Zum Vergangenen gibt es kein Zurück. Wir leben in einer demokratischen Gesellschaft. Früher hat man uns die Chefs und Leiter vor die Nase gesetzt, jetzt sind wir frei, das Haupt der Administration zu wählen. Ihr habt doch mich gewählt!«

»Wir haben dagegen gestimmt! Wir waren für Päljat.«

»Das bedeutet, Päljat hat nicht die Mehrheit der Stimmen erhalten. Vielleicht besiegt er mich bei der nächsten Wahl. Darin liegt die Stärke der Demokratie. In Kürze wird die Wahl zum Haupt der Kreisadministration stattfinden. Ich persönlich werde die Kandidatur von Herrn Frantow unterstützen. Er hat sich als ein geschickter und kluger Leiter des schwierigsten Kreises im Bezirk erwiesen. Daher solltet ihr für ihn stimmen. Die Administration des Bezirks sowie der Gouverneur von Tschukotka persönlich unterstützen ihn.«

»Wir würden aber gern Mischa Melenski als Haupt der Kreisadministration wählen ...«

»Michail Antonowitsch ist ein gescheiter Mann. Allerdings besitzt er noch wenig Erfahrung in der Leitungstätigkeit. Die Hauptsache aber – er hat sein Wirkungsfeld, da ist er unersetzlich. Er hat beste Beziehungen zu den Amerikanern, und er kann sich mit ihnen verständigen, was sehr wichtig ist. Amerika ist unser nächster Nachbar.«

»Genau, das stimmt«, bestätigte der bis dahin schweigsame Alteingesessene des Dorfes, Kuntschin, der sich noch an die Tscheluskinzen erinnerte – auf Hundeschlitten hatte er sie seinerzeit nach Ulak gebracht.

»Wir haben viel über den geplanten Verkauf von Tschukotka an Amerika gehört«, ließ sich nun auch der Lehrer Prao vernehmen. »Warum wird diese Angelegenheit verschleppt? Die Balten haben sich abgespalten, die zentralasiatischen Republiken haben sich zu unabhängigen Staaten erklärt, die Jakuten stellen sogar eine eigene Armee auf. Nur wir vegetieren im Elend dahin.«

»Schon wieder dieses Gerede!«, explodierte Basarow. »Noch einmal erkläre ich mit Nachdruck: Es wird keinen Verkauf geben! Vergesst das! Sagt doch bloß, um Himmels willen, wozu sollte Amerika euch brauchen?«

»Ich habe dort entfernte Verwandte«, brachte Prao unsicher

hervor. »Jetzt kann man frei über alles sprechen. Es soll auch ein Gesetz über visafreie Reisen der Ureinwohner zu ihren Verwandten geben …«

»Ja, eine solche Vereinbarung mit den Amerikanern gibt es. Aber um es geradeheraus zu sagen, unsere Menschen sind noch nicht so weit, um einfach so umherzureisen.«

»Warum nicht?«

»Weil, wegen … Ganz elementare Dinge! Sie können ja nicht einmal richtig mit Messer und Gabel umgehen. Es fehlt an Kultur. Wir werden reisen. Aber in organisierter Form. Nicht so spontan, wie es jedem gerade passt. Das geht nicht.«

In Kytryn traf sich Basarow mit Ryschkow. »Bei mir liegt Ihr Antrag auf die Zuteilung einer Zweizimmerwohnung in Rjasan«, sagte Basarow. »Die Administration ist der Meinung, dass der Antrag zweifellos eine positive Prüfung verdient. Vielleicht sogar noch dieses Jahr. Ich denke, sobald Sie die Wahlen im Kreis durchgeführt haben, können Sie Ihren Container packen.«

Ryschkow wurde heiß vom jähen Ansturm der Gefühle. »Mein Container steht sogar schon seit vorigem Jahr bereit«, erwiderte er. »Er steht unten, vor den Fenstern. Die Wahlen zum Haupt der Kreisadministration werden durchgeführt, wie es sich gehört.«

»Das höre ich gerne.«

Nach Kytryn besuchte Basarow Pewek, das Kap Schmidt, Egwekingot, die Guwreler Bucht, und er flog sogar nach Beringowski.

Dennoch lief nicht alles glatt. Aus unerfindlichem Grund war die Mehrheit der Wähler gewillt, für Melenski zu stimmen, und bei der Versammlung in Ljurän wurde Frantow buchstäblich von der Tribüne gejagt. Für das Haupt der Kreisadministration hatten ursprünglich drei Leute kandidiert, jedoch einen Monat vor dem Termin waren es nur noch zwei – Melenski und Frantow.

Lisa Dodschijewa lehnte es dieses Mal ab, in der Wahlkommission mitzuarbeiten, und ihr Onkel Wassili begab sich gemeinsam mit Wladimir Tschejwun zum Eisfischen an den Atschtschen-See zu dem berühmten Tawrat. Man musste eilig neue Leute in die Kommission holen. Ryschkow erreichten Gerüchte darüber, dass einige Leute, die den Trick mit den Bleistiften bei den Gouverneurswahlen durchschaut hatten, damit drohten, die Wahlzettel mit Tintenstift und Kugelschreiber auszufüllen. Ryschkow bestellte in der Druckerei zusätzliche Wahlzettel. »Für den Fall eines Schneesturms oder anderer Wettereinbrüche«, erklärte er die Bestellung. »Wie schnell hat der Wind so ein Papier verweht, und weg ist es ...«

Trotzdem, aus den Dörfern kamen wenig tröstliche Nachrichten. Inoffizielle Umfragen erbrachten ein Besorgnis erregendes Bild: Die Mehrheit wollte für Melenski stimmen. Zwar versicherte der Kommandeur der Grenzbereitschaft Frantow, das Militär werde seine Stimmen ihm geben, aber das löste nicht das Problem.

Eine Woche vor den Wahlen telefonierte Basarow lange mit Frantow. Die Dienst habende Telefonistin Anna Tschejwuna und Lisa Dodschijewa tranken zusammen Tee und hörten das Gespräch aufmerksam mit.

»Dieses Mal ist die Sache schwierig«, meldete Frantow. »Ich fürchte, weder ein kostenloses Büfett noch die Austeilung von Hilfsgütern werden helfen. Die Leute werden trinken, was man ihnen bietet, die Lebensmittel nehmen, aber ihre Stimme Melenski geben.«

»Wilde bleiben halt Wilde!« Der Gouverneur ließ noch ein paar Mutterflüche folgen.

Anna Tschejwuna und Lisa Dodschijewa tauschten empörte Blicke.

»Ich habe mit Ryschkow gesprochen. Er kann natürlich einiges tun, aber er sagt, es würde sehr auffällig sein.«

»Bleibt nur eins«, sagte Basarow nach kurzem Schweigen.

»Wenn du deine Kandidatur zurückziehst, kann nach dem Gesetz die Wahl nicht stattfinden. Demokratische Wahlen können nur Alternativwahlen sein, sonst sind sie ungültig.«

»Aber das ist doch ebenso auffällig.«

»Vieles fällt auf«, erwiderte Basarow schroff. »Aber niemand schert sich drum. Also, handle!«

Da nur noch Michail Melenski auf der Kandidatenliste stand, wurde die Wahl für das Haupt der Administration des Tschuktschischen Kreises auf unbestimmte Zeit verschoben. Per Verfügung des Gouverneurs Basarow blieb Frantow an der Spitze des Kreises.

12

Susan Canishero wollte Arkadi Pesterow zu ihrer Vertrauensperson und ihrem Vertreter machen. Man versuchte ihr das auszureden, mit dem Hinweis darauf, dass ihr Auserwählter der »grünen Schlange« zugeneigt sei. Sogar Michail Melenski äußerte Zweifel an der Richtigkeit ihrer Wahl. Aber sie hielt dagegen, dass die Tätigkeit zum Wohl und Nutzen des eigenen Volkes und der heimatlichen Siedlung ihn von der verderblichen Angewohnheit ablenken werde. Einen verlässlichen Menschen zu finden, der nicht trank, war ohnehin fast unmöglich. Für diesen Posten aber einen Zugereisten oder, noch schlimmer, einen von der Kreisadministration Empfohlenen zu nehmen, erschien Susan taktlos.

Arkadi Pesterow selbst war von Susan Canisheros Entscheidung regelrecht erschüttert, hielt er sich doch schon für einen endgültig Gestrandeten, der zu nichts Ernsthaftem mehr fähig war! Nach dem Gespräch mit ihr und nachdem er sich anstandshalber zwei Tage Bedenkzeit ausgebeten hatte, nahm er erst einmal eine Generalreinigung seiner verkommenen Wohnung vor, er sammelte die leeren Flaschen zusammen, warf sie weg und brachte die Bettwäsche zum Waschen. Das Dampfbad in Ulak war seit dem Beginn der Demokratisierung geschlossen, daher reinigten sich die Leute im Kesselhaus. Dorthin musste man eine eigene Glühbirne mitnehmen.

Andrej Sipkaljuk, der Heizer vom Dienst, empfing Pesterow mit schiefem Grinsen und erkundigte sich niederträchtig danach, wie denn seine Verwandte im Bett sei. Als Antwort erhielt er eine derart schallende Ohrfeige, dass ihm jegliches

Interesse an dem Thema verging und er sogar dienstfertig eine stärkere Ersatzglühbirne offerierte.

Arkadi Pesterow beschloss, nicht mehr zu trinken.

Sonderbarerweise fiel ihm der Entschluss ausgesprochen leicht. Abends, wenn er die Zeit mit Lektüre oder vor dem Fernseher verbrachte, dachte er mit bitterem Bedauern an die vergeudeten, im Alkoholnebel verdämmerten Jahre, wo vom Morgen an nur ein Gedanke das Gehirn gemartert hatte, nämlich wie man den Kater bekämpfen, dem frösteligen, depressiven Zustand entkommen und wieder Sicherheit gewinnen könnte, und sei es wieder mit Alkohol, der einem das Gefühl gab, man sei ein lebendiger Mensch.

Arkadi rasierte sich jetzt jeden Morgen, bespritzte sich mit Kölnischwasser und erschauerte angewidert bei der Vorstellung, die verdünnte, von der Reaktion mit dem Wasser weiß gewordene Flüssigkeit als Ersatz für Schnaps hinunterzuschlucken.

Mit besonderer Erregung sah er jeder Begegnung mit Susan Canishero entgegen, es war, als ginge er zum ersten Rendezvous. Die Amerikanerin ihrerseits war im Umgang mit ihm freundlich, aber sachlich. Immerhin war sie eine junge Frau, und vielleicht, ohne es selbst zu bemerken, kokettierte sie ein wenig und weckte damit in den Tiefen von Arkadi Pesterows bemooster Seele stürmische Gefühle. Nach außen freilich benahm sich Pesterow betont korrekt und neutral.

Ganz Ulak hielt erwartungsvoll den Atem an. Die meisten der Dorfgenossen glaubten, Arkadi werde nicht lange durchhalten und eines schönen Tages wieder auf Ulaks einziger Straße mit grauem Stoppelbart und erloschenem Blick dahinschleichen, in einem schief geknöpften Mantel, der die Spuren von ungeschickt abgewaschenem Erbrochenem trug. Fast jeder, den er traf, musterte ihn eindringlich, als suche er nach Anzeichen des Rückfalls, und ging enttäuscht, das Gespräch taktlos abbrechend, weiter. Der Kreis der Leute, mit denen Pesterow verkehrte, wurde auf einmal sehr klein, er beschränkte sich auf diejenigen, die das Trinken längst aufgegeben hatten oder aber für den Alkohol generell nichts übrig hatten.

Arkadis wichtigster Gesprächspartner wurde der Walrossbeinschnitzer Iwan Kutegin, den man im Dorf wegen seiner Nüchternheit und seines Geizes heimlich verachtete. Von ihm Geld zu borgen oder für eine Flasche zu erbitten, war schier zwecklos, obgleich der Meister wohlhabend war, besonders nachdem er aus dem Kollektiv des Ateliers für Walrossbeinschnitzarbeit ausgeschieden und selbstständiger Künstler geworden war.

Wie sich herausstellte, musste man vor dem Baubeginn für die neue Bäckerei in Ulak eine Genehmigung einholen und im Bezirkszentrum bestätigen lassen. Frantow erklärte, die Kreisverwaltung könne die Verantwortung für die, wie er sich ausdrückte, »ausländische Anlage« nicht übernehmen. Überhaupt missfiel ihm dieses ganze Projekt, das an den Behörden vorbeiging. Die Bäckerei musste ersetzt werden, aber warum an der alten Stelle? Als ob es keine anderen Standorte gab in Ulak. Dudykin mutmaßte, die Amerikaner könnten das Bäckereigebäude mit allerlei Spionagegerät spicken, weshalb man die Bauleute besonders im Auge haben müsse.

Susan Canishero und Arkadi Pesterow reisten zu zweit nach Anadyr. Zunächst machten sie in Kytryn Station. Arkadi war lange nicht im Kreiszentrum gewesen. Im zweistöckigen Hotel waren die Fenster eingeschlagen, leere Höhlen klafften, und der vernagelte Eingang schreckte ab. In der Luft hing die Stimmung von Verfall und Verödung. Bestürzend wirkte die große Zahl der zum Abtransport fertigen Container – die Tangitan rüsteten zum Verlassen Tschukotkas.

Pesterow logierte bei Tschejwun. Gleich am ersten Abend erschien Wassili Dodschijew mit einer Flasche, aber er musste allein trinken: Tschejwun hatte sich eine zeitweilige Abstinenz verordnet, und was Pesterow anging, so gelang es Dodschijew nicht, seinen alten Zechkumpan zu verführen. Schließlich, als er dies einsah, sprach er anerkennend: »Hart wie ein Kiesel.« Damit korkte er die Flasche wieder zu.

In Anadyr mussten sie eigens eine Schaluppe mit einem Auto aus dem Touristenbüro von Krylow anfordern. Während sie warteten, ging Pesterow durch die ihm wohl bekannten Säle des Anadyrer Flughafens. Wie viele Tage, ja Wochen hatte er hier zugebracht! Einmal hatte er volle einunddreißig Tage hier gesessen – vom ersten bis zum einunddreißigsten Dezember. Der Liman war noch nicht zugefroren gewesen, und im endlosen Schneesturm konnte der Hubschrauber nicht starten. Wie zum Hohn legte sich jedes Mal, wenn die Nacht einfiel, der Sturm, der Himmel schmückte sich mit Polarlicht. Nach den Luftfahrtregeln aber wurde nachts nicht geflogen. Am Morgen dann, genau zum Beginn des Flugbetriebs, setzte wieder der Schneesturm ein. Und das einunddreißig Tage lang!

Derselbe ungemütliche Wartesaal, nur ungewohnt leer: Es flogen wenige Maschinen, sogar jetzt zur Sommerzeit, denn Flüge waren teuer. Am Ende der ersten Etage hatte man einen gesonderten Raum für ausländische Passagiere eingerichtet, mit Bar und Kaffeeautomat. Am Tresen sah Arkadi Pesterow zu seinem nicht geringen Erstaunen Sergej Muchin stehen, den ehemaligen Leiter des Fuhrparks der Partei.

»Wie man sieht, bist du Barkeeper geworden?«, begrüßte er ihn.

»Nicht Barkeeper«, antwortete Muchin gemessen. »Ich bin jetzt Inhaber dieser Bar, des Büfetts und des Restaurants.«

»Was du nicht sagst!«, staunte Arkadi. »Ein Kapitalist!«

»Privatunternehmer«, präzisierte Sergej. »Ich kann dich bewirten. Für meine Leute halte ich echten armenischen Kognak bereit.«

Arkadi jedoch beschränkte sich auf eine Tasse Beuteltee.

»Viele unserer Leute haben sich aufs Business verlegt«, berichtete Muchin. »Was solls, man muss leben. Auch du hast es offenbar nicht schlecht getroffen. Siehst prächtig aus, arbeitest mit Ausländern ... Deine Partnerin ist übrigens nicht übel ...« Er zwinkerte schalkhaft.

»Sie ist lediglich Geschäftspartnerin«, sprach Arkadi Pesterow ernst. »Du als Geschäftsmann solltest es wissen: entweder das Geschäft oder etwas anderes.«

»Das ist richtig«, bestätigte Muchin.

Die Schaluppe mit dem Kleinbus fuhr durch den Liman. Arkadi Pesterow starrte gebannt auf die bekannten Umrisse des Bezirkszentrums, in dem er die wesentliche und schönere Hälfte seines Lebens verbracht hatte. Im unteren Teil der Stadt standen nur noch wenige der alten kleinen Holzhäuser aus vorrevolutionären Zeiten, als die Hauptstadt der entlegensten Randzone des Russischen Reiches Nowo-Mariinsk geheißen hatte. Neben der Mündung des versandeten und durch ein Wehr abgesperrten Flüsschens Kasatschka lagen kleinere Boote, und etwas weiter, hinter dem Kap, ragten Hafenkräne empor. An der Anlegestelle löschte der einzige Dampfer seine Ladung, auf der Reede stand ein rostiges Kühlschiff und wartete auf Fang. Näher zur Küste durchzogen Schwimmer von Stellnetzen die Wasserfläche, dann und wann zeigten sich die weißen Rücken von Belugas sowie die schwarzen Köpfe von Ringelrobben.

Das Schiff legte an, an einer aus einer versenkten alten Schaluppe hergerichteten Anlegestelle, und der Kleinbus rollte an Land. Sie fuhren an dem alten Hotel vorüber, das leer stand und vernagelt war.

»Sie werden im ›Intourist‹-Hotel wohnen«, erklärte Krylow. Ein Teil eines Wohnblocks war zum Hotel umfunktioniert worden, es gab darin sogar ein Luxusappartement, das für Susan Canishero reserviert war. Arkadi Pesterow bezog ein recht gemütliches Einzelzimmer mit Telefon, Fernseher und Dusche/WC.

Nach dem Abendessen brachen sie auf, um die Hauptstadt

des Tschuktschischen Autonomen Bezirks zu besichtigen. Sie gingen die Leninstraße hinunter, am Krankenhauskomplex vorbei. Vor ihnen erhob sich ein wuchtiges graues Gebäude mit den sich scharf abhebenden Facetten schmaler Fenster.

»Ist das eine Fabrik?«, fragte Susan.

»Nein«, erwiderte Arkadi. »Der Palast für die Kinder.«

»Ein Kinderpalast?«, staunte Susan.

Ungefähr dreißig Jahre zuvor, als der junge Arkadi Pesterow nach Beendigung der Chabarowsker Parteischule in das Bezirkszentrum gekommen und Assistent des Ersten Sekretärs des Bezirkskomitees der KPdSU geworden war, hatten die Pioniere und Schüler Geld dafür gesammelt. Mit der Projektierung wurde unergründlicherweise ein Spanier beauftragt, der von Frösten und winterlichen Schneestürmen lediglich aus Büchern und Filmen wusste. Dennoch wurde der Bau ausgeführt. Mit einer Vielzahl von Räumen für Zirkelarbeit, mit einem Veranstaltungssaal und sogar mit einem Schwimmbecken. Letzteres stand allerdings viele Jahre trocken – das braune Tundrawasser, das die Anadyrer als Trinkwasser benutzten, taugte nicht zum Schwimmen. Erst als man gelernt hatte, das Wasser zu klären, wurde das Becken gefüllt.

Im unteren Teil von Anadyr wies Arkadi auf ein halb verfallenes langes Gebäude. »Darin befand sich das Lehrerbildungsinstitut, an dem ich gelernt habe.«

»Demnach bist du vom Fach her Pädagoge?«

»Ich besitze kein Lehrerdiplom, aber ich darf in der Grundschule bis zur vierten Klasse unterrichten«, erklärte Arkadi nicht ohne Stolz. Es gefiel ihm, neben einer so schönen Frau zu gehen, und er erhaschte Blicke, die sich erstaunt und neugierig auf ihn richteten. Etliche alte Bekannte blieben stehen, knüpften ein Gespräch an, und Arkadi Pesterow stellte feierlich seine Begleiterin vor: »Susan Canishero. Aus Amerika. Wir arbeiten gemeinsam an einem Projekt.« Er fühlte sich verjüngt und voller neuer Kräfte. Sogar seine Stimme war verändert.

In Anadyr hatten ungeheuer viele Verkaufsstellen aufgemacht. Früher hatten ein Warenhaus, das große Lebensmittelgeschäft im »Balkonhaus« sowie zwei, drei weitere Verkaufseinrichtungen genügt. Jetzt prangte beinahe an jedem Haus ein Ladenschild. Gewohnheitsmäßig betrat Pesterow das Buchgeschäft, aber darin hatte sich ein großer Parfümerie- und Kosmetiksalon mit dem anspruchsvollen Namen »Prestige« niedergelassen. Den Büchern stand nur noch ein Regal zur Verfügung. Auf den Glanzumschlägen sah man halb nackte Mädchen, irgendwelche tierähnlichen Physiognomien, Messerklingen, Pistolenläufe, Leichen mit hervorquellenden Augen. Solche Bücher hatte Pesterow sein Lebtag nicht in der Hand gehabt. Er wollte eins kaufen, aber die Preise waren niederschmetternd.

Die Fülle an Importlebensmitteln war frappierend. Was es hier alles gab! Allerverschiedenste Graupen, ein Dutzend Sorten Margarine und Butter, Würste, gekochte weiche und hart geräucherte, außerdem Milchprodukte, Brot in verschiedenen Sorten, Gebäck, Pralinen, tiefgekühlte Hühner, Fleisch, darunter auch Rentierfleisch, natürlich Fisch, wobei am billigsten der Anadyrer Lachs war, frisch gefangen im Liman. Und die Getränke! An die zehn Sorten Wodka, Wein in verführerisch geformten Flaschen und Bier! Bier in Blechdosen, in Flaschen, in irgendwelchen granatenähnlichen Behältern und sogar in Fünfliterfässchen. Erfrischungsgetränke wie Coca-Cola, Pepsi ...

Inmitten all dieses Warenüberflusses fielen die ungepflegten Häuser, die erloschenen Fenster der verlassenen Wohnungen, das leer stehende Weiße Haus, das menschenleere Hotel ›Tschukotka‹, die Investruine der Bank und die abgeschaltete einzige Ampelanlage, auf die die Einwohner des Bezirkszentrums so stolz gewesen waren, besonders ins Auge.

Als sie über eine hölzerne Brücke gingen, starrte Arkadi interessiert auf ein Türmchen mit Kreuz. Er hatte gehört, dass man in Anadyr die alte, noch zu Zarenzeiten errichtete orthodoxe Kirche wieder hergestellt hatte. Er konnte der Versuchung nicht widerstehen und betrat das Gotteshaus … Es war, als ob die Zeit rückwärts gegangen wäre. In dem geräumigen Innern, in dem Pesterow früher revolutionäre Filme gesehen hatte, wo Funktionäre aus Partei und Wirtschaft ihre Sitzungen abgehalten hatten und die Jahrestage der Revolution gefeiert worden waren, flimmerten jetzt Kerzen. Weit hinten am Altar schimmerte dumpf das Gold der Ikonen. Betende gab es hier nicht: Zu dieser Zeit verbrachten die Anadyrer jede freie Stunde an der Küste – sie fischten, salzten den Fang und bereiteten Kaviar. Aus einer Seitentür, von dort, wo früher der Verschlag des Kinovorführers gewesen war, trat ein junger Geistlicher und grüßte freundlich. Pesterow stellte Susan vor, über sich selbst schwieg er diplomatisch.

»Bei uns gibt es viele orthodoxe Kirchen«, sagte Susan. »Ich bin mit Vater Nikolai, dem Obergeistlichen der orthodoxen Kirche in Alaska, bekannt.«

»Angenehm zu hören«, erwiderte der Anadyrer Geistliche, der seinem Alter nach Komsomolsekretär hätte sein können.

Arkadi Pesterow, versteht sich, war im Geist des militanten Atheismus erzogen und glaubte nicht an Gott. Gewiss, in den Tiefen seines Bewusstseins spürte er die Gegenwärtigkeit einer unbekannten, unerklärlichen, übernatürlichen Kraft. Diese Kraft war stets zugegen, sie wohnte in allem Lebenden und Toten der Natur. Aber es wunderte ihn aufrichtig, dass sich die Bekämpfer dieses Aberglaubens selbst, die Christen, so als wäre nichts dabei, vor den gemalten Darstellungen von Jesus Christus, der Gottesmutter und der vielen Heiligen verneigten, die ihrer Zahl und funktionellen Bestimmung nach mit der Schar Kälät des tschuktschischen Schamanenkultes durchaus wetteifern konnten.

Dennoch, etwas Sonderbares schwebte in der neuen Atmosphäre des einstigen Kinos und Versammlungssaales.

Um nicht des Gefühls der Andacht verlustig zu gehen, das sich bei dem Besuch des Gotteshauses eingestellt hatte, verzichtete Pesterow darauf, seiner Begleiterin zu erzählen, was früher in diesem niedrigen Gebäude am Ufer des Tundraflüsschens Kasatschka gewesen war. Er zeigte ihr das Denkmal für die Ersten Rewkomowzen auf dem Hochufer des Limans, vermittelte ihr dies und das aus der Geschichte Tschukotkas, und damit ging der erste Tag in der Hauptstadt zu Ende.

Susan begab sich in ihr Luxusappartement, und Pesterow streifte noch einmal durch bekannte und unbekannte Straßen und gab sich Erinnerungen hin.

Es war schon gegen Morgen, als er vom Denkmal für die Ersten Rewkomowzen geradenwegs zum Ufer des Limans hinunterstieg.

Auf dem schmalen Kiesstreifen stand ein Zelt, daneben brannte ein Lagerfeuer, und am Feuer saß, mit einem Stöckchen in den Kohlen stochernd, ein Buckliger. Das war Wladimir Tschajwurgin, ein alter Bekannter, das allewige Haupt der Abteilung Sozialversicherung, der Freund und Beschützer aller Invaliden, hilflosen Greise und unheilbar Kranken.

Alljährlich wies die Stadtverwaltung den Einrichtungen sowie einzelnen Bürgern der Stadt Uferabschnitte zum Fischen zu. Hier, in der kleinen Ersten Bucht, fischten die Bewohner des Invaliden- und Altenheims.

»Kakomej! Amyn ettyk!«, rief Wladimir Tschajwurgin aufrichtig erfreut. »Wo kommst du her? Ich hab dich wohl zehn Jahre nicht gesehen!«

»Wir kommen aus Ulak«, antwortete Pesterow gemessen. »Ich bin mit der Vertreterin Amerikas hier, um das Projekt einer neuen Bäckerei in Ulak bestätigen zu lassen.«

»Dahin haben es die Bürokraten gebracht!«, bemerkte Tschajwurgin erbost. »Sogar für den Bau einer Dorfbäckerei braucht es eine Genehmigung. Ehrlich gesagt, als das mit der

Perestroika und dem ganzen Zeug anfing, hab ich gehofft, wenigstens der Papierkram in den Ämtern würde weniger werden. Aber nein, es ist jetzt noch schlimmer. Na, erzähle, wie lebst du? Oder warte, ich koche eine Suppe aus frischem Fisch.«

Während sich Tschajwurgin am Feuer zu schaffen machte, kamen die Fischer auf Pesterow zu. Mit breitem Lächeln im blinden Gesicht trat ein stattlicher Mann an ihn heran.

»Ich habe dich erkannt, Arkadi«, sagte er.

Das war Jok, Pesterows Dorfgenosse. Bereits als Kind hatte er das Augenlicht verloren, aber das Leiden hatte ihn nicht böse gemacht. Im Gegenteil, Jok strahlte nur Güte aus. Er kannte ein Vielzahl von Märchen und Legenden, Liedern, Sprichwörtern und Redensarten. Einige Male wurde versucht, ihm das Sehvermögen zurückzugeben, man brachte ihn in Filatows Klinik, zu anderen Koryphäen der Medizin, jedoch ohne Erfolg. Nach und nach starben seine nahen Verwandten, und so musste Jok in das Anadyrer Invaliden- und Altenheim ziehen, wo er zum allgemeinen Erstaunen niemandem zur Last fiel. Er konnte einfach alles. Er nähte eine Naht so wasserdicht, wie sie ein Sehender nicht zustandebrachte, aus Walrossbein schnitzte er Tierfiguren, und er bedauerte nur, nicht selbstständig lesen zu können. Was das Fernsehen betraf, so konnte er sich allein am Ton das Geschehen auf dem Bildschirm erstaunlich genau vorstellen.

Arkadi Pesterow berichtete ausführlich von den Ulakern.

»Stimmt es, dass die Amerikaner jetzt wieder nach Ulak kommen?«, fragte Jok.

»Es stimmt«, antwortete Arkadi. »Sicherlich hast du von dem Keniskuner Händler Carpenter gehört?«

»O ja, viel sogar!«, erwiderte Jok lebhaft.

»Ich bin mit seiner Enkelin Susan hier. Susan wird in Ulak eine Bäckerei bauen.«

»Kakomej!«, rief Jok aus und fügte leise hinzu: »Ich habe

einen Traum, nämlich irgendwann einmal nach Ulak zu kommen, wenigstens für einen Tag. Am liebsten aber würde ich in Ulak sterben und wünschen, dass man mich nach alter Sitte auf dem Hügel der Herzensbesänftigung bestattet, dass man mich einfach auf die Erde legt und mit den großen Steinen von unserer alten Jaranga umgibt.«

»Was soll das, Jok! Du hast noch lange zu leben«, versuchte Pesterow den Landsmann zu trösten.

Die Fischsuppe wurde in große Emailleschüsseln ausgeteilt. Tschajwurgin holte eine Halbliterflasche hervor.

Pesterow sah den Freund nachdrücklich an und sagte fest: »Ich trinke nicht, gar nicht.«

»Tu du, was du für richtig hältst«, sagte Tschajwurgin gedehnt. »Ich respektiere solche Menschen. Aber Jok und ich werden mit deiner Erlaubnis einen Schluck zu uns nehmen.«

Der Blinde trank den Wodka mit merklichem Vergnügen. Auch Tschajwurgin ächzte genüsslich, schenkte aber nicht wieder ein. Die Fischsuppe schmeckte prächtig: Ihr waren irgendwelche Tundrawürzen beigegeben.

Beim Essen sprach man über Politik, über Angelegenheiten der neuen Administration Tschukotkas.

»Ich kann mich einfach nicht an ein Leben ohne die Partei gewöhnen«, beklagte sich Tschajwurgin treuherzig. »Wenn ich am Weißen Haus vorbeikomme, zieht es mich, hineinzugehen und mir Rat zu holen …«

»Weißes Haus« nannte man in Anadyr das Anfang der Siebzigerjahre errichtete pompöse Verwaltungsgebäude. Das Haus war tatsächlich weiß, an der Ecke erhob sich ein imposantes Lenin-Denkmal aus grauem Granit. In der zweiten Etage hatte Pesterow sein Arbeitszimmer gehabt, gleich neben dem Vorzimmer des Ersten Sekretärs. Die Fenster gingen zum Anadyrer Liman hinaus, und am Morgen erfüllte die aufgehende Sonne das geräumige Zimmer mit heiterem Licht. Vor einigen Jahren hatte das Gebäude Risse bekommen, und es zeigte sich, dass die Planer eine Eislinse unter der einen Ecke des Gebäudes übersehen hatten. Alle drei Etagen konnten plötzlich einstürzen. So mussten die Beamten das gefährliche Gebäude verlassen und in die ehemalige Seehafenleitung umziehen. Das Weiße Haus mit den erloschenen und hier und da mit Sperrholz vernagelten Fenstern ließ traurige Gedanken aufkommen.

»Die Kommunistische Partei ist zusammengebrochen und mit ihr die gesamte riesige Machtpyramide«, stellte Tschajwurgin mit Bitterkeit fest. »Dabei schien sie ein solcher Felsblock zu sein!«

»Das heißt, irgendwo im Fundament verbarg sich eine Linse«, bemerkte Pesterow vieldeutig. »Und keinem fiel auf, wie sie anfing zu tauen. Aber manchmal kommt es mir vor, als ob jetzt ein sehr interessantes Leben anfängt. Nur leider sind wir nicht mehr die Jüngsten.«

»Na, na, beklag dich nicht über dein Alter! Bei dir ist das eine Sünde.« Tschajwurgin schmunzelte. »Wo du mit einer so interessanten Frau hergekommen bist. Ich erinnere mich, wie aktiv du in dieser Hinsicht gewesen bist, als du noch Assistent des Ersten Sekretärs warst.«

»Ja, ja, so sagt man das im Alter: Auch ich war mal ein toller Hecht.«

Basarow empfing Susan Canishero und Arkadi Pesterow im Vorzimmer und führte sie gastlich in sein Kabinett. Die Ausstattung des Gouverneurszimmers war ein wenig ungewöhnlich. In einer Ecke stand auf einem Tischchen ein von innen erleuchteter alter Globus, hinter dem Gouverneurssessel war auf der einen Seite die russische, auf der anderen Seite die Flagge des Tschuktschischen Autonomen Bezirks mit dem Dreieck und dem roten Kreis aufgestellt – letztere erinnerte entfernt an die Staatsflagge Japans. In einem Schrank aus kostbarem Holz waren, auf schwarzen Samt gebettet und von unten her angeleuchtet, Skulpturen aus Walrossbein präsentiert. Etliche dieser Erzeugnisse kannte Pesterow gut, ebenso ihre Urheber. Der gesonderte Tisch mit den vielen Telefonapparaten, mit einem Computer und noch irgendwelchen elektronischen Geräten verlieh, durch den Kontrast zu den schon genannten Gegenständen, dem Arbeitszimmer das ungewöhnliche Aussehen, worauf Basarow sichtlich stolz war.

Er hieß seine Gäste in bequemen, mit dunkelgrünem, sehr weich gegerbtem Leder bezogenen Sesseln Platz nehmen, und fragte: »Kaffee? Tee?«

Susan wünschte Tee zu trinken. »Hier auf Tschukotka habe ich begriffen, was für ein wirklich wunderbares Getränk das ist.«

»Ja, der tschuktschische Tee ist berühmt.« Basarow lächelte. »Es gibt nichts Großartigeres, als wenn einem in der Tundra rauchig duftender, kräftig gebrühter Tee gereicht wird.«

»Und Tee auf einer Jägerschaluppe!«, stimmte Pesterow ein.

»Ein wahrhaftes Volksgetränk!«, sprach Basarow begeistert, aber da musste er daran denken, dass das wirkliche Volksgetränk bei der örtlichen Bevölkerung längst der Wodka geworden war, und so lenkte er das Gespräch auf ein anderes Thema.

Eine halbe Stunde lang erzählte er von der Geschichte Tschukotkas, von der Nachbarschaft mit Alaska, wobei er es nicht verabsäumte, zu betonen, was für ein günstiger Faktor dies sei, und er fuhr fort: »Wir versuchen heute, viele Dinge anders zu sehen, darunter auch die Rolle amerikanischer Händler auf der Tschuktschen-Halbinsel. Dieses Land hier war die entlegenste Grenzmark des Russischen Reiches. Es vom Zentrum aus mit den nötigen Waren zu versorgen, war irrsinnig teuer. Sogar von Wladiwostok aus. Dagegen befanden sich die amerikanischen Häfen nebenan. Sodass die zaristische Regierung klug daran tat, es amerikanischen Händlern zu ermöglichen, ihr Gewerbe zu entfalten …«

»Ja, ich habe mich speziell für diese Problematik interessiert«, sagte Susan Canishero. »Ich habe viele Bücher aus großen Bibliotheken gelesen und in Archiven Dokumente studiert, ich war sogar in der Kongressbibliothek in Washington. Ein sehr gutes, reichhaltiges Archiv zu den Beziehungen von Tschukotka und Alaska gibt es in der Universitätsbibliothek von Fairbanks. Ich habe Bogoras gelesen, Johelson, die Memoiren von Daurkin und Billings, Amundsens Tagebücher und auch die russischer und europäischer Reisender … Hier hat das Leben gebrodelt.«

»Wir erleben jetzt eine schwere Zeit. Russland durchläuft eine Periode schwierigster wirtschaftlicher Reformen. Sie sind eine junge Frau, und ich denke, noch zu Ihren Lebzeiten werden hier Veränderungen geschehen, über die Sie nur staunen werden.«

Der Tee wurde gebracht. Er war in der Tat vorzüglich.

»Übrigens, ich weiß, dass mein Großvater aus China gepressten schwarzen Tee eigens für die Tschuktschen bezogen hat«, sagte Susan.

»Ja, davon habe ich gehört«, bemerkte Basarow.

»Komisch, heute gibt es auf Tschukotka gar keinen schwarzen Tee«, sagte Susan. »Um ehrlich zu sein, hat mich die Fülle an Spirituosen in den Dorfläden erstaunt. In den Geschäften fehlt das Notwendigste – Tee, Zucker, Butter, Kondensmilch, dafür gibt es jede Menge der verschiedenartigsten Flaschen. Übrigens, die sowjetische Propaganda hat meinen Großvater beschuldigt, die Ureinwohner der Tschuktschen-Halbinsel zum Trinken verleitet zu haben, aber das war eine Lüge. Olaf Svensson, der Patron meines Großvaters, hat die Verordnung der zaristischen Regierung über das Verbot des Schnapshandels mit der örtlichen Bevölkerung strikt eingehalten. Wodka und andere starke Getränke gelangten auf Schiffen von Piraten und Schmugglern nach Tschukotka, und aus Wladiwostok schickte man Kriegsschiffe, um diese zu schnappen und zu bestrafen ... Und heute gibt es auf Tschukotka ein wahres Meer von Schnaps.«

»Ja«, presste Basarow hervor. »Das ist der Preis für die Demokratisierung und die Einführung des freien Marktes.«

Die unlängst von ihm gegründete Handelsgesellschaft schöpfte einen nicht geringen Gewinn aus dem Geschäft mit Spirituosen. Das hatte es dem Gouverneur von Tschukotka erlaubt, in Moskau eine Luxuswohnung zu kaufen, in dem alten Wohnkomplex für die Parteinomenklatura, dem Volk bekannt als das »Haus an der Uferstraße«. Aus den Fenstern seines hauptstädtischen Domizils konnte Basarow jetzt den Kreml sehen.

Sarkissjan trat ein und brachte einen Aktendeckel. »Ihre Unterlagen sind fertig, Sie können die Bäckerei in Ulak bauen!«, verkündete Basarow feierlich und überreichte Susan Canishero die Mappe.

Pesterow fand es beschämend: Alles war so diskussions- und reibungslos vonstatten gegangen. Während sie hier geplaudert hatten, waren die Papiere durch die entsprechenden Zimmer gewandert, und jeder Beamte, der damit zu tun bekam, hatte im Wissen um die besondere Beziehung des Gouverneurs zu ihnen wortlos seine Unterschrift gegeben.

»Vielen Dank«, sagte Susan Canishero. »Ich gestehe, ich habe so viel von der russischen Bürokratie gehört, dass ich auf eine so rasche Entscheidung gar nicht hoffen konnte.«

»Ja, was haben Sie bloß?«, erwiderte Basarow leicht gekränkt. »Wir sind sachliche Menschen. Wenn wir sehen, dass etwas nicht gegen die Gesetze verstößt, warum sollen wir es nicht gestatten? Wir verfahren nach dem demokratischen Grundsatz: Alles, was nicht verboten ist, ist erlaubt.«

»Sehr lobenswert!«, versetzte Susan lächelnd.

Pesterow war von ihr entzückt. Während bei ihm der Besuch im Chefzimmer trotz allem so etwas wie ein Bedürfnis nach Liebedienerei aufkommen ließ, so war Susan völlig frei davon. Sie benahm sich dem Gouverneur gegenüber wie eine Gleichrangige und sprach, wie ihr der Schnabel gewachsen war.

Auch Basarow spürte das. Eigentlich hatte er geglaubt, die neue Einrichtung seines Arbeitszimmers werde die Amerikanerin – nun, wenn schon nicht überwältigen, so doch zumindest beeindrucken. Susan aber schien alle die Neuheiten im Kabinett – den altertümlichen Globus, die beleuchtete Kollektion der Walrossbeinskulpturen – als selbstverständlich hinzunehmen. Dabei hatte er sich den Raum durch einen Designer ausstatten lassen, den er eigens aus Moskau geholt hatte.

Wiktor Alexandrowitsch Basarow verbrachte die meiste Zeit in Moskau, was er mit der Notwendigkeit erklärte, die erforderlichen Verbindungen zu den Ministern, den einflussreichen Beamten aus der Präsidentenadministration sowie zu anderen Gouverneuren herzustellen. Unlängst war im Fernsehen die Wiederholung des Films *Der Chef von Tschukotka* des Petersburger Regisseurs Witali Melnikow gelaufen – seither wurde Basarow nur noch so genannt, und ihm gefiel dieser Spitzname, obgleich in dem Film die Einheimischen als besonders dumm, unzivilisiert und primitiv dargestellt waren. Es kränkte ihn nicht einmal, wenn man ihn »Obertschuktsche« nannte und ihn bat, einen Tschuktschenwitz zum Besten zu geben. Er stand jetzt im Rampenlicht des ganzen großen Landes, repräsentierte Tschukotka auf internationalen Foren, angefangen mit der Walfangkommission bis hin zur Zirkumpolarkonferenz. Er war Vorsitzender des Komitees für Fragen der kleinen Völker des Nordens, saß zudem in verschiedenen anderen Gremien, nur fehlte ihm ein akademischer Grad. Was jedoch, wie kundige Leute meinten, leicht korrigierbar war. Sie stellten eine Arbeitsgruppe zusammen, die auch schon im Schweiße ihres Angesichts an einer Dissertation für den ersten Mann des Tschuktschischen Autonomen Bezirks schrieb. Noch im ersten Amtsjahr hatte Basarow ein Buch über Tschukotka veröffentlicht, und er schrieb schon am zweiten.

Die Veröffentlichung der Dissertation war eine beschlossene Sache.

Dennoch war da ein Rest von Unechtem, Nichtwirklichem in allem, was er unternahm. Basarow wusste sehr wohl, dass er den Gouverneur nur »spielte« – vor seinem alten Bekannten Arkadi Pesterow, der sehr genau wusste, was von dem ehemaligen Parteisekretär des Anadyrer Seehafens zu halten war, und auch vor dieser halb tschuktschischen Amerikanerin, deren Betragen nicht die Spur von Schmeichelei und besonderer Hochachtung zeigte.

»Warum muss es gerade eine Bäckerei sein?«, fragte Basarow.

»Vor allem, weil die Wände der heutigen Ulaker Bäckerei vom Pilz befallen sind. Außerdem hat mir mein Großvater des Öfteren erzählt, wie er Eskimos und Tschuktschen mit Brot bewirtete, das in einem speziellen Ofen, einem Geschenk Roald Amundsens, gebacken wurde. Jenes Brot schmeckte den Einheimischen besonders gut, und wenn sie nach Keniskun in Großvaters Laden kamen, baten sie stets darum, von dem, wie sie sich ausdrückten, »echten Brot« zu bekommen. Sodass denn die Bäckerei gleichsam eine Erinnerung an ihn und überhaupt an alle Amerikaner ist, die ihren Nachbarn in schweren Zeiten geholfen haben.«

»Und nicht nur früher, sondern auch heute«, fügte Pesterow hinzu.

An Basarows verändertem Gesichtsausdruck erkannte Pesterow, dass diese Bemerkung dem Gouverneur missfiel.

Der Flug in den Tschuktschischen Kreis sollte voraussichtlich erst am übernächsten Tag stattfinden, und Pesterow führte seine Begleiterin, um sie irgendwie zu beschäftigen, zum Fischfang, zu Tschajwurgin, sowie ins Bezirksmuseum für Landeskunde.

Im Zentrum von Anadyr, auf dem Marktplatz, der inoffiziell »Feld der Wunder« genannt wurde, erblickte Pesterow Katja Naut, die erste Solistin des Ensembles der Tschuktschen und Eskimos »Ergyron«. Sie handelte mit frisch gesalzenem Kaviar und geriet in Verlegenheit, als Pesterow auf sie zukam und sie begrüßte.

»Oh, bist du das wirklich!«, rief Katja. »Bist ein richtiger Gentleman geworden ... Und das ist deine Frau?«

»Meine Kollegin«, erklärte Pesterow.

Von der gertenschlanken Figur war der Künstlerin freilich wenig geblieben. Aber Katja wirkte auch jetzt noch sogar sehr attraktiv, unter der dick gefütterten Jacke und der eng anliegenden Hose ließ sich noch immer ein kerniger Körper ahnen. Katja hatte eine Zeit lang mit Pesterow zusammengelebt, dann war sie bei Gastspielen von wer weiß wem schwanger geworden und hatte eine Tochter geboren.

»Ist sie Ausländerin?«, fragte Katja.

»Sie heißt Susan Canishero und kommt aus Amerika, genauer aus Alaska.«

»Heutzutage reisen viele Ausländer hierher zu uns«, bemerkte Katja. »Vor allem aus Alaska. Und du – gut siehst du aus.«

»Ich gebe mir Mühe. Bei einer solchen Tätigkeit muss man entsprechend aussehen.«

»Es gab hier Gerüchte ...« Katja stockte.

»Sag schon, geniere dich nicht.«

»Dass du dich dem Suff ergeben hättest ...«

»Von unserem Bruder Tschuktsche hört man öfters dies und das.«

Plötzlich fragte Susan: »Können Sie mir ein Glas Kaviar verkaufen?«

»Wie, Sie sprechen Russisch?«, sagte Katja verlegen. »Bitte entschuldigen Sie ... Und den Kaviar nehmen Sie gratis an, als Geschenk.«

Alle Versuche, den Kaviar zu bezahlen, scheiterten.

In Pesterows Seele wallten längst entschlummert geglaubte Gefühle wieder auf, und überraschend sagte er zu Katja: »Ich lade dich heute zum Abendessen ein. Ins Restaurant ›Kemenate‹. Du weißt, wo das ist? Gegenüber dem Hotel, in dem wir wohnen.«

Katja unternahm einige schwache Versuche, den Vorschlag abzuwehren, sagte dann aber zu.

Susan Canishero verzichtete darauf, Pesterow und Katja Gesellschaft zu leisten. »Ich sehe, ihr kennt euch lange und freut euch über die Begegnung«, sagte sie. Pesterow schien es, als schwinge leise Eifersucht in ihren Worten mit.

Susan sah ihn irgendwie besonders an, und in Arkadis Innerem rangen widersprüchliche Gefühle miteinander. Zum einen waren da die Erinnerungen an eine längst verflossene, junge und frohe Beziehung, zum anderen spürte er, dass ihm Susan keineswegs gleichgültig war. Aber Susan war verheiratet, sie hatte Kinder und sprach nicht ohne Zärtlichkeit von ihrem Mann, einem Hauptmann der Armee der Vereinigten Staaten von Amerika, dem aus Hawaii gebürtigen Japaner Tommy Canishero. Einige Male hatte sie erwähnt, dass Arkadi Pesterow ihm ein wenig ähnele …

Susan fragte: »Hast du genügend Geld?«

»Ja, es reicht«, versicherte Pesterow. Er verfügte über die noch kaum angerissene Rente für zwei Monate. Zwar hatte er keine genaue Vorstellung von den Preisen in der ›Kemenate‹, aber er gedachte auch nicht sonderlich zu prassen.

Der Gastraum in der ›Kemenate‹ war winzig. Der Restaurantleiter, ein mächtiger Kerl mit finsterem Gesicht und kahl rasiertem Schädel, platzierte die Gäste an einem Tisch, an dem bereits zwei junge Männer saßen. Pesterow grüßte höflich und bat den herbeieilenden Kellner um die Speisekarte.

Aus zwei riesigen Lautsprechern dröhnte Musik, sodass man die Stimme anstrengen musste, um sich zu unterhalten. Das enttäuschte Pesterow ein wenig, denn er war auf ein leises, vertrauliches Gespräch eingestellt, dessen größeren Teil wonnige Erinnerungen an die Jugendzeit einnehmen sollten.

Katja hatte sich schön gemacht und gekonnt geschminkt. Sie sah hinreißend aus, und hätte jetzt Susan Canishero daneben gesessen, wäre noch fraglich gewesen, welche von beiden die Reizvollere war.

Die Speisekarte war dürftig und die Gerichte sehr teuer. Dafür reichte die Liste der Getränke und Cocktails über eine ganze Seite. Nunmehr doch ein wenig besorgt wegen seiner Kapitalkraft, stellte Pesterow im Stillen Berechnungen an und beruhigte sich: Seine Ressourcen schienen ausreichend zu sein.

»Was werden wir essen?«, fragte Pesterow.

»Für den Anfang würde ich etwas trinken …«

»Ich empfehle den Cocktail ›Regenbogen in der Tundra‹«, riet der Kellner.

»Was mich angeht, ich trinke ja nichts«, sagte Pesterow schleppend, beinahe wehmütig. »Also – einen ›Regenbogen‹ und eine Coca-Cola.«

»Allein trinke ich nicht«, erklärte Katja.

»Na schön.« Pesterow seufzte. »Für mich auch einen ›Regenbogen‹.«

Ein Cocktail würde ihm schon nichts tun, dachte Pesterow. Bei den Alkoholmengen, die er schon geschluckt hatte – was war da so ein »Regenbogen«. Außerdem bekäme man den Alkohol hier sicherlich stark verdünnt.

Das Getränk war grässlich süß, und Kaviar dazu als Zuspeise schmeckte abscheulich. Da aber hier die Bräuche so waren, kam man nicht darum herum. Pesterow war hinter dem modernen Leben zurückgeblieben, er musste sich anpassen. Überdies zeigte Katja keinerlei Erstaunen, anscheinend war sie öfters in diesem Etablissement. Sie bestellte ein Päckchen amerikanischer Zigaretten, und der junge Mann, der ihr gegenüber saß, ließ eilfertig sein Zippo-Feuerzeug schnipsen.

Der erste Schluck vom »Regenbogen« zerstreute augenblicklich die letzten Zweifel in Pesterows Bewusstsein. Die Welt erschien ihm wieder so wie in der fernen Jugend – wundervoll, viel versprechend und voller Liebe. Dazu diese Erwartung einer bevorstehenden Liebeswonne, der man sich allmählich nähert, ohne Hast, das Lustempfinden langsam steigernd. Katja teilte mit, sie wohne allein, ihre Tochter sei jetzt bei der Großmutter in Konergino. Im »Ergyron« tanzte sie schon lange nicht mehr, sie ging verschiedenen Tätigkeiten nach, war zeitweise sogar Inhaberin eines Marktstandes auf dem »Feld der Wunder« gewesen, hatte aber der Konkurrenz der Pakschen Söhne nicht standgehalten. Pak, der Bürgermeister von Anadyr, hatte ja in der Stadt den gesamten Lebensmittelhandel an sich gerissen. Aus Katjas Worten ergab sich, dass auch die gemütliche ›Kemenate‹ den Paks gehörte.

Von Zeit zu Zeit gingen die Tischnachbarn mit Katja zum Tanzen, und sie schenkten Arkadi Pesterow nach, der seine Bedeutung genoss. Er erzählte von der Freundschaft mit den Amerikanern, von seiner Begleiterin Susan Canishero, die, seinen Worten nach, bis über beide Ohren in ihn verliebt war, von seiner zukünftigen Reise nach Amerika. Dort wolle er mit seinem Freund Mstislaw Rostropowitsch zusammentreffen und bei ihm zu Gast weilen. Ausgerechnet der am ehesten wahrheitsnahe, auf realen Fakten gründende Bericht von der Bekanntschaft mit dem berühmten Musiker rief bei dem einen der Tischnachbarn heftiges Misstrauen hervor. Pesterow hatte mittlerweile längst seine Norm aus dem Auge verloren und leerte Glas um Glas. Hier servierte man nicht Wodka oder Kognak pur, sondern nur gemixt, was, wie es Pesterows umnebeltes Gehirn dunkel ahnte, mehr Gewinn einbrachte.

Einige Male tanzte er mit Katja, forderte auch andere Damen auf, er redete laut, legte sich mit dem Barkeeper an, beschuldigte ihn der Betrügerei, und er sang sogar vernehmlich zur Musik mit. Dann und wann loderte in seinem berauschten

Hirn ein Fünkchen auf, den schmalen Streifen des noch hellen Bewusstseins durchzuckte der Gedanke, dass er den steilen Hang völliger Trunkenheit hinabstürzte, aber schon der nächste Schluck des feurigen Getränks löschte das mahnende Flämmchen.

Zeitweilig schaltete sich das Bewusstsein gänzlich aus. Katja war plötzlich verschwunden, am Tisch wechselten die Trinkgenossen. Die laute Musik hämmerte sich ihm ins Gehirn, wie um dasselbe festzustampfen.

An die zehn Minuten, vielleicht auch länger, konnte Pesterow nicht begreifen, wo er sich befand. Um ihn herrschte Stille, Gras wiegte sich, ein kleines Insekt kroch einen grünen Halm hinauf. Ringsum war es licht – die Sommernächte in Anadyr sind kurz und hell. Sein Gesicht brannte. Pesterow tastete darüber und hätte vor Schmerz fast aufgeschrien: Das linke Auge war dick geschwollen, er sah nur mit dem rechten. Er versuchte die Lider voneinander zu lösen, konnte aber lediglich feststellen, dass das Auge ganz war.

Er stützte sich auf den Ellbogen und wurde gewahr, dass er inmitten einer großen Rabatte mit Tundrasegge lag, mit der man in seiner Jugendzeit die Stadt begrünt hatte, um das Beton-Einerlei zu beleben. Dieses Gras hatte der Botaniker Tichomirow empfohlen, es erwies sich in der Tat als anspruchslos und spross auf den Rabatten bis in Gürtelhöhe.

Pesterow versuchte sich zu besinnen, was in der ›Kemenate‹ vorgefallen war, aber in seinem Kopf herrschte gähnende Leere. Das Letzte, was sein Gehirn in mattem Aufschimmern wahrgenommen hatte, war ein über ihn gebeugtes großes, grässliches, geiferndes Gesicht.

Die Rabatte lag unmittelbar dem Hotel ›Intourist‹ gegenüber. Ein Stöhnen unterdrückend, erhob sich Pesterow und trottete zu der Freitreppe. Dort klammerte er sich an das vom Morgentau nasse Metallgeländer, kraxelte hinauf und zog an der Tür. Sie war verschlossen. Er suchte den Klingelknopf und läutete.

Die Etagenfrau, die den Nachtdienst machte, fuhr erschrocken zurück, erkannte ihn aber. »Großer Gott, wer hat Sie so zugerichtet?«, rief sie.

»Auch Tschuktschen haben Feinde«, murmelte Pesterow, und kaum dass er sein Zimmer erreicht hatte, sackte er aufs Bett.

Im Flugzeug saß Pesterow stumm neben Susan. Mit keinem Wort hatte sie ihm das Geschehene vorgeworfen. Mehr noch, sie hatte seine Wunde im Gesicht verarztet, hatte sie bepudert und eine große Sonnenbrille besorgt, die das mächtige Veilchen gänzlich verdeckte.

Pesterow war ihr unendlich dankbar, wusste aber so gar nicht, mit welchen Worten, welchen Taten er dieser Dankbarkeit Ausdruck geben sollte. Diese unaufdringliche Fürsorge, das stumme Mitgefühl, der Wunsch, ihm den seelischen Schmerz zu erleichtern … Am meisten litt er unter dem unerträglichen Schuldbewusstsein, er wollte sich nur noch verkriechen, sich in völlige Einsamkeit zurückziehen. Er hätte am liebsten geweint. Um seine Stimmung zu verbergen, starrte er unentwegt hinaus, auf die unter der Tragfläche vorbeiziehenden Ausläufer des Goldenen Gebirgsrückens, auf die weiten Wasser der Heiliges-Kreuz-Bucht, auf die Nehrung Määtschkyn und auf die steil zum Ozean abfallenden Ausläufer der Guwreler Berge.

13

Die Geschwister saßen wieder einmal in ihrem Lieblingslokal ›Garfunkel and Seaports‹ hoch oben unter dem Dach eines der höchsten Gebäude von Anchorage.

Susan Canishero berichtete dem Bruder von ihren Abenteuern und schloss: »Weißt du, je näher ich des Rätsels Lösung um Großvaters Schatz komme, umso mehr befallen mich Zweifel. Was werde ich damit tun? Aber manchmal denke ich sogar, es wäre besser, wenn er sich gar nicht fände. Wir hätten nur Scherereien damit, es würde allerlei Schwierigkeiten geben.«

»Bist du denn sicher, dass du das Gold schon so gut wie in Händen hältst?«

»Nicht hundertprozentig«, erwiderte Susan. »Aber ich glaube, dass ich ihm sehr nahe bin.«

»Also, schön. Du wirst das Fundament der alten Bäckerei auseinander nehmen – ja, und, willst du jeden der großen Steine zerklopfen und nachsehen, ob drinnen Gold ist?« Robert versuchte nicht einmal, ein skeptisches Grinsen zu unterdrücken.

»Aber warum so primitiv?«, wehrte sich die Schwester gekränkt. »Selbst der kompakteste Stein hat ein viel geringeres spezifisches Gewicht als Gold. Ich habe viel darüber nachgedacht, und ich gebe zu, anfangs hat mich schon die Frage gequält, wie ich jeden Stein untersuchen soll. Dann aber habe ich mich an den Schulunterricht erinnert und begriffen, dass man den Unterschied zwischen einem goldenen und einem gewöhnlichen Stein buchstäblich mit dem Auge bestimmen kann – die Differenz des spezifischen Gewichts ist selbst ohne spezielle Geräte erkennbar … Charles Johnson wird die Arbeiten leiten. Die Bäckereiausrüstung ist in Seattle schon verladebereit. Fachleute haben mir zu einer Anlage geraten, die sowohl mit Heizöl als auch elektrisch betrieben werden kann, ja sogar mit Steinkohle. Sodass die Ulaker unter allen Umständen mit frischem Brot versorgt sein werden.«

»Sofern Mehl vorhanden ist«, wandte Robert ein.

Seit Antoninas Tod verfiel er immer öfter in eine bedrückte Stimmung. Um nicht an sie denken zu müssen, flüchtete er sich in die Arbeit. Neben seiner eigentlichen Tätigkeit verbrachte er viele Stunden im Archiv der Universitätsbibliothek in Fairbanks, studierte Dokumente, las alte Zeitungsbeiträge über Tschukotka. Am liebsten betrachtete er alte Fotografien, die leicht vergilbt waren, aber erstaunlich klar. Sie bewahrten längst vergangenes Leben auf der Tschuktschen-Halbinsel, in den alten Siedlungen entlang der Eismeerküste von der Mündung der Kolyma bis nach Kamtschatka. Im Nachlass der Gebrüder Lomen, Unternehmer am Beginn des Jahrhunderts, die versucht hatten, auf Alaska eine von Hirten betriebene Rentierzucht zu begründen, fand er unschätzbare Materialien über das Leben der Urbewohner an der Beringstraße. Außer den Fotografien hatten sich sogar Wachswalzen mit den Aufzeichnungen von Sagen und Legenden in tschuktschischer und eskimoischer Sprache erhalten, ebenso Lieder, begleitet von den rhythmischen Schlägen der Schellentrommeln.

Die beiden Küsten der Beringstraße waren wie ein einheitlicher Siedlungsraum. An diesem bemerkenswerten Ort trafen zwei Kontinente zusammen, zwei Erdhalbkugeln, hier war die Brücke zwischen den uralten Stämmen des asiatischen und des amerikanischen Kontinents. Die beiden Völker hier, Tschuktschen und Eskimos, wussten die kalten Wasser zu beherrschen, die reich waren an großem Meereswild. Nicht die Rentiere, nicht die Jagd zu Lande, sondern der Fang der großen Meerestiere hatte jene einzigartige Kultur ermöglicht, die sich bis zum Ende des zwanzigsten Jahrhunderts erhalten hatte, dem Jahrhundert der Elektrizität, des Radios, des Fernsehens, der atomgetriebenen Schiffe und der Computer. Die Wurzeln dieser Kultur gingen weit zurück in die Tiefe der Zeitalter, sie war lange vor den Pyramiden, vor Christi Geburt, vor der Herausbildung der europäischen Kultur entstanden. Es war eine echte Zivilisation, die arktische Zivilisation. Diese Menschen hatten ein besseres Los verdient, als am Rande der heutigen Welt dahinzuvegetieren.

Immer dringender wurde dabei für Robert Carpenter die Frage, wie diese Völker, diese Menschen, auf die die Menschheit stolz sein konnte, überleben konnten. Ihre Lebensweise schien für Europäer oder Bewohner einer anderen, milderen Klimazone des Planeten als wahres Heldentum, aber für sie war es die gewohnte Lebensform, war selbstverständlicher Alltag. Damit diese Menschen leben konnten, musste man die Tierwelt erhalten, die sie seit Urzeiten umgab. Das schien Robert Carpenter am dringlichsten. Eine international wirksame Deklaration, eine Art internationales Gesetz sollte die Verbundenheit von großem Meereswild und Mensch als Lebensgrundlage der Kultur an der Beringstraße sichern.

Er sprach darüber auf einem internationalen Treffen mit Vorstehern der örtlichen Gemeinden und mit dem russischen Leiter der Assoziation kleiner Völker der Arktis, verspürte aber keine große Begeisterung. Diese frisch gebackenen Funktionäre, von denen die meisten aus der dritten Reihe der soeben zusammengebrochenen Parteinomenklatura stammten, waren offenbar nicht um die brennendsten Schicksalsfragen ihrer Stammesgenossen besorgt. Lieber widmeten sie sich rätselhaften bürokratischen Spielen, genossen ihre Auftritte bei internationalen Kongressen und zehrten vom Ruhm internationaler Politik. Der geringfügigste Anlass trieb sie in die Administration des Gouverneurs, um sich dort Anweisungen zu holen. Der Sache nach hätten sie in unversöhnlicher Opposition zur örtlichen Bürokratie stehen müssen, aber sie waren von derselben ganz und gar abhängig – der Präsident der Assoziation erhielt sogar von dort sein Gehalt.

»Auch mich beunruhigt, ja, ehrlich gesagt, erbost die Passivität der Einheimischen«, bemerkte Susan voll Bitterkeit.

»Das ist das Ergebnis einer totalitären Ideologie und der strengen zentralisierten Führung. Den Tschuktschen und Eskimos wurde jahrelang eingebläut, dass keiner ihnen Besseres tut als die Kommunisten-Tangitan.«

»Was sind das denn für Mutanten – die Kommunisten-Tangitan?«

»Die zugereisten Kommunisten«, erläuterte Robert. »Offiziell hat es eine solche Unterteilung bei den Parteimitgliedern nicht gegeben, aber ein Abgesandter des Kreis-, Bezirks-, Gebietskomitees oder gar aus Moskau stand immer höher als ein örtliches Parteimitglied, ein Provinzler. Man hat die Menschen mit aller Macht davon zu überzeugen versucht, dass ihr früheres Leben unwürdig gewesen sei. Geisterglaube, altertümliche Sitten, Märchen, Legenden, Rituale ... Wilde aber konnten nicht darauf zählen, in den Kommunismus zu kommen, ins irdische Paradies. Und wer möchte nicht ins Paradies kommen? Also gaben sie sich Mühe und suchten die Tangitan in allem nachzuahmen. Jemand, der schlecht und recht eine russische Ziehharmonika spielte, stand gleichsam eine Stufe höher als ein Virtuose auf einer altertümlichen Schellentrommel, und ein Walzertänzer war im Vergleich mit jemandem, der einen Eskimotanz vorführte, von vornherein ein Meister.«

»Ja, diese Leute treiben gewissermaßen in einem Strom dahin, der ins Nichts führt.«

»Das Volk hat seinen Kern verloren«, versetzte Robert sinnend. »Dieser Minderwertigkeitskomplex wurde dem Bewusstsein geschickt und heimtückisch eingehämmert. Dazu der Alkohol, der für den Organismus des Ureinwohners der Arktis Gift ist. Die Urbevölkerung zur Trunksucht zu verleiten, war den Zugereisten nur dienlich. Ein vom Alkohol geschwächter

Mensch, mit einem benebelten Gehirn, in dem nur ein Gedanke quält – nämlich, wo noch etwas zu trinken zu bekommen wäre –, erliegt leichter der Propaganda und gewöhnt sich an den Gedanken seiner Unzulänglichkeit für ein modernes Leben. Du weißt, Susan, das wurde auch bei uns in Amerika gemacht. Erinnere dich an die Politik des ›Büros für Indianerfragen‹, an seine Wahnsinnsideen einer gewaltsamen Assimilierung von Indianern und Eskimos, an das Verbot der Muttersprache in den Schulen. Viele Kinder wurden geschlagen, nur weil sie in ihrer Muttersprache redeten. Der Unterschied ist nicht so groß, aber unsere Leute hatten es vermocht, in den Dörfern das Gefühl der eigenen Würde zu bewahren, den Stolz.«

14

Nach dem, was in Anadyr vorgefallen war, wirkte Arkadi Pesterow still und niedergeschlagen. Susan sorgte sich sogar ernstlich um seine Gesundheit. Aber auf alle Fragen nach seinem Befinden antwortete er traurig lächelnd, dass bis auf den großen blauen Fleck unter dem Auge mit ihm alles in Ordnung sei. Als dann die Schwellung zurückging, stellte Pesterow erleichtert fest, dass das Auge gottlob heil war und die Sehkraft erhalten. Vorerst aber musste er die große dunkle Brille tragen.

»Ich bin unglücklich gefallen«, beantwortete er Michail Melenskis Frage.

Unglücklich fallen tut aber gemeinhin jemand, der nicht fest auf den Beinen steht, und so ahnte Michail Melenski gleich, dass mit Arkadi in der Hauptstadt des Tschuktschischen Autonomen Bezirks etwas schiefgelaufen war. Nun, das kam vor. Wer nicht fällt, kann sich nicht erheben.

Susan war bemüht, Arkadi auf jegliche Weise abzulenken – sie überhäufte ihn mit Arbeit und ließ ihn möglichst nicht allein. Zu anderer Zeit hätte Arkadi solche Aufmerksamkeiten seiner Person gegenüber ein wenig anders bewertet, jetzt aber verstand er, dass Susan etwas von den wahren Gründen seiner seelischen Qualen ahnte.

Manchmal schon war ihm der Gedanke gekommen, sich zu betrinken und alles zu vergessen. Zurückzukehren zum Leben eines stillen Säufers, der am Morgen leicht berauscht und zum Abend völlig hinüber war. Da gab es zwar auch die inneren Qualen, aber sie waren leicht bezwingbar, leicht zu heilen schon mit einer geringen Dosis der bewährten Medizin. Arkadi verstand aber auch, dass er sich damit endgültig aufgegeben hätte.

Und so kämpfte er, kämpfte und litt, unterdrückte in sich die Versuchung, hielt stand, und anscheinend rief dies nicht nur Susans Mitgefühl hervor, sondern auch ihre heimliche Hochachtung.

Eines nur verstand Pesterow nicht – warum kümmerte sich Susan so sehr um das Fundament für die neue Bäckerei, und warum sollten unbedingt ihr die großen Steine zufallen, auf denen die alte Bäckerei ruhte? Die alten, vom Pilz befallenen Wände, die mussten natürlich abgetragen und verbrannt werden.

Unmittelbar vor dem Ende der Schifffahrtsperiode wurde aus Seattle das komplette Material für das Bäckereigebäude und die Backanlage in die Guwreler Bucht geliefert. Das Ganze brauchte in Ulak nur noch montiert zu werden. Charles Johnson, Pesterows alter Bekannter von seiner ersten Reise nach Alaska, legte die Zeichnungen vor und äußerte die Gewissheit, dass die Ulaker die Montage des Hauses wie der Anlage allein bewältigen würden.

»Man hat mir geraten, Monteure aus Amerika mitzunehmen«, sagte Charles Johnson. »Aber ich bin sicher, dass es auch auf Tschukotka genügend Leute gibt, die das können. Ich habe meine Erfahrung. Ich habe die neue Schule in Nome errichten lassen. Die war schon komplett in Kalifornien gebaut worden, man musste sie nur noch montieren. Die Firma bestand darauf, ihre eigenen Arbeiter mitzuschicken, und verlangte dafür einen horrenden Preis. Was halfs, wir mussten das zahlen. Jetzt bin ich klüger. Ich lasse das Geld lieber den Hiesigen zukommen.«

»Du willst das bezahlen?«, fragte Pesterow erstaunt.

»Ja, warum nicht? Die Leute werden doch arbeiten, und sie müssen essen, trinken ... Kaffee oder Tee«, schmunzelte Charles Johnson. »Das alles ist im Kostenplan enthalten.

Susan Canishero hat gute Arbeit geleistet. Sie hat sogar die Bank von Alaska und die Heritage Foundation dazu gebracht, etwas springen zu lassen.«

»Aber das ist viel Geld!«, bemerkte Pesterow.

»Keine Angst, das sind reiche Firmen. Sie verbuchen diese Summen unter Wohltätigkeit und erhalten dafür Steuererleichterungen von der Regierung der USA.«

Charles Johnson gefiel Pesterow sehr. Das war so ein richtig tüchtiger Amerikaner. Geboren war er am Kap Prince of Wales, genau gegenüber von Nuwukan. Bereits als Kind hatte er seine Eltern verloren und wuchs in einem Heim der presbyterianischen Kirche auf. Danach lernte er im Bauwesen und lebte in Kalifornien. Aber es zog ihn in die Heimat, er ging zurück nach Nome und gründete eine eigene Firma. Die Geschäfte liefen, wie es aussah, nicht schlecht. Er hatte drei Söhne, eine sehr freundliche und sehr dicke Frau, deren Dimensionen ihn besonders stolz machten. Seine Freizeit und all das hart verdiente Geld widmete er seiner Jagdleidenschaft. Um in die unzugänglichsten Gegenden Alaskas zu gelangen, hatte er sogar ein Kleinflugzeug angeschafft.

»Wir bauen die Bäckerei, dann besucht ihr mich, und wir fliegen an die Küste der Beaufort-See. Dort gibt es Stellen, wo noch kein Mensch seinen Fuß hingesetzt hat.«

Charles Johnson ließ die gesamte Fracht über den Winter in den leer stehenden Lagerräumen des Seehafens unterbringen. Von der örtlichen Miliz, die ohnehin nichts zu tun hatte, wurde eine Wache angeheuert.

Diesen Winter ging Arkadi Pesterow auf Ringelrobbenjagd. Auf dem Hausboden fand er ein wie durch ein Wunder erhaltenes Jagdgerät, das noch von seinem Großvater stammte – ein Akyn, eine Art Wurfangel, bestehend aus einer Rolle von feinem Ringelrobbenriemen und zwei Stäben. Der eine Stab hatte eine Scheibe, damit er nicht im Schnee versank, der andere an dem einen Ende einen Haken und an dem anderen einen metallischen Fühler zum Überprüfen der Festigkeit des Eises. Ein altes Kleinkalibergewehr bekam Arkadi von dem Walrossbeinschnitzer Kutegin geliehen.

Arkadi erwachte weit vor Tagesanbruch, und bis auf dem Elektroherd der Teekessel warm wurde, blickte er aus dem Fenster auf die dunkle Masse des Felsens Eppyn, vielmehr ein wenig weiter nach links, wo über dem sich türmenden Packeis der Horizont langsam im Morgenrot erglühte. Dieser Feuerschein würde über die Nahtlinie von Himmel und Erde hinwandern, bis über den fernen Hügeln die rote Scheibe der Wintersonne aufgetaucht wäre.

Zu dem Zeitpunkt aber würde sich der Jäger bereits weit draußen auf dem Meer befinden.

Bevor Arkadi das Meereseis betrat, bei dem einzeln stehenden Felsen Senlun, legte er die Schneetreter an, dann stapfte er langsam nach Norden, auf jene Linie zu, an der das feste Küsteneis und das Treibeis zusammentrafen. An dieser Stoßfläche gab es meist Eislöcher und offene Wasserstellen, dort tummelten sich Ringelrobben und Bartrobben. Dann und wann durchstießen sogar die schwarzen Köpfe von Seehunden die offene Wasserfläche. Es kam vor, dass Pesterow den ganzen lichten Tag reglos in vergeblicher Erwartung dasaß, in einem aus Eistrümmern hergerichteten Versteck. Aber es gab auch beutereiche Tage.

Heute war es ihm geglückt, drei Ringelrobben zu schießen. Zwei der erlegten Tiere holte er mithilfe der Hakenstange leicht ein, das dritte jedoch ging unter, noch ehe er den verhärteten Feinriemen des Akyn abgespult hatte. Zwei Ringelrobben, das war echtes Jägerglück! Die Tschuktschen haben dafür sogar ein besonderes Wort: Atschymjen, doppelte Beute.

Pesterow hatte die beiden noch warmen Ringelrobben zusammengebunden – an den Schnauzen, wo starre, gleichsam aus Plastik bestehende Barthaare wuchsen, hatte er Kerben eingehauen, Riemen hindurchgezogen, und nun schleifte er die Beute in Richtung Land.

Langsam näherte sich die Felsmasse des Senlun. Einige Male machte Arkadi Halt, um zu verschnaufen. Er rauchte eine Zigarette, legte sich dann wieder ins Geschirr und fühlte, wie leicht sich die Tierkörper über den Schnee ziehen ließen. Am Felsen Senlun wandte sich der Jäger nach rechts, folgte der von einer Kette zerklüfteten Packeises markierten Küstenlinie, wandte sich dem Dorf zu und spürte schon den bitteren Geruch von Kohlenrauch aus dem zentralen Kesselhaus.

Als er mit seiner Beute am Hauseingang anlangte, rief er Tante Naus etwas ins Fenster, und sie kam mit einem Krug Wasser heraus. Arkadi spülte die Schnauzen der Robben, trank ein paar Schlucke und schüttete die letzten Wassertropfen in Richtung Meer, erfüllte damit ein uraltes Ritual, dessen Bedeutung sich in der Tiefe der Zeitalter verloren hatte.

Nun trug er die Beute in die Küche der Putschetegina, ging in seine Wohnung, stellte den Teekessel auf und trank genussvoll dunklen, kräftigen Tee. Er fühlte sich müde, aber diese Müdigkeit tat wohl, spendete Frieden und Wonne.

Eine solche Müdigkeit war den Menschen in den Großstädten unbekannt. Wenn der eine oder andere doch einmal eine Winterjagd auf dem Eismeer erlebte, wurde hinterher viel erzählt und geprahlt … Die Existenz der Urvölker in der Arktis minderte sehr das Heldentum der Tangitan. Pesterow hatte einmal die Reportage eines europäischen Trekkers, eines Spezialisten für das Überleben unter extremen Bedingungen, über seine Reise in den Kreis Werchojansk gelesen. Voller Eitelkeit und vom eigenen Heroismus wahrhaft begeistert, schilderte der seine Empfindungen während des Aufenthaltes in der Frostluft, dieser Bezwinger des »Kältepols«. Am Schluss des Aufsatzes kam heraus, dass er seelenruhig und heldenhaft auf einem Schlitten gelegen hatte, den Rentiere und eingeborene Jakuten zogen.

Oder ein anderer Held, Mitglied der Staatsduma, der sich mit seinem Bart fortwährend auf die Fernsehbildschirme drängte, ein Polarforscher, der auf einer Eisscholle trieb. In seiner Zeit als Assistent des Ersten Sekretärs des Bezirkskomitees der KPdSU war Arkadi Pesterow gelegentlich auf einer solchen Eisschollen gewesen, dutzende Kilometer nördlich der Wrangel-Insel. Wie verblüffte ihn der Komfort, mit dem sich diese Bezwinger der Arktis umgeben hatten! Da gab es ein Radio, einen Arzt und sogar ein Klavier. Ganz zu schweigen von prächtiger Verpflegung und zuverlässigem Rettungsgerät für den Fall, dass die Eisschollen zusammengedrückt würden. Warum bezeichnete man die Rentierzüchter, die unter weit schlechteren Bedingungen lebten als diese heiteren, wohlgenährten Bartmenschen, nie als Helden? Später ging ihm dann auf, dass sich der Tangitan natürlich nicht auf einer Stufe mit dem Rentierzüchter oder dem Meeresjäger sah. Er stand darüber. Und der Eingeborene, der war gewissermaßen Teil der Landschaft ...

Solche Gedanken ließen Pesterow lange nicht einschlafen. Er schaute zum Wecker, es war Mitternacht. In Moskau begann bereits ein neuer Arbeitstag.

Lange nicht mehr hatte Arkadi Frühling und Sommer mit solcher Ungeduld erwartet. An jedem heiteren Tag, an dem er nicht zur Jagd aufs Meer hinausging, erstieg er den Felsen Eppyn und betrachtete durch das Fernglas die unendliche weiße Weite, dabei versuchte er, inmitten der Packeishaufen Waken, eisfreie Stellen und breite Risse zu entdecken. Wie bisher war er Beobachter bei Michail Melenski, und sein Lohn war eine spürbare Zulage zu seiner Rente. Ja, wie nur lebten in Russland Rentner, die nicht auf die Jagd nach Meereswild gingen, die nicht fischten, keine Nebeneinkünfte hatten? Wahrscheinlich starben sie still am Hunger, an der Ausweglosigkeit, an dem Gefühl, unnütz zu sein auf dieser Welt, in diesem Staat ...

Arkadi Pesterow sehnte sich nach Susan. Er träumte oft von ihr, wie er sie in den Armen hielt, und begriff, dass er sich verliebt hatte. Er begriff die ganze Aussichtslosigkeit seines Gefühls, dennoch wartete er voll Ungeduld auf ein Wiedersehen mit ihr.

Vorerst gab es keinen Hinweis darauf, dass das Meer am Horizont offen war. Pesterow legte das Fernglas ins Futteral und erhob sich von dem einen der zwei großen Steine. Seltsam, diese beiden mit bläulichem, wolleähnlichem Moos bedeckten Steine blieben immer schneefrei, und sie fühlten sich nicht kalt an, wenn man darauf saß. Genau von hier aus hatte der Schamane Mletkyn die irdische Welt verlassen und war ins Sternbild der Trauer emporgestiegen. Der Materialist Arkadi Pesterow, der in der Chabarowsker Parteihochschule den Marxismus-Leninismus tief in sich eingesogen hatte, glaubte nicht an diese Märchen, aber eben an diesem Ort spürte er jedes Mal die Gegenwart von etwas Geheimnisvollem, die Strahlung einer den Raum durchdringenden Kraft.

Als er vor dem Abstieg vom Felsen noch einmal zurückblickte, sah er, wie ein weißer Hermelin auf einen der großen Steine kletterte und sein Schnäuzchen zu dem vom Eis gefesselten Ozean hinreckte.

In die Südwand der alten Schule hatte jemand, offenbar durch ein Brennglas hindurch, eine Inschrift gebrannt: »Am 20. Mai kamen die Enten geflogen.« Die Inschrift hatte Pesterow entdeckt, als er noch ein Schüler gewesen war, und heute am frühen Morgen hatte ihn der Lärm eines über die Häuser von Ulak hinwegfliegenden Entenschwarms geweckt.

Mit seiner alten Schrotflinte und einem Dutzend Patronen begab sich Pesterow an das weiteste Ende der Ulaker Landzunge, bis hinter die Häuschen der polaren Wetterstation.

In der fernen Kindheit war das Ritual der ersten Entenjagd im Frühling erregend und geheimnisvoll gewesen. Früh am

Morgen, wenn der Schlaf so süß war, wurde der Junge geweckt und noch schlaftrunken auf einen Schlitten gesetzt, dann ging es die Küste entlang ans ferne Ende der Landzunge. Auf dem Wege dorthin machten sie mehrmals Halt und brachten den Meergöttern Opfer.

Spät am Abend kehrten sie wieder. Ganz Ulak durchzog der satte Duft nach gekochtem Entenfleisch, und die gut gefütterten Hunde dösten in ihren Lagern aus Schnee.

Die Sonne schien hell und brannte. Nur für kurz sank sie hinter das Intschouner Kap, um dann wieder aufzusteigen, und mit jedem Tag gewann sie an Kraft.

Manchmal rief Susan an. Das Telefon stand bei Tanja Putschetegina. Jedes Gespräch gab Arkadi innerlich gleichsam neuen Auftrieb, und ein Funke heimlicher Hoffnung entzündete sich in seinem Herzen.

Er fing Dorsche auf dem Küsteneis, jagte Meereswild, verzehrte sich vor Sehnsucht, währenddessen er in Gedanken die Natur zur Eile trieb, damit das Eis endlich wich.

Dann wurde das Meer klar beim alten Nuwukan, und zwei Schaluppen, auf Schlitten geladen, wurden hinausgebracht, zur Frühlingsjagd auf Walrosse. Arkadi, der vor seiner Rente im abgewickelten Sowchos Ingenieur für Meeresjagd und Fischfang gewesen war, hatte das Nötige veranlasst, hatte das Kommando übernommen und lief schließlich aus, das erste Walross zu erlegen.

Wieder zurück in Ulak, erfuhr er von Tanja Putschetegina, dass Susan Canishero nach Guwrel fliegen und ihn dort erwarten würde.

Von Ulak wegzukommen, erwies sich jedoch als nicht so einfach. Der zivile Hubschrauber konnte mangels Treibstoff nicht fliegen. Die einzige Hoffnung waren die Grenzer. Dazu musste man aber den Kommandeur der Grenzwache und den Piloten gewinnen. Mit dem Kommandeur kam Pesterow leicht überein: Der war mit zwei Rentierkalbfellen zufrieden, und dem Piloten wurde ein bemalter Walrossstoßzahn versprochen.

Susan kam mit ihrem Mann nach Tschukotka. Das war ein typischer Japaner, nicht sehr groß und mit kräftigem gelbem Gebiss. Als Arkadi ihn sah, spürte er plötzlich, wie sich seine über die Entfernung gehegte Eifersucht total verflüchtigte. Susan kommandierte ihn wie einen kleinen Jungen, und Tommy Canishero kam allen ihren Anweisungen nicht nur ergeben, sondern auch mit sichtlichem Vergnügen nach. Tommy sprach natürlich nicht russisch, sodass sich Arkadi nur über Susan mit ihm verständigen konnte. Es brauchte gar nicht lange, um zu sehen, dass Tommy ein selten gutherziger Mensch war. Er liebte alle! Was das Alltägliche anging, war er völlig anspruchslos und schickte sich ergeben in das Fehlen von warmem Wasser, in die ständigen Stromsperren, in die Sturheit der örtlichen Beamten, in das scheußliche Essen und die rohe Art der Kellnerin in der einzigen Kantine von Guwrel. Arkadi begriff, dass sich ein solches Verhalten bei Tommy Canishero nicht nur mit seinem unerschütterlichen Wohlwollen erklärte, sondern auch durch den Umstand, dass er sich dieses Land und seine Bewohner eben so vorstellte. Das beschämte und tat weh. Aber was tun, wo es einmal so war.

Das Küsteneis in Ulak konnte sich noch einige Wochen halten, und so wurde beschlossen, die Bauteile für die künftige Bäckerei mit Lastkähnen von Guwrel nach Keniskun und von dort auf Traktorenschleppen nach Ulak zu transportieren.

Der verkümmerte Guwreler Seehafen belebte sich. Charles Johnson lief auf der Anlegestelle hin und her und leitete das Verladen. Tommy Canishero half ihm dabei. Die Amerikaner konnten arbeiten! Ihre Geschäftigkeit steckte die wenigen noch im sterbenden Hafen verbliebenen Schauerleute an.

Susan gestand Arkadi: »Ich bin sehr aufgeregt bei dem

Gedanken, dass ich jene Küste sehen werde, an der meine Großeltern so viele Jahre gelebt haben. Meine Mutter wurde dort geboren.«

Drei Lastkähne liefen am frühen Morgen von Guwrel in Richtung Ulak aus. Erstmals machten sie in Kytryn Station. Dort wurde übernachtet. Keniskun erreichten sie am Nachmittag.

Susan lief in die Tundra hinein, etwas rechts von jener Stelle, an der die Lastkähne festgemacht hatten, und lenkte ihre Schritte zu kaum erkennbaren Ruinen irgendwelcher Bauten. Vielleicht hatte genau da der Laden des Großvaters gestanden? Oder dort, wo aus dem frischen Gras verbogene Platten von Dachwellblech hervorlugten? Eines war sicher – über dieses Küstenland war er geschritten, er war auf jenen Hügel dort gestiegen und hatte nach einem langen, kalten Winter zum Horizont gespäht, voller Hoffnung, das Schiff seines Patrons Olaf Svensson zu entdecken. Oder er war einfach spazieren gegangen und hatte sich an sein für immer im fernen Australien, fast auf einem anderen Planeten, zurückgelassenes Leben erinnert. Vielleicht hatte Großmutter Elisabeth ihn begleitet, und ihnen waren, wie die Entenküken der Entenmutter, die Kinder gefolgt.

Wo hatten hier der Laden und die Behausung des Großvaters gestanden? Soviel Susan auch in Ulak nachgefragt hatte – nicht einmal die Alten erinnerten sich genau, an welcher Stelle das gewesen war. Keniskun war nur in alter Zeit eine ständige Siedlung gewesen, später hielten sich dort bloß vorübergehend Jäger auf sowie verarmte Rentierzüchter, die ihrer Herde verlustig gegangen waren.

Trotzdem, hier lag etwas in der Luft. Susan hatte noch nie eine Neigung zum Mystischen gehabt, hier jedoch spürte sie, dass da ein besonderes Feld war, irgendwelche unsichtbaren Fäden zogen sich aus der fernen Vergangenheit zu ihr hin.

»Halt!«, hörte sie hinter sich einen lauten Schrei.

Sie blickte sich um, sah einen Grenzsoldaten, der linkisch auf sie zu rannte, und blieb stehen.

»Ihre Dokumente!«

Die Grenzer, die von Ulak her kamen, hatten sich offensichtlich verspätet und Keniskun erst erreicht, als die Lastkähne bereits da waren.

Susan hatte sich an diese ewigen Kontrollen schon gewöhnt und gab ihren Pass hin. Der blutjunge Soldat studierte ihn eifrig, schaute zwischen dem Foto und ihr hin und her und sagte streng: »Hierher dürfen Sie nicht gehen!«

»Warum nicht?«, fragte Susan verwundert.

»Das ist Grenzgebiet.«

»Aber die Grenze ist doch mindestens fünfzig Kilometer entfernt.«

»Nicht gestattet. Laut Befehl. Gehen Sie zu den Schiffen zurück.«

Susan wusste, dass jeder Streit sinnlos war. Schon des Öfteren hatte sie es mit idiotischen, sinnlosen Verboten und Beschränkungen seitens der Grenzer zu tun gehabt, offenbar erfanden diese Leute einfach etwas, um die zäh dahinfließenden Tage, Monate, Jahre des Nichtstuns irgendwie zu füllen, und sie hatte gelernt, dass man sich besser fügte.

In Ulak beschlossen sie, alle zusammenzuwohnen, in Arkadi Pesterows Wohnung. Aus dem Internat wurden zusätzliche Betten geholt, im halb leeren Laden kauften sie Geschirr. Arkadi wollte einen Koch anheuern, aber Susan erklärte, Tommy Canishero werde kochen.

Der Japaner ging mit solcher Gewissenhaftigkeit zu Werke, dass alle nur staunen konnten. Er bereitete die leckersten Gerichte aus Walrossfleisch, aus Ringelrobbenleber, er kochte eine hervorragende Gallerte aus Bartrobbenflossen. Da die alte Bäckerei inzwischen abgerissen war und man Balken und Bohlen verbrannt hatte, um eine Übertragung des Pilzes auf andere Holzhäuser zu verhindern, buk Tommy sogar Brot – in einer

Feldbäckerei der amerikanischen Armee. Arkadi Pesterow sah dies alles mit an und dachte verzagt, dass er, was Tatkraft und vielseitiges Können anbetraf, mit diesem kleinen Japaner in keiner Weise mithalten konnte. Übrigens stellte sich heraus, dass Tommy kein Wort Japanisch sprach und seine Muttersprache Englisch war.

Nun begann man mit dem Abtragen des alten Fundaments, und Susan zeigte dabei ein seltsames, den anderen unbegreifliches Interesse für jeden einzelnen der großen Steine. Sie gab strengste Anweisung, dass niemand es wagen solle, auch nur einen davonzutragen, ja sie zählte sie sogar alle durch. Den ganzen Tag verbrachte sie bei dem zerlegten Fundament, betastete jeden Stein, drehte und wendete ihn und hätte ihn am liebsten noch mit der Zunge abgeschmeckt. Charles Johnson spöttelte freundlich, aber Susan blieb ernst und sagte nur: »Bei allem ist das Fundament das Wichtigste. Der Baugrund hier ist instabil, Kies mit Zwischenschichten von Eislinsen. Die Bäckerei wird viel Wärme absondern, darum muss alles so gemacht werden, dass das Fundament des Gebäudes hält.«

Mit jedem überprüften Stein aber wurde ihr die Vergeblichkeit ihrer Suche nach dem Schatz stärker bewusst. Dabei empfand sie nicht einmal Enttäuschung, sie wunderte sich nur über das rätselhafte Verschwinden des Goldes. Wenn niemand es gefunden hatte (und ein solches Ereignis wäre den Menschen doch wohl im Gedächtnis geblieben), wohin war es dann geraten? Das Einzige, was passiert sein konnte, war, dass die Bolschewiki es gefunden und, bei ihrem Hang zur Geheimhaltung, den Fund verschwiegen und nach Moskau überführt hatten.

Als der letzte Stein wieder dem Fundament der neuen Bäckerei zugefügt und mittels Zementmörtel mit den anderen Steinen verbunden war, verspürte Susan eine seltsame Erleichterung, so als sei das Gewicht von Goldbarren von ihr abgefallen.

Ihren Stimmungswandel führte Arkadi Pesterow darauf zurück, dass sie nunmehr die baldige Fertigstellung der Bäckerei vor sich sah. In ihm selbst aber ging alles drunter und drüber. Die Bäckerei würde dastehen, Brot backen, Susan hätte hier nichts mehr zu tun und würde für immer mit ihrem Tommy fortgehen. Er aber bliebe hier. Er würde auf den Felsen Eppyn steigen, die Rudel der Walrosse und Wale sowie die Vogelschwärme beobachten, würde alle Daten in Formblätter eintragen und an Michail Melenski schicken ... Und sonst? Schließlich war er noch nicht so alt, das hatte er während seiner Zusammenarbeit mit Susan Canishero deutlich gefühlt.

An einem einzigen Tag wurden unter der Leitung von Charles Johnson die Wände der neuen Bäckerei aufgestellt, wurde das Dach aufgesetzt, und schon am folgenden Tag ging es an die Montage der Backanlage.

Zur feierlichen Eröffnung kamen Gäste aus den umliegenden Siedlungen – aus Intschoun, Enurmin und Kytryn. Mit zwei Schaluppen erschienen die Nuwukaner Eskimos mit Michail Melenski. Ein großes Fellboot brachte Gäste aus der amerikanischen Siedlung Inalik auf der Kleinen Diomedes-Insel. Auch hoher Besuch fand sich ein, an erster Stelle der Gouverneur Wiktor Alexandrowitsch Basarow. Er entstieg dem Hubschrauber, begleitet von dem getreuen Sarkissjan und Frantow, dem Haupt der Kreisadministration.

Vor der Bäckerei war zwischen zwei Stäben ein rotes Band gespannt, und der Gouverneur und Susan Canishero zerschnitten es gleichzeitig. Danach brachten Mädchen auf großen Holzschalen ein paar frisch ausgebackene Brotlaibe heraus. Das erste Brot überreichten sie dem Gouverneur, ein zweites Susan.

Arkadi Pesterow stand mit Tommy Canishero ein wenig abseits, neben dem Rentierschlitten, auf dem Terkië mit der Ziehharmonika saß. Dann und wann, jedoch stets zur richtigen Zeit, zog er den Blasebalg auseinander und ließ einen passenden Tusch erklingen, und als Susan symbolisch den Schlüssel der neuen Bäckerei an Michail Amos, das Haupt der Dorfadministration, übergab, spielte er sogar die amerikanische Hymne.

Der Gouverneur hielt eine Rede. Wie es seiner Gewohnheit entsprach, erkor er sich jemanden aus der Menge und richtete seine Worte gleichsam speziell an ihn. Dieses Mal war Arkadi Pesterow der Auserwählte. Basarow gab im Namen der Völker Tschukotkas der tiefen Dankbarkeit gegenüber dem amerikanischen Volk für die Hilfe in schwerer Zeit Ausdruck und endete: »Die Zeit wird kommen, da sich das erneuerte Russland wieder in voller Größe aufrichtet. Und sollten dann, was der Herrgott verhüte, unsere guten Nachbarn in Schwierigkeiten geraten, so werden wir euch mit derselben Bereitschaft zu Hilfe eilen, wie ihr auf uns zugekommen seid.«

Die letzten Worte gingen in einem Schwall von Applaus unter.

Danach gab es in der Bäckerei ein kleines Bankett.

Die kurze Nacht vor dem Abflug der Gäste verbrachte Arkadi Pesterow nahezu ohne Schlaf.

Im ersten Morgengrauen ging er nach draußen. Er stieg auf den Felsen Eppyn, setzte sich auf einen großen Stein und wandte das Gesicht der Weite des Ozeans zu. Lange saß er so da, beobachtete gedankenleer das Aufgehen der Sonne am Horizont, sah die feurige Scheibe sich aus dem Wasser heben, und grelle Strahlen trafen ihn in die halb bedeckten Augen.

Er hörte nicht, wie Susan von hinten herantrat und ihm die Hände auf die herabhängenden Schultern legte.

»Mich macht der Abschied von dir auch traurig«, sagte sie. »Ich verstehe dich sehr gut und fühle mit dir. Doch ich freue mich auch sehr. Denn du bist ein anderer Mensch geworden. Auch ich bin jetzt ein anderer Mensch. Du wirst mir fehlen, aber der Gedanke daran, dass es dich gibt, dass du lebst und an mich denkst, wird mir Kraft geben und mich froh machen.«

Arkadi Pesterow fühlte in seinen Augen Tränen aufsteigen und wandte sich leicht ab, damit Susan nichts bemerkte.

Von der Südseite der Lagune erscholl das Dröhnen des anfliegenden Hubschraubers. Bald wurde er über den grünen Tundrahügeln auch sichtbar.

»Es ist Zeit für uns«, sagte Susan sanft und zog Arkadi Pesterow am Ärmel.

Nachdem sie ein Stück gegangen waren, blickten sich Arkadi und Susan wie auf Verabredung um: Dort hinten, auf einem der Steine, saß ein Hermelin und sah ihnen nach.

Verwaltungshierarchie Die Verwaltungsebenen zu sowjetischer Zeit heißen, von unten nach oben, *Kreis – Bezirk – Gebiet*. Die jeweilige Leitungsebene heißt bei der Kommunistischen Partei *Komitee* (mit Sekretären an der Spitze), auf staatlicher Seite *Exekutivkomitee* (mit Vorsitzenden).

Der *Tschuktschische Autonome Bezirk* (auch Tschukotka genannt) gehörte bis 1991 zum Gebiet Magadan und erklärte 1991 seine Autonomie innerhalb der Russischen Föderation. Gouverneure: Aleksandr Nazarow (1991–2001), Roman Abramowitsch (seit 2001).

Aiwanalin tschuktschische Bezeichnung für die Eskimos

Amundsen, Roald Engelbregt Gravning 1872–1928; bezwang 1903–06 die Nordwestpassage, erreichte 1911 als Erster den Südpol, durchfuhr 1918/22 die Nordostpassage

Amyn ettyk! »Seien Sie gegrüßt!« – tschuktschische Begrüßung

Bogoras, Wladimir Germanowitsch 1865–1936; russisch-sowjetischer Ethnograf, Schriftsteller, Folklorist, Sprachwissenschaftler. Von den Tschuktschen *Wëip* genannt.

Diomedes-Inseln Inselgruppe in der Beringstraße. Die Kleine Diomedes-Insel (Inaliq, USA, ca. 180 Einwohner) und die Ratmanow-Insel (Imaqliq, Große Diomedes-Insel, russisch, ca. 400 Einwohner) liegen rund vier Kilometer voneinander entfernt. Zwischen ihnen verlaufen die Staatsgrenze zwischen Russland und den USA und die Datumsgrenze.

Dserschinskij, Felix erster Leiter der 1917 gegründeten bolschewistischen Geheimpolizei (Tscheka)

Ensemble »Ergyron« Der Name des Ensembles von Tschuktschen und Eskimos bedeutet »Morgenröte«

Eskimos mongolide Bewohner arktischer Küsten und Inseln; sie nennen sich selbst »Inuit« (»Menschen«), die Tschuktschen nennen sie *Aiwanalin;* sprechen eskimoaleutische Sprachen

Fellboot (Baidara) Bezeichnung für Boote, bei denen ein Holzgerüst mit dünner, in Schichten zerteilter und in gegerbtem Zustand fast durchsichtiger, gelber Walrosshaut bespannt ist; kein Kajak

Inuk, Plural: Inuit Selbstbezeichnung der Eskimos, nicht bei allen Eskimovölkern der Arktis gebräuchlich

Jaranga Wohnstatt der Tschuktschen und der Eskimos; besteht aus einem kreisförmigen Holzgerüst, das mit Brettern oder Grassoden abgedichtet wird, kuppelförmig überdacht durch eine Konstruktion aus Holzrippen mit darübergebreiteten Walrosshäuten; für den festen Sitz der Häute sorgen darübergezogene Riemen oder Seile, die – seitlich herabhängend – durch darangebundene Steine in Spannung gehalten werden. Eine Öffnung in der Mitte der Überdachung lässt Licht ein und dient als Rauchabzug. Bei mobilen Jarangas der Rentierhirten ruht die Überdachung – hier aus Rentierfellen – auf einem zeltförmigen Gerüst aus langen Stangen. Das Innere einer Jaranga gliedert sich in den *Tschottagin* und den *Polog*.

Jukola an der Luft gedörrter und in Gruben gesäuerter Fisch

Junëu Rosenwurz (Rhodiola rosea), in Sibirien Goldene Wurzel genannt

Kakomej! tschuktschischer Ausruf des Erstaunens

Käl̈ät Unsichtbare Kräfte, gute und böse Geister

Kamlejka Umhang, den man über die Kuchljanka zieht, um deren Fell vor Schnee und Feuchtigkeit zu schützen; wird vorwiegend aus Stoff genäht – mit Kapuze und Bauchtasche; Jäger tragen gewöhnlich eine weiße Kamlejka, um im Schnee getarnt zu sein

Kherker sehr weite Kombination aus Fellen (Hose und Oberteil zusammengenäht) mit sehr breitem pelzbesetztem Kragen; Frauenkleidung

Kokoschnik russischer perlenbestickter Kopfschmuck

Kopalchen in *Kymgyts,* Rollen aus Walrossfleisch samt Haut und Fettschicht in der ewig gefrorenen Erde eingelagert und während solcher Lagerung von den eigenen Säften durchtränkt; dient dem Menschen und den Zughunden als Hauptnahrung

Kuchljanka knielanges Kleidungsstück aus Fell, mit Kapuze. Kuchljankas wie auch andere Kleidungsstücke für Frauen unterscheiden sich von denen für Männer durch verschiedenerlei Verzierungen.

Kukunät essbares Tundragewächs

Kymgyt siehe *Kopalchen*

Lend-Lease-System das Leih-Pacht-System, durch das die USA im Zweiten Weltkrieg die Alliierten mit kriegswichtigen Gütern ohne Bezahlung auf Gegenseitigkeit versorgten

Luorawetlan So nennen sich die Tschuktschen selbst (»wirkliche Menschen«); ihre Sprache gehört zu den tschuktschisch-kamtschatkischen

Malachai russische Ohrenklappen-Pelzmütze

Natschalnik Vorgesetzter, Chef, Vorsteher, Bonze

NKWD Volkskommissariat für innere Angelegenheiten, Geheimdienst. Seit 1954: KGB

Polog, Fellpolog heißt sowohl der durch Tranlampen erleuchtete und beheizte Raum im Innern der *Jaranga* als auch der an vier miteinander verbundenen Pfosten aufgehängte und den Raum umschließende Fellvorhang nebst Fellüberdachung, durch den er gebildet wird; an der zur Jaranga weisenden Vorderseite lässt sich der Polog öffnen, und quer zu diesem »Eingang« liegt ein Holzbalken, der beim Schlafen als Stütze dient, vom *Tschottagin* aus aber auch als Sitzgelegenheit. Unten ist der Polog mit einer dicken Moosschicht und Fellen ausgelegt; er dient als Familienschlafraum, aber auch zum Trocknen der Kleidung. Man kann im Polog aufrecht stehen; in einer geräumigen Jaranga können sich auch zwei bis drei Pologs befinden.

Rewkomowzen Mitglieder eines Revolutionskomitees. Diese Komitees waren zeitweilige besondere Organe der Sowjetmacht im Bürgerkrieg und während der militärischen Intervention 1918–20.

Schitschko russischer Arzt, bekannt für seine Antialkoholismustherapie

Sjomuschkin, Ticho, sowjetischer Schriftsteller, Teilnehmer der ersten sowjetischen Expedition, die das Land der Tschuktschen aufsuchte, schrieb Romane und Jugendbücher, die in Tschukotka spielen. Der Roman *Brand in der Polarnacht* erschien 1949 auf Deutsch.

Tangitan tschuktschisch – ein Fremder, Feindlicher, im weiteren Sinne alle »Weißen«, Ausländer/Europäer/Russen

Tlingit indianischer Stamm von Fischern, Jägern, Seefahrern an der südöstlichen Küste Alaskas

Torbassenfunk, Torbassen Stiefel aus Robbenfell

Tscheluskinzen Teilnehmer einer sowjetischen Polarmeerexpedition, deren Schiff 1934 zwischen Eismassen zerquetscht wurde

Tschetschenen, Inguschen, Kalmücken im Kaukasus lebende Völker; die Kalmücken sind ein zugewandertes mongolisches Volk

Tschottagin der den *Polog* umgebende unbeheizte Innenraum der *Jaranga,* auch »kalter Raum« genannt; dient als Aufenthaltsraum, insbesondere bei der Verrichtung häuslicher Arbeiten; auf offenem Feuer wird hier gekocht. In der kalten Jahreszeit werden auch die Schlittenhunde im Tschottagin gehalten.

Tschuwanzen Bewohner von Anadyr, Nachkommen der ersten russischen Entdeckungsreisenden und der seit Urzeiten hier sesshaften Jukagiren

Watap Rentiermoos, Lichen rangiferinus L. bzw. Cladonia rangiferina

Wëip siehe *Bogoras*

Whän alte tschuktschische Bezeichnung für den Ort, an dem die jetzige Hauptstadt von Tschukotka (dem »Tschuktschischen Autonomen Bezirk«), Anadyr, steht. Analog dazu ist unter dem Whäner Liman der Anadyr-Liman zu verstehen: die sich bis zu sieben Kilometer erweiternde Mündung des Flusses Anadyr in die Anadyrbucht.

Yupik eigene Bezeichnung eines Eskimostammes

Die Übersetzerin

Kristiane Lichtenfeld, geboren 1944 in Neustettin, studierte Slawistik in Berlin und Warschau und war Lektorin für polnische und multinationale sowjetische Literatur im Aufbau Verlag und im Verlag Volk und Welt in Berlin. Seit 1980 ist sie freie Übersetzerin aus dem Polnischen, Russischen und Georgischen und arbeitet auch für den Rundfunk.

Juri Rytchëu im Unionsverlag

Der Mondhund

Ein zauberhaftes Märchen darüber, wie man die Liebe und seinen Platz in der Welt findet. »Die poetische Geschichte wandelt sich ganz behutsam in ein Liebesbekenntnis.« *Rosemarie Thiemt, Sächsische Zeitung, Dresden*

Die Reise der Anna Odinzowa

Anna heiratet den jungen Tschuktschen Tanat, damit sie als Ethnografin aus nächster Nähe das Leben der Nomaden erforschen kann. Sie lernt nach den uralten Gesetzen der Tundra zu leben und wird zur Nachfolgerin des alten Schamanen.

Der letzte Schamane

Familiengeschichte, Epos des eigenen Volkes und Schöpfungsmythos verschmelzen in diesem Roman. »Mit Rytchëu verfügt die Arktisliteratur über einen raren Kronzeugen, dessen Perspektive eine völlig andere ist.« *Rheinischer Merkur*

Im Spiegel des Vergessens

Nach einer langen Reise quer durch den Kontinent klopft der junge Tschuktsche Gemo am Portal der Leningrader Universität. Tastend geht er seinen Weg, als Fremdling in der europäischen Kultur und in der offiziellen Kulturpolitik. Seine Herkunft lässt ihn nicht los.

Juri Rytchëu im Unionsverlag

Unter dem Sternbild der Trauer

1934 schlägt eine sowjetische Forschergruppe auf der von Eskimos bewohnten Wrangel-Insel ihr Lager auf. Die Insel wird zum Schauplatz unheilvoller Machtkämpfe und Intrigen.

Die Suche nach der letzten Zahl

Roald Amundsens Schiff ist vor der tschuktschischen Küste im Packeis festgefroren. Die Polarjäger erforschen die weißen Fremdlinge und ihre seltsamen Sitten.

Teryky

In eindringlicher und bildreicher Sprache wird die tragische Liebesgeschichte zwischen Goigoi und Tin-Tin erzählt, deren Seelen sich im Polargestirn wiederfinden.

Traum im Polarnebel

Durch einen Unfall muss der Kanadier John MacLennan in einer Siedlung der Tschuktschen an der eisigen Nordküste Sibiriens überwintern. Aus einem Winter wird ein ganzes Leben.

Unna

Im Internat findet Unna Gefallen an der Zivilisation. Beinah kann sie auf der Karriereleiter ganz nach oben gelangen. Zu spät begreift sie, welche Opfer man von ihr dafür verlangt.

Wenn die Wale fortziehen

Die Schöpfungslegende der Tschuktschen von der ursprünglichen Gemeinschaft von Mensch und Wal ist zugleich eine Vorahnung der heutigen Zeit.